解读专业内涵 → 透析大学生活 → 谋划职业生涯

选大学·选专业·选工作
外文相关专业

钱建国 ◉ 主编　　宋朝阳　秦后国 ◉ 副主编

U0132872

化学工业出版社

·北京·

本书从外语专业选择、学习和就业出发，详细阐述了外语学习的重要性、外语各专业情况、外语学习策略以及外语专业学生的就业现状和趋势，并就外语专业学生就业提出了很好的建议。具体内容包括外文相关专业概况，外文相关专业选择，职业前景，学习管理与课外实践，外语学习的要素，外语学习攻略，外语类大学生就业，求职方法与技巧，创业实践，站立在职场的起跑线上，外文相关专业人才成功实例。

　　本书内容全面、及时，实用性非常强，可供高中教师、毕业生及学生家长参考使用。

图书在版编目（CIP）数据

外文相关专业/钱建国主编 . —北京：化学工业出版社，2009.3
ISBN 978-7-122-04547-8

Ⅰ. 外… Ⅱ. 钱… Ⅲ. ①高等学校-专业-简介-中国 ②高等学校-外语-专业-简介-中国 Ⅳ. G649.28 H3-40

中国版本图书馆 CIP 数据核字（2009）第 002446 号

责任编辑：杜进祥　　　　　　　文字编辑：谢蓉蓉
责任校对：凌亚男　　　　　　　装帧设计：尹琳琳

出版发行：化学工业出版社（北京市东城区青年湖南街 13 号　邮政编码 100011）
印　　刷：北京永鑫印刷有限责任公司
装　　订：三河市万龙印装有限公司
850mm×1168mm　1/32　印张 7¾　字数 200 千字
2009 年 3 月北京第 1 版第 1 次印刷

购书咨询：010-64518888（传真：010-64519686）　售后服务：010-64518899
网　　址：http://www.cip.com.cn
凡购买本书，如有缺损质量问题，本社销售中心负责调换。

定　　价：18.00 元　　　　　　　　　　　版权所有　违者必究

本书编委会

主　编：钱建国

副主编：宋朝阳　秦后国

编　委：（按姓氏笔画排序）

王　敏　王艳霞　刘　钒　刘晓黎

孙　灵　李　畅　张　丽　张　剑

张玮璇　陈世银　陈宁颖　陈芳芳

周春悦　姚　敏　胥东洋　黄　金

续睿峰　赖金怡

出版者的话

比尔·盖茨在谈到他的成功经验时说："我的成功在于我的选择。如果说有什么秘密的话，那么还是两个字——'选择'"。人生即选择，可以说选择无处不在，无时不在。

高考是人生的一次重大抉择。大学究竟有些什么专业？选什么样的专业合适？这些专业分别研究什么？这是很多家长和学生高考经常要问的问题。而进入大学后，不少人又会陷入"不知道怎么学，该学什么"的困惑中，譬如：学这些专业的目的是什么？不同的专业之间相互关系怎样？要学习哪些课程？怎样学习？毕业以后能够做些什么？学习这些专业能否有助于获得职业发展和实现人生理想？从某种意义上说，选择大学、选择专业就是在选择未来、选择精彩的人生。学生要做到理智选择专业、合理规划大学生活，就必须充分了解专业、充分了解专业学习、充分了解大学生活。

"命运不是机遇，而是选择"。面对人生重大的抉择，何去何从？为了解答广大家长和学生的诸多疑问，化学工业出版社组织编写了《选大学·选专业·选工作》丛书，全景展示了高中学生从选大学、学专业到找工作的主要历程。

恳切希望广大读者提出宝贵的意见和建议，以便我们再版时使之臻于完善！

化学工业出版社
2009 年 1 月

前　言

21世纪，我国加入了WTO，与世界各国的经济、政治、文化等的交流愈加频繁。外语，不仅是国际交往必不可少的工具，甚而大量走进公众生活，成为人们谋得一份体面职业并求得职场进一步发展的利器。

一个具有世界视野、未来视野、现代视野的青年或其亲友，在为自己或亲友选择大学专业时，完全不审视、思考外语专业绝对是不明智的。可英、法、德、日、俄、西、阿拉伯语等，世上有数百种语言，不同的学校设有不同的语言专业，招生、培养方式不一，真的很令人困惑，上大学究竟应该选择哪个专业呢？请阅读本书第一篇吧。

就读了外语专业这个"香饽饽"，是否就是捧到了"金饭碗"呢？看不懂"天书"、听不懂"鸟语"、"哑巴外语"现象比比皆是。学外语，付出不一定有所得，但不付出绝对"蒙混"不过去。态度决定一切，方法也决定一切。背单词、听、说、读、写、译，除了兴趣、恒心，究竟有没有"快乐外语"？答案在本书第二篇。

外语类大学生就业现状和趋势具体怎样？具备何种素质才能成为外语职场的"宠儿"？站立在职场的起跑线上，外语类大学生需做一些什么样的准备？特别是笔试和面试中究竟有没有规律和技巧可循？本书的第三篇有着诸多的建议。

当然，实例篇（第四篇）同样会激起您阅读的兴趣。相信，无论是功成名就的外语人，还是尚未"闻达于诸侯"的普通外语人，他们的真实故事都可资借鉴。

本书是集体劳动的成果。由钱建国、宋朝阳和秦后国共同讨论写作框架并编写提纲。各部分的撰写人员如下，第一篇：胥东洋、陈芳芳、孙灵、张剑、秦后国；第二篇：刘晓黎、刘钒、王艳霞、周春悦、赖金怡、张玮璇、李畅、张剑、秦后国；第三篇：王敏、姚敏、陈宁颖、续睿峰、张剑、秦后国；第四篇：陈世银、黄金、张丽、张剑、秦后国。全书由秦后国、张剑、续睿峰统稿。在此对所有参与和帮助本书编写的人表示由衷感谢！

　　作者们力图呈现给读者一本有较大参考价值的书，鉴于时间有限、能力有限，本书错误和不妥之处在所难免，敬请读者予以批评、斧正。

编者

2008 年 11 月

目　录

第二篇　专业学习篇

第三篇　找工作篇

第四篇 实例篇

第一篇

选大学篇

　　近年来，随着高校持续扩招，广大学子升入大学深造的机会不断增大，考上大学已是许多家长和学生能够达到的目标了，而如何在国内一千多所高等院校、众多的民办高校和众多的本科专业中选择一个合适的学校和专业，并把专业选择与个人特质及职业生涯规划相结合，则越来越受到广大考生、家长和老师的重视，所以从这个角度说，填好志愿与考一个好成绩同等重要。

　　在这一篇中，将向大家详细介绍外语各专业的相关情况，力争在专业、学业与职业之间搭建起一座沟通的桥梁，帮助高考学生在填报外语专业以及规划未来职业生涯过程中，减少盲目性，提高决策的科学性和成功率。

第一章　外文相关专业概况

半亩方塘一鉴开，天光云影共徘徊。问渠哪得清如许？为有源头活水来。

——朱熹

第一节　我国高等学校外语专业概况

随着我国经济、科技、文化等各方面的飞速发展和全方位多层次国际交流的急剧扩大，社会各界对外语人才的需求也持续快速增长。在这种形势下，各高校为适应国家人才培养规划和现实的迫切需要根据自身条件和办学特色大量设立外语专业。据统计，目前全国专业外语院校已经达到 29 所，各类开设外语专业的院校近 800 所。在专业设置上，多数新开设外语专业的高校本科外语专业较少，主要以英语为主，其次选择开设俄语、法语、日语、德语等主要外语语种。传统外语类院校、综合性大学的外语院系开设专业较多，除了设有英语、法语、日语、德语、俄语等主要外语专业外，还开设西班牙语、阿拉伯语、朝鲜语等其他语种。相对而言，高校成立时间较早、开办外语专业时间较长、设立外语种类较多的高校外语专业办学实力较强。

一、外语专业基本介绍

学科：文学

门类：外国语言文学类

专业名称：外语

培养目标：本专业培养具有扎实的

外语语言基础和比较广泛的科学文化知识，能在外事、经贸、文化、新闻出版、教育、科研、旅游等部门从事翻译、研究、教学、管理的外语高级专门人才。

培养要求：本专业学生主要学习外语语言、文学、历史、政治、经济、外交、社会文化等方面的基本理论和基本知识，受到外语听、说、读、写、译等方面的良好技巧训练，掌握一定的科研方法，具有从事翻译、研究、教学、管理工作的业务水平及较好的素质和较强能力。

毕业生应获得以下几方面的知识和能力：

① 了解我国有关的方针、政策、法规；

② 掌握语言学、文学及相关人文和科技方面的基础知识；

③ 具有扎实的外语语言基础和较熟练的听、说、读、写、译的能力；

④ 了解我国国情和相应语种国家的社会和文化；

⑤ 具有第二外国语的一定的实际应用能力；

⑥ 掌握文献检索、资料查询的基本方法，具有初步科学研究和实际工作能力。

主干学科：外国语言文学

主要课程：基础外语、高级外语、报刊选读、视听、口语、外语写作、翻译理论与实践、语言理论、语言学概论、相应语种国家文学史及文学作品选读、相应语种国家国情。

修业年限：四年

授予学位：文学学士

就业前景：主要到外事、外贸、文化、新闻出版、教育、科研、旅游等部门从事翻译、研究、教学、管理工作。

二、我国高校开设的外语专业

目前我国高校开设的外语专业有：英语、俄语、法语、德语、日语、西班牙语、阿拉伯语、意大利语、瑞典语、葡萄牙语、柬埔寨语、越南语、老挝语、缅甸语、泰国语、印尼语、马来语、僧伽罗语、土耳其语、朝鲜语、斯瓦希里语、豪萨语、波兰语、捷克语、斯洛伐克语、匈牙利语、罗马尼亚语、保加利亚语、塞尔维亚语、克罗地亚语、阿尔巴尼亚语、芬兰语、乌克兰语、荷兰语、波斯语、菲律宾语、希腊语、丹麦语、冰岛语、挪威语、希伯来语、乌尔都语、印地语、蒙古语、梵语、巴利语共 46 个。我国高校开设外语语种丰富，基本涵盖了我国对外交往的主要国家的语言。

三、我国开设外语专业的高校

（一）我国开设外语专业的高校类型

我国开设外语专业的高校主要可以分为以下
几种类型：专业性外语院校、综合性大学、师范
类院校和理工类院校以及民办高校。

1. 专业性外语院校

专业性外语院校主要是老牌外语学院发展而
来的，如北京外国语大学、上海外国语大学、四川外国语学院、西安外国语大学、广东外语外贸大学、北京第二外国语学院、北京语言文化大学、大连外国语学院、天津外国语学院等。这类院校开设的语种较为全面，基本涵盖了我国对外交往的主要国家和周边邻国的语言。

（1）北京外国语大学　北京外国语大学是教育部直属、国家首批"211 工程"建设的全国重点大学之一，是目前我国高等院校中历史悠久、教授语种最多、办学层次齐全的外国语大学。目前已基本形成了以外国语言文学学科为主体，文、法、经、管多学科协调发展的专业格局。

2007 年，学校普通本科一次性就业率为 96.78%，研究生一次性就业率为 98.5%。

建校 67 年来，北外作为培养外交、翻译、经贸、新闻、法律、金融等涉外高素质人才的重要基地，取得了突出的成绩，为国家培养了 7 万余名高质量的涉外人才。仅以外交部为例，据不完全统计，北外毕业的校友中，仅在外交部工作、先后出任驻外大使的就有 350 多人，出任参赞的近 600 人，北外因此赢得了"共和国外交官摇篮"的美誉。

（2）上海外国语大学　上海外国语大学创建于 1949 年 12 月，是国家教育部直属并与上海市共建、进入"211 工程"的全国重点大学，是一所致力于培养高素质、复合型、多能力、国际化人才的多科性外国语大学，具有严谨的校风、教风、学风，在国内外享有良好的声誉。

学校拥有一支学术水平高、教育经验丰富的师资队伍，现有 300 多名教授、副教授以及大批学有所成的中青年讲师。科研成果不断涌现，论文、专著、教材、工具书在国家级评选中多次获奖，并有多种有影响的刊物在国内发行。

学校积极开展国际的学术交流与合作，与 30 多个国家和地区的 110 多所著名大学建立了合作关系，一些国家的领导人先后来该校访问，许多国内外著名人士被聘为该校兼职教授。每年还派遣优秀学生赴国外留学，该校学生多次应邀参加国内外重要学术论坛。

2. 综合性大学

综合性大学主要是指传统综合大学，如北京大学、中国人民大学、复旦大学、武汉大学、中山大学、厦门大学、山东大学、四川大学等。这些大学设有专业的外语学院，开设语种也较为全面，基本涵盖当今主流外语语种。

（1）北京大学外国语学院　北京大学外国语学院成立于 1999 年 6 月 22 日，是北京大学第一个多系、多学科的学院。学院下设英语语言文学系、东方语言文化系、法语语言文学系、德语语言文学系、西班牙语言文学系、俄罗斯语言文学系、日语语言文化系和阿拉伯语言文化系 8 个系，以及世界文学研究所。2003 年由教育部评定为外国语言文学一级学科博士点。

北京大学外国语学院由原北京大学英语语言文学系、西方语言文学系、俄罗斯语言文学系和东方语言文学系合并而成。作为外国语学院前身的 4 个系历史悠久、名师荟萃。这里曾经汇聚了中国 20 世纪最优秀的一批外国语言文学大师，包括朱光潜、曹靖华、冯至、马坚、季羡林、金克木、田德望、闻家驷、俞大絪、吴达元、赵萝蕤、杨周翰、李赋宁等知名教授。进入世纪之交，这里又出现了以申丹和王邦维为代表的在国内外具有影响力的新一代学科带头人。这里源源不断地培养出数以万计德才兼备的优秀外语人才，其中包括国家外交部长、大使等数十位出类拔萃的外交官。

（2）复旦大学外文学院 复旦大学外文学院前身外文系是复旦大学最早建立的系之一。英国语言文学专业与学校同龄，已有近百年历史。2003年9月，外文系与大学英语教学部合并后成立外文学院，下设英语语言文学系、日语语言文学系、德语语言文学系、法语语言文学系、俄语语言文学系、朝鲜语语言文学系、翻译系（筹）、大学英语教学部、现代英语研究所、外国文学研究所10个教学和研究机构。

学院现有教授19名。每年从世界各地聘请英、日、德、法、俄、韩近十名外籍教师来校任教，更有众多外国语言文学专家来院作短期讲学。而本院教师也有90%以上曾赴国外访问或进修，其中相当一部分在国外知名大学取得硕士或博士学位。

近十多年来，各语种学生在全国各类测试和地区比赛中屡屡获胜或夺冠，成绩斐然。英语系学生在专业四级、八级的考试中，一直名列前茅。

复旦大学外文学院与美国、韩国、日本、德国、法国等国家的著名大学有广泛、密切的交流，每年选派多名学生前往各国深造。

3. 师范院校

师范院校主要包括北京师范大学、东北师范大学、华东师范大学、华中师范大学、西南大学、华南师范大学以及各省的师范大学或师范学院等。这类院校主要针对我国中小学所设外语课程开设外语专业，主要是英语专业。随着我国中小学外语课程的多样化以及社会需求，师范类院校也开设俄语、日语、法语等主要外语专业。

（1）北京师范大学 北京师范大学外国语言文学学院的前身是1912年建立的北京高等师范学校英语部。在90年的风雨历程中，不断发展壮大，形成了今天三系一部四所、两个博士点、四个硕士点，研究生近200名、本科生400余名、各类学生千余名的规模，在全国同行中居前列。

北京师范大学外国语言文学学院有过辉煌的历史，积淀了深厚的人文精神，为国家培养了大批优秀人才。著名学者林语堂、于庚虞、焦菊隐、梁实秋、洪深、郑汝箴、郑敏、刘宁等，曾在这里弘文励教，著名学者周谷城、袁敦礼、杨人梗、吴富恒等曾在这里潜心研读。

北京师范大学外国语言文学学院将继承优秀的人文传统，发扬严谨求实的学风，与时俱进，开拓创新，为外国语言文学学科的发展做出更大的贡献。

（2）东北师范大学外国语学院　东北师大外国语学院前身为外国语言文学系，创建于1950年，1996年撤系建院。下设英语、俄语、日语、大学外语、对外商务（在东北师范大学净月校区）5个专业。

学院教学条件优良，在学校本部和净月校区分别拥有一栋现代化的教学楼。本部教学楼面积为9000平方米，有30～50座位的语言实验室12个，90台位的计算机房2个，多功能厅1个。净月校区教学楼面积为12000平方米，有50座位的语言实验室6个，100台位的计算机房1个，400座位多功能厅1个。全院备有英、日、俄语言资料录像带近 1000 盘，录音带约 5000 盘。

在学院现有的英语、日语、俄语 3 个本科专业当中，英语专业含英语教育、对外商务两个方向。英语教育方向和日语、俄语专业一样，主要培养大中专院校、中等学校的外语师资以及科研、涉外单位的外语高级人才；对外商务方向以商务英语和电子信息技术为基础，以国际电子商务为培养目标，为我国加入 WTO 之后培养适应全球网络经济发展需要的复合型、应用型、外向型国际电子商务专门人才。

4. 理工类院校

理工类院校主要是指传统上只开设理工类专业的专门高等学校。随着社会的发展和市场需求，理工类院校也纷纷开设外语专业，力求专业多样化，向综合性大学迈进。

5. 民办高校

新兴民办高校外语专业主要是面向社会和主要需求而开办的，多以英语、日语和法语为主。

总体来说，各校外语专业在人才培养的方向上都要求以扎实的语言技能为基础，同时具备其他专业基础知识的复合型人才，但各院校根据自身办学条件和师资力量的不同而各有侧重面，学生就业方向上也有差别。

（二）各类高校学生的就业方向

专业性外语院校师资力量雄厚，课程设置较细而全面，把外语课程细分为语音、语法、文学、翻译、听力、写作、精读、语言国情、语言学等方面，在每个方面都有专门的教师进行教学和研究。在人才培养上尤其注重对学生进行精细的训练，主要培养能胜任较高语言要求工作的专门外语人才。这类院校的学生一般都具有较好的语言技能，学生毕业后主要从事与外语相关的工作，进入外交部、商务部、军队、大中学校、新闻机构以及各类外资企业等。专业性外语院校是培养我国外交、外贸、对外文化交流及外事翻译人才的主要基地。

综合性大学师资力量也较为雄厚，课程开设也很齐全，与专业性外语院校不相上下。在注重对学生进行语音、语法、文学、翻译、听力、写作、语言国情、社会文化等方面的精细训练同时，还比较注重培养学生的外语语言、文学研究能力，为学生毕业后继续进行外语语言文学的学习和研究打下基础。同时较多地利用综合性大学的学科门类齐全、学术研究具有广度和深度的优势，鼓励学生选修其他相关专业课程，培养学生多元化发展。这类学校学生一般语言基本功扎实，语言应用能力极强，同时知识面非常丰富，学生毕业后一部分以外语为终生职业，也有很大一部分向国际经济、国际贸易、新闻、法律等相关方向转型。学生普遍进入外交部、商务部等各类政府外交外事机关，以及大中学校、军队、新闻机构、出版行业、外资企业等从事综合性语言应用领域的工作。

师范类高校则主要为大中学校培养外语教师。这类学校除了对学生进行扎实的外语基本功训练外，还注重对学生进行外语教学法、教育学、心理学等方面的培训，为以后从事教师工作打下基础。师范类院校学生毕业后普遍进入大中学校进行外语教学工作，一部分进入政府机关外事部门和企业等。

理工类院校除了进行外语基础能力的培养外，还注重结合理工类院校的专业设置特点，开设自然科学基础科普课程，使学生掌握自然科学基本常识和术语，培养相关科技的专门翻译人才。这类学校由于开设外语专业时间不长，师资配置相对较弱，专业课程以外语主干专业的语音、语法、翻译、听力为主。这类学校学生毕业后多从事科技文献的翻译工作。

此外，我国还有几所特色外语专门学校或外语院系，分别是外交学院、解放军外国语学院、中国传媒大学等。这些学校根据特定需求，开设同外语紧密结合的专业课程，外语和专业并重，分别为我国外交部、中国人民解放军、国家新闻部门培养具有很高外语水平的复合型外语人才。

另外，随着我国民办教育的蓬勃发展，各类民办高校纷纷设立，这些学校也开设外语专业，课程主要是面向企业需要的外贸英语、旅游英语、科技英语等。新东方等一批专门的外语培训学校也大量产生，对我国高等学校外语专业产生启发并形成挑战。

第二节　外语专业的教学概况

一、高等学校外语专业的培养目标

高等学校外语专业培养具有扎实的外语语言基础和广博的文化知识并能熟练地运用外语在外事、教育、经贸、文化、科技、军事等部门从事翻译、教学、管理、研究等工作的复合型外语人才。

二、外语专业人才的培养规格

全球化发展对外语人才的培养提出了新的要求，除了需要外国语言文学学科领域的研究人员和教学人员外，还需要大量的外语同其他有关学科，如外交、经贸、新闻、法律等结合的复合型外语人才。培养这种复合型外语人才是社会主义市场经济的需要，也是时代的要求。为了适应这种需要，高等学校外语专业按照具有扎实的语言基本功、宽广的知识面、一定的专业知识、较强的能力和较好的综合素质5个方面的规格进行培养。

扎实的语言基本功主要是指语音、语调正确，词法、句法、章法（包括遣词造句与谋篇布局）规范，表达得体，听、说、读、写、译技能熟练，具有较强的外语综合运用能力。扎实的语言基本功是复合型外语人才应具备的首要业务素质。

宽广的知识面是指外语专业知识和相关学科知识。外语专业知识包括文学、语言学和相关国家社会与文化的知识。相关学科的知识可以涉及外交、外事、金融、经贸、法律、军事、新闻和科技等诸多学科领域。各类不同院校根据各自的人才培养目标在课程设置上有不同的侧重面。

一定的专业知识是指某一复合专业的知识，即外语专业学生毕业后可能从事的某一专业的基础知识。复合专业的选择根据不同院校培养人才的不同规格而不同，课程的内容和深度也依据各校的生源、师资队伍等具体情况而不一样。

能力主要是指获取知识的能力、运用知识的能力、分析问题的能力、独立提出见解的能力和创新的能力。其中尤其注重创新能力的培养。

素质主要包括思想道德素质、文化素质、业务素质、身体和心理素质。对于外语专业的学生来说，更加注重爱国主义和集体主义的教育，注重培养学生的政策水平和组织纪律性，注重训练学生批判地吸收世界文化精髓和传承弘扬中国优秀文化传统的能力。

三、外语专业的教学原则

外语专业课程教学不但注重提高学生的外语业务素质，而且重视培养学生的思想道德素质、文化素质和心理素质，把对学生的外语业务素质教育和其他素质教育有机地、和谐地融为一体。注意学生知识结构的合理性，既注意各门课程内在的系统性，又注意各门课程之间的联系，以符合学生整体知识结构的要求。在课程安排上，注意外语专业技能课、专业知识课和相关专业知识课的合理配置。

注重培养学生的外语基本功训练。语言基本功的训练是外语专业教学的首要任务，贯穿于 4 年教学的全过程。外语专业教学注意帮助学生打好扎实的语言基本功，注重各项语言技能的全面发展，突出语言交际能力的培养。在注意听、说、读、写、译各项技能全面发展的同时，更强化突出外语说、写、译能力的培养。

注重培养跨文化交际能力。在外语专业课程的教学中注重培养学生对文化差异的敏感性、宽容性以及处理文化差异的灵活性。

加强学生思维能力和创新能力的培养。专业课程教学中有意识地训练学生分析与综合、抽象与概括、多角度分析问题等多种思维能力以及发现问题、解决难题等创新能力。在教学中注意处理语言技能训练和思维能力、创新能力培养的关系。

四、外语专业的教学方法与教学手段

专业课程的教学方法直接关系到外语专业学生各方面能力的培养与提高。外语专业课堂教学注重以学生为主体、教师为主导，注重培养学生的学习能力和研究能力。在教学中较多地开展以任务为

中心的、形式多样的教学活动。在加强语言基础训练的同时，采用启发式、讨论式、发现式和研究式的教学方法，充分调动学生学习的积极性，激发学生的学习动机，最大限度地让学生参与学习的全过程。引导学生主动积极地利用各种图书资料和网上信息，获取知识，并使学生在运用知识的过程中培养各种能力。同时，注意教学方法的多样性，根据不同的教学对象、教学内容、教学目的和要求，选择相应的外语教学方法。

外语课堂教学与学生的课外学习和实践活动相结合。课外学习和实践是课堂教学的延伸与扩展，是培养和发展学生能力的重要途径，两者的结合在教师的指导下有目的、有计划、有组织地进行。课外学习和实践活动以课堂教学的内容为基础，激发学生学习外语的兴趣以及培养学生的外语学习能力、语言综合运用能力、组织能力、交际能力、思维能力和创新能力。活动面向全体学生，注意发展个性，提倡人人参与，培养合作精神。其形式包括课外原作阅读、外语演讲、外语辩论、读书报告会、外语戏剧表演、外语报纸杂志编辑、外语专题访谈等。除参加校内课外外语学习和实践活动外，鼓励学生积极参加与外语专业相关的各种社会实践活动。

科学技术的迅猛发展和信息时代的到来，为教育手段的现代化提供了条件和保障，也为外语教学提供了丰富的资源。外语院校积极采用现代的、多元的和全方位的教学模式，在充分利用原有的电教设备的基础上，积极探索和开发计算机辅助教学、计算机网络系统、光盘资料中心以及多媒体自修中心等，更新教学内容、丰富教学形式、提高教学效率、为取得更好的教学效果创造条件。同时也为学生提供一个更加灵活、方便、富有趣味性、实用性和广阔的学习与实践的空间。

五、外语专业的能力测试与评估

为了检查外语教学效果、学生学习效果以及促进外语教学改革和督促学生努力学习专业技能和知识，我国高等学校外语专业采用多种手段和方式进行能力测试和评估。目前测试和评估方式主要分为以下几种。

（1）平时成绩与期末考试成绩　为了及时检查学生的学习效果和教师教学效果，在日常课堂教学过程中，教师采用课堂提问、课堂作业、讨论演说、论文、课后作业、出勤等多种方式考查学生的学习积极性和学习效果，督促学生学习。平时成绩通常占期末总评成绩的30％。期末举行统一考试，对学生整个学期学习状况进行全面考查，考试一般均包括笔试和口试。期末成绩一般占总评成绩的70％。部分学科采用论文或其他形式对学生进行综合考查。

（2）专业四级、八级考试　外语专业除了平时考核和学期末的考试测验外，在专业基础阶段和高级阶段结束后的第四学期和第八学期分别进行全国各外语专业四级和八级统一考试。测试以高等学校外语专业教学指导委员会各专业组颁布的四级和八级考试大纲及四级和八级口试大纲为依据，内容包括高等学校外语专业教学大纲规定的、学生在各个学习阶段必须掌握的语言技能、交际能力以及语言和文化等方面的知识，同时注重检验学生分析问题和解决问题的能力。测试和评估的方式和方法根据不同的课程和不同的学习阶段而有所不同。测试中包括客观题和主观题，高年级的课程注重采用撰写论文、口头表述和答辩等形式。专业四级、八级成绩合格发给证书。外语专业一般要求取得专业四级、八级证书方有资格获得毕业证和学位证书。

（3）毕业论文　在外语专业全部课程结束时，为了考察学生的综合能力、评估专业学业成绩，各外语院校均要求学生撰写毕业论文。毕业论文一般要求用外语撰写，长度为3000～8000个单词，要求文字通顺、思路清晰、内容充实，有一定的独立见解。毕业论文合格并通过答辩方能获得学位证书和毕业证。

名人坊：翻译家——梁实秋

梁实秋（1903～1987年），翻译家、散文家。原籍浙江杭县，生于北京。学名梁治华，字实秋，一度以秋郎、子佳为笔名。

1915年秋考入清华学校。在该校高等科求学期间开始写作。第一篇翻译小说《药商的妻》1920年9月发表于《清华周刊》增刊第6期。第一篇散文诗《荷水池

畔》发表于1921年5月28日《晨报》第7版。1923年毕业后赴美留学，1926年回国任教于南京东南大学。第二年到上海编辑《时事新报》副刊《青光》，同时与张禹九合编《苦茶》杂志。不久任暨南大学教授。

最初他崇尚浪漫主义，发表不少诗作。在美国哈佛大学研究院学习时受新人文主义者白璧德影响较深。他的代表性论文《现代中国文学之浪漫的趋势》1926年在《晨报副镌》上发表，认为中国新文学存在浪漫主义混乱倾向，主张在理性指引下从普遍的人性出发进行文学创作。1930年，杨振声邀请他到青岛大学任外文系主任兼图书馆长。1932年到天津编《益世报》副刊《文学周刊》。1934年应聘任北京大学研究教授兼外文系主任。1935年秋创办《自由评论》，先后主编过《世界日报》副刊《学文》和《北平晨报》副刊《文艺》。

"七七"事变，离家独身到后方。1938年任国民参政会参政员，到重庆编译馆主持翻译委员会并担任教科书编辑委员会常委，年底开始编辑《中央日报》副刊《平明》。抗战胜利后回北平任师大英语系教授。1949年到台湾，任台湾师范学院（后改师范大学）英语系教授，后兼系主任，再后又兼文学院长。1961年起专任师大英语研究所教授。1966年退休。40岁以后着力较多的是散文和翻译。散文代表作《雅舍小品》从1949年起20多年共出4辑。30年代开始翻译莎士比亚作品，持续40载，到1970年完成了全集的翻译，计剧本37册，诗3册。晚年用7年时间完成百万言著作《英国文学史》。

梁实秋散文集文人散文与学者散文的特点于一体，旁征博引，内涵丰盈，行文崇尚简洁，重视文调，追求"绚烂之极趋于平淡"的艺术境界及文调雅洁与感情渗入的有机统一。且因洞察人生百态，文笔机智闪烁，谐趣横生，严肃中见幽默，幽默中见文采。晚年怀念故人、思恋故土的散文更写得深沉浓郁、感人至深。

第三节 外语专业的课程简介

外语本科专业学制为4年。根据外语专业教学规律，一般将4年的教学过程分为3个阶段，即基础阶段（一年级和二年级）、中级阶段（三年级）和高级阶段（四年级）。基础阶段的主要教学任务是传授外语基础知识，对学生进行全面的、严格的基本技能训练，培养学生实际运用语言的能力、良好的学风和正确的学习方法，为进入中级阶段学习打下扎实的专业基础。中级阶段的主要教学任务是继续打好语言基本功，学习外语专业知识和相关专业知识，进一步扩大知识面，增强对文化差异的敏感性，提高综合运用外语进行交际的能力。高级阶段的主要教学任务是对学生进行全面和深层次的语言、文化和相关知识技能的培养和提高，使学生具有能胜任较为复杂的翻译和从事相关工作的能力。在3个教学阶段中课程的安排各有侧重，但4年的教学过程为一个整体，自始至终注意打好外语语言基本功，进行全面的知识、技能和能力的培养。

一、外语专业课程的类型

外语专业课程分为外语专业技能、外语专业知识和相关专业知识3种类型，一般均以外语为教学语言。三种类型的课程如下。

（1）外语专业技能课程　指综合训练课程和各种外语技能的单项训练课程，如基础外语、听力、口语、阅读、写作、口译、笔译等课程。

（2）外语专业知识课程　指外语语言、文学、文化方面的课程，如语言学、外语词汇学、外语语法学、外语文体学、外语对象国文学、外语对象国社会与文化、西方文化等课程。

（3）相关专业知识课程　指与外语专业有关联的其他专业知识课程，即有关外交、经贸、法律、管理、新闻、教育、科技、文化、军事等方面的专业知识课程。

二、外语专业的课程分配

为了保证学生外语语言基本功的训练，又同时兼顾知识面的拓宽和相关专业知识的传授，各校在4年中开设的外语专业课程的总学时一般不少于2000学时，不超出2200学时（不包括公共必修课和公共选修课）。在课时安排中，外语专业技能课超过4年总学时的65％，以确保学生扎实的外语语言基本功和外语的综合运用能力。对于外语专业知识课程和相关专业知识课程中的选修课，各校根据各自的培养目标、办学特点和具体条件有不同的设计和安排。

1. 外语专业课程设置（如表 1-1）

表 1-1　外语专业课程内容及时段分配

课程类型			一年级		二年级		三年级		四年级	
			1学期	2学期	3学期	4学期	5学期	6学期	7学期	8学期
专业技能	必修课	基础外语	√	√	√	√				
		中级外语					√	√		
		高级外语							√	√
		语音	√							
		听力	√	√	√	√				
		口语	√	√	√	√				
		阅读	√	√	√	√				
		写作				√	√	√	√	
		语法	√		√	√				
		口译							√	√
		笔译					√	√	√	√
		外语视听说						√	√	
	选修课	外语应用文写作								
		外语对象国报刊杂志选读								
		外语网络阅读								
专业知识	必修课	语言学导论					√			
		外语对象国文学史					√	√		
		外语学术论文写作							√	
		外语对象国概况				√	√			
	选修课	外语对象国社会与文化								
		西方文化概论								
		外语小说选读								
		外语散文选读								

课 程 类 型			一年级		二年级		三年级		四年级	
			1学期	2学期	3学期	4学期	5学期	6学期	7学期	8学期
专业知识	选修课	外语戏剧选读								
		外语诗歌选读								
		外语语音学								
		外语词汇学								
		外语语法学								
		外语教学法								
		外语文体学								
		修辞学								
		……								
相关专业知识	选修课	外交学导论 国际关系学 西方政治制度 国际法 国际经济法 海关法 语言学习理论 外语测试 外语教育史 中国文化 外事礼仪 新闻学概论 传播学概论 外语新闻写作 外语新闻报道 国际贸易实务 国际贸易理论 国际商业概论 经济学概论 国际经济学 国际金融概论 涉外企业管理 世界科技发展史 外国军事史 计算机应用 ……								

注：各校根据具体情况对专业技能课、专业知识课和相关专业知识课以及教学课数、开设时间和教学内容安排均有所不同。

2. 外语专业各年级课程学时分配（如表1-2）

表1-2　外语专业各年级课程学时分配

学时	一年级	二年级	三年级	四年级	总学时（共40周）
每周学时	14～15	14	12～14	10～12	50×40　55×40
学年总学时	560～600	560	480～560	400～480	2000～2200

3. 外语专业各类型课程学时分配（如表1-3）

表1-3　外语专业各类型课程学时分配（单位：学时）

项目	一年级		二年级		三年级		四年级		占总学时比例	
每周课程学时	1学期	2学期	3学期	4学期	5学期	6学期	7学期	8学期	总计	比例
专业技能课程	14	12	14	12	6	8	4	4	74	67%
专业知识课程			2	2	4	2	4	2	16	15%
相关专业课程					4	4	6	6	20	18%
每周学时小计	14	12	16	14	14	14	14	12	110	100%

三、外语专业课程描述

1. 外语专业基础课程

（1）基础外语　基础外语是一门外语入门技能课，主要在于对学生进行扎实的语音、基本语法、基础词汇和阅读能力的基础训练，使学生了解外语语言的基础知识和使用的一般规律，具备基本的口语和笔头表达能力。同时注重对所学语言国家的国情知识和社会文化的讲授，开拓学生视野，为中级阶段的学习打下坚实基础。

（2）中级外语　本课程的目的是培养和提高学生综合运用外语的能力。本课程对学生进行语言基础训练，扩大基础词汇量，熟悉外语常用句型，进行篇章讲解，了解外语各种文体的表达方式和语言特点，培养阅读理解能力，训练各种阅读技能，提高阅读速度。同时结合阅读能力的训练，丰富和深化学生的语言知识，提高学生口头和书面表达能力，包括复述、改写、写作短文和翻译的能力。在其他单项语言技能训练课程的配合下，使学生达到《教育部制定的各语种专业教学大纲》规定的听、说、读、写、译等技能的要求。

（3）高级外语　高级外语是一门训练学生综合外语技能尤其是阅读理解、语法修辞与写作能力的课程。课程通过阅读和分析内容广泛的材料，包括涉及政治、经济、社会、语言、文学、教育、哲学等方面的名家作品，扩大学生知识面，加深学生对社会和人生的理解，培养学生对名篇的分析和欣赏能力、逻辑思维与独立思考的能力，巩固和提高学生外语语言技能。每课都应配有大量的相关练习，包括阅读理解、词汇研究、文体分析、中外互译和写作练习等，使学生的外语水平在质量上有较大的提高。

（4）外语语音　外语语音课的目的是向学生系统介绍外语语音和语调的知识，使学生通过学习和练习掌握外语的发音、语流的规律、语调的功能，基本上能正确使用外语语音、语调朗读、表达思想并进行交际。本课程要求以学生练习为主、从听辨音、调能力的培养入手，将听力、发音与口头表达三方面的训练紧密结合起来，既强调基本功的训练，又注意活用练习。教学内容要求突出以下几方面：①外语音素的正确发音方法、辨音能力、模仿能力综合训练；②外语的单词重音及语句重音的基本规律、表现形式、表意功能的讲授与训练；③外语语流的节奏规律、基本特征、基本要素、强/弱读式的训练；④外语所特有的语音、语调的结构、功能及其在交际中的运用。

（5）外语听说　外语听说是外语听力和外语口语相结合的课程，也可根据需要分别开设听力课和口语课。在听力理解方面通过多种形式的训练，帮助学生初步克服听力障碍，听懂外语国家人士在一般社交场合的交谈和相当于中等难度的听力材料，能理解大意、抓住主要论点或情节，能根据所听材料进行分析、领会说话人的态度、感情和真实意图，并用外语简要地做笔记。在基础阶段结束时，学生应能听懂外语广播、电视国际新闻的主要内容。在外语口头表达能力方面，要求学生达到：①能利用已掌握的外语比较清楚地表达自己的思想，在遇到想不起的单词或没有把握的结构时能运用交际策略绕过难点达到交际的目的；②能准确掌握诸如询问、请求、建议、忠告等交际功能，在不同的场合，对不同的人用恰当、得体的语言形式去体现不同的交际功能；③树立主动开口讲外语的信心，培养讲外语的热情和兴趣；④逐步达到在外语口头表达方面准确与流利的结合。

（6）外语阅读　外语阅读课的目的在于培养学生的外语阅读理解能力和提高学生的阅读速度；培养学生细致观察语言的能力以及假设判断、分析归纳、推理检验等逻辑思维能力；提高学生的阅读技能，包括细读、略读、查阅等能力；并通过阅读训练帮助学生扩大词汇量、吸收语言和文化背景知识。阅读课教学注重阅读理解能力与提高阅读速度并重。教材选用题材广泛，向学生提供广泛的语言和文化素材，扩大学生的知识面，增强学生的外语语感，培养学生的阅读兴趣。

（7）外语写作　外语写作课的目的在于培养学生初步的外语写作能力，包括提纲、文章摘要、短文以及简单的应用文。写作课的开设时间根据各校的情况，在二年级与三年级开设三或四个学期，教学内容的安排从如何用词和句子结构入手，要求学生根据提示作文，或模仿范文写作，或根据一定的情景进行串写，进而过渡到掌握段落写作技巧、篇章布局和短文写作。在条件许可下，进一步训练学生掌握各种文体及其篇章结构，如描写文、记叙文、说明文和议论文等。

（8）外语语法　外语语法课的目的在于帮助学生重点掌握外语语法的核心项目，提高学生在上下文中恰当运用外语语法的能力和使用外语的准确性，使学生对外语语法有一个比较系统的了解并能借助外语语法知识解决外语学习过程中的有关问题。本课程要求学生有计划地阅读英语语法教材，探讨英语语言的结构，通过各种练习，牢固地掌握外语语法，提高运用外语的能力。

（9）视听说　视听说课的目的在于提高学生对语言真实度较高的各类视听材料的理解能力和口头表达能力。通过"视"、"听"、"说"的结合，以直观画面和情节内容为基础开展有针对性的口语训练，运用复述、总结、对话、口头概述、即席演讲等活动形式，提高学生的听力理解和口头表达能力，加深学生对外语国家的政治、经济、社会、文化等方面的认识和了解。

（10）应用文写作　应用文写作课的目的在于使学生了解应用文的特点和掌握应用文的写作能力。通过应用文阅读和应用文写作的训练，使学生熟悉应用文的语言特点、篇章结构及基本格式，能独立撰写或起草各类文件和信函，并基本符合要求。

（11）外国报刊选读　外国报刊选读课的目的在于培养学生阅读外语对象国报纸杂志的能力。通过熟悉外语对象国报刊、杂志的文章的一般特点，分析文章的思想观点、篇章布局、语言技巧及文体修辞等，进一步提高学生的阅读理解能力和思想表达能力。本课程教学内容的选材广泛且具有一定的难度，如主要报刊、杂志中的时事评论、社论、政论、专题报道等方面的文章，题材涉及社会、政治、经济、战争、环保、人口、国际关系、科学技术等方面。

（12）网络阅读　网上阅读课的目的在于使学生掌握网上阅读与从网上获取信息的能力。通过指导学生上网访问、熟悉各种浏览器、了解网上常用的网址、搜寻各种信息和资料并根据自己的需要获取信息和资料，包括学习和提高外语水平所需的听、说、读、写等方面的材料以及毕业论文设计和从事专题研究、写作所需的文章和资料，使学生具备利用网络搜寻获取信息和资料的能力。

2. 外语专业高级课程

（1）文学课程　文学课程的目的在于培养学生阅读、欣赏、理解外语文学原著的能力，掌握文学批评的基本知识和方法。通过阅读和分析外语对象国文学作品，促进学生语言基本功和人文素质的提高，增强学生对西方文学及文化的了解。授课的内容包括文学导论、外语对象国文学概况、文学批评等。

（2）语言学课程　语言学课程的目的在于使学生了解人类语言研究的丰富成果，提高其对语言的社会、人文、经济、科技以及个人修养等方面重要性的认识，培养语言意识，发展理性思维。语言学课程的开设有助于拓宽学生的思路和视野，全面提高学生的素质。授课内容可包括语言与个性、语言与心智、口语与书面语、语言构造、语言的起源、语言变迁、语言习得、语言与大脑、世界诸语言与语言交际、语言研究与语言学等。

（3）翻译类课程　翻译类课程的目的在于培养学生翻译的基本素养，传授翻译所需的技巧，使学生在进入职场前拥有翻译所需的基础知识。翻译类课程主要包括笔译、口译、翻译基础、即席翻译等。口译课是为高年级学生开设的外语基本技能课程。通过讲授口译基本理论、口译背景知识和训练口译的基本技巧，使学生掌握口译的基本理论和专题连续传译的技能，初步学会口译记忆方法、口头概述、口译笔记及公众演讲技能，以求学生能较准确、流畅地进行汉英对译。笔译课的目的在于使学生具备笔头翻译的基本能力。通过介绍各类文体语言的特点、汉外两种语言的对比和分析以及各种不同文体的翻译方法，使学生掌握汉外双语翻译的基本理论，掌握汉外词语、长句及各种文体的翻译技巧和汉外互译的能力。要求译文比较准确、流畅。即席翻译则是培养学生同声传译的能力，它集合了很多口译课程的特点，但是更侧重于学生的记忆以及语言组织能力。

（4）社会文化课程　社会文化课程的目的在于使学生了解外语对象国的历史、地理、社会、经济、政治、教育等方面的情况及其文化传统，提高学生对文化差异的敏感性、宽容性和处理文化差异的灵活性，培养学生跨文化交际能力。授课内容包括外语国家概况、外语对象国社会与文化、西方文化入门、希腊神话、罗马神话、《圣经》等。

3. 相关专业知识课程

开设各种相关专业知识课程是培养复合型外语人才的重要环节，此类课程的目的是使学生对战后国际政治、中国外交政策和对外交往的发展过程与趋势有一定的了解，树立全局观念；对中国文化和社会经济发展有一定的了解，提高对外介绍能力；获得一定的国际金融、经贸知识，提高口笔译能力，适应改革开放的需求；了解现代科技的发展情况，培养科学精神，并熟悉常用的科技词汇。

相关知识课程包括战后世界政治与经济、国际金融概念、国际商业概论、西方文明史、中国文化概论、外交学导论、外语教育史、世界科技发展史、国际法、外语新闻写作等。

第二章 外文相关专业选择

> 选你所爱，爱你所选，坚持到底，直到胜利。
>
> ——佚名

第一节 志愿的选择与填报

一、外语专业选择难点所在

人生就是一个接一个不断地进行比较与选择的过程。没有选择的道路或许是一种近乎绝望的痛苦，然而同时有多个相当的选择可能更是一种难以决断的困境。选择英语、法语、俄语还是其他小语种作为自己的专业，是广大有志于报考外语专业的考生又一个非常头疼的问题。这种选择就像选择报考哪所大学一样令许多考生举棋不定。的确，许多家长和考生对于大学各种专业的具体情况不甚了解，造成考生在选择专业的时候非常迷茫，甚至许多考生选择了自己并不擅长的学科作为自己的专业，导致大学里对专业学习无兴趣或是学习困难。对于外语专业的情况更是如此。

首先，绝大多数考生中小学学习中仅接触一种外语，而且在当下中国的教育背景下，全国绝大多数中小学外语教育课程都是英语，极少一部分地区的个别学校外语课程开设的是俄语、法语或者日语等。因此，家长和考生对于其他外语语种的了解是极少的，甚至绝大多数人根本就一无所知。各种外语都具有自己非常大的独特性，对于外语的学习不仅需要良好的记忆和形象思维能力，而且需要一定的语言学习天赋和持之以恒的艰苦努力。如果不具备这种语言学习天赋和长期苦练的毅力，要学好一门外国语言将是非常困难的事情。

其次，考生对社会对于外语专业人才的需求状况、未来的社会形势变化、外语专业人才未来的就业和继续发展方向、所具有的潜在优势与局限均缺乏详细和深入的了解。在这种状况下，要让一个未走入社会的高中毕业生把一种几乎完全未知的外国语言作为未来4年或更多年的专业来学习，甚至会成为未来一生中的谋生手段的职业，这种选择的确是相当困难和难以准确把握的事情。

二、填报志愿时要注意的几个因素

填报志愿好比裁剪衣服，要根据每个人的体型、偏好而量体裁衣。那么，不同成绩、不同爱好的考生应该如何填报志愿，使其更

合身？在解决问题前，首先要明确两个认识前提。一是招生工作中实际上存在着两条线，即省招办对考生志愿院校的投档，因而存在着一个志愿院校的投档线；院校对专业的投档，因而客观上也存在一个专业录取线。这两条线中，一般专业录取线要高于院校投档线，而优势学科及热门专业录取线就更高，因而志愿填报成功的前提条件是：你的总分不但要高于志愿院校的投档线，而且要高于所报专业的录取线。二是志愿填报是有风险的。因为影响录取成功的关键数据有4个：考生的总分、各省各批次的最低控制分数线、院校投档线、专业录取线。这些数据综合反映了考生总分与各省各批次最低控制分数线相比是否足够高。而这4个数据，除了在知分填报志愿的情况下，成绩与省批次最低控制分数线是已知的，院校投档线与专业录取线一般是未知的。因此，在存在诸多盲点的情况下填报志愿，经验和策略就显得十分重要。

多年苦读，高考和志愿填报后，就等丰收了。谁愿意输在这最后一关——志愿填报上呢？虽然我们有千万个不愿意的理由，但事实是，每年都有相当数量的考生就"裁"在这志愿上。

（一）志愿基础：我的志向是什么

每个学生在大学读书的时间相对是短暂的，但是专业往往会伴

随学生的一生。所以，有理由要高度重视选专业。选择专业的方法，最重要的一点是要根据自己的理想志趣、性格与特长来选择。选择自己感兴趣的专业，在未来的学习、工作中无疑可以扬长避短，充分发挥自己的聪明才智。只要有了这个"主心骨"，就可以大胆取舍、果断选择。考生一旦确定了兴趣所在，在选择上就可围绕这一兴趣的主题来做文章。

一个人在学习阶段会面临3次重要时期：一是小学三年级左右，开始接触自然科学，其重要性不言而喻；二是在高中阶段确定学文科还是理科，这类决定会影响大部分人的学术发展道路；三是高考志愿选报的专业，这次选择会决定多数人一生职业发展道路。所以，每位学生填报志愿前一定要静下心来，认真考虑自己的志向。是想成为一名医生，还是律师、工程师、金融操盘手、职业经理人……？是想活跃在自然科学领域，还是人文社科，或是文坛体坛，甚至艺术、娱乐的圈子？你可以设想一下4年后的生活状态来帮助自己确定发展方向；可以通过查资料，借鉴名人的经历或过来人的意见来明确自己该选择哪一行来达到自己的梦想。

选择专业最重要的原则之一是"兴趣"。从某个角度来看，学习是枯燥艰苦的，没有兴趣很难坚持下去。原则之二是根据自己的学习特点，扬长避短。比如你数学不太好，就尽可能避开对高等数学要求很高的专业；再比如药学是以化学和生物、医学为基础的学科，这类学科基础比较好，或是对它们较感兴趣的学生可以更好的适应本专业的学习。没有接触过具体课程的高中考生，可以从高中对化学和生物两个科目的学习中得到初步的判断。原则之三是今后的就业是要考虑的，但是也不是绝对的。不管你今后从事什么行业，只要是你喜欢并乐于奉献的，相信都可以取得不错的回报。社会在发展进步，过于在意今后哪个专业就业前景好，不是明智的选择。

虽然许多考生都有自己独特的爱好和志向，但是，在填报高考志愿和高考录取中，却常常被一些人为因素和考生自己的原因，把考生的爱好和志向扼杀掉了，这是在人才成长和发展过程中，一个不容易忽视的重要问题。填报志愿时，我们尤其要注意避免下面的情况。

1. 避免以高考成绩来决定报考的学校，而忽视专业选择

高考成绩是决定考生被所报考的高校录取与否的决定要素，成绩的高低直接关系到考生能否进入自己心仪的大学或专业学习。尽管高考成绩非常重要，但它只是决定高考志愿诸多因素中的一个因子，它不能代表考生的兴趣、爱好，也不可能准确预见社会的需要，所以不能不看高考成绩，也不能只看高考成绩。那种完全以成绩来决定报考学校和专业，而放弃了本人的兴趣、爱好的做法是不可取的。事实上，现在知分填报志愿中，就有一些考生全凭考分选大学和专业的现象。如有的考生在志愿填报时，就是完全根据高考成绩来看能报哪所大学就报哪所，至于其他如专业、爱好、兴趣、志向等都搁在一旁。几乎所有的家长在考虑志愿填报时都疏忽了考生本人的兴趣和爱好。这就是典型的凭分数决定志愿的代表。

诚然，不管是考前还是考后的志愿填报，考生必须要考虑高考成绩，这是考生能否被高校录取的基本前提，如果成绩达不到要求，考生肯定无法被录取，关于志愿的合理与否就更无从说起了。但我们更主张考生先能确定自己的兴趣、志向，大致选择出一些相应的专业，再从有可能被录取的大学中选择自己相对满意的大学。

2. 避免盲目追求热门专业

在很多情况下，之所以考生和家长会忽视志向的选择，很大一部分原因是他们所认为的"热门"与"冷门"之分。所谓的"热门"和"冷门"，在很大程度上其实是受学生和家长对专业的认知程度所左右的。学生在中学所学习的无非是数、理、化、生、文、史、哲这些基础学科的基础知识，他们对诸如药学这样的专业，在中学阶段应该是没有认识也不可能了解的，而家长受个人工作性质和社会活动范围的局限，也未必对高校设置的所有专业都有明确认识。他们评判专业的标准很有可能是网站上介绍某个行业的兴旺发达，某个朋友的子女在哪个专业发展不错，甚至是某专业经常在生活中被交口传颂等。

所以"小而精"或是"大而全"，是不同专业特点决定的，并不能代表专业的好或坏。而且往往"冷门"专业由于填报人数较少，录取分数也不像"热门"那样高不可攀。

事实上，所谓的"热门"和"冷门"专业是相对的、暂时的。事物总是处于不断变化中的。考生及其师长必须考虑两者之间的辩证关系，以长远的、发展的眼光来看待目前的"热门"和"冷门"专业。这个时期的"热"可能就是下个时期的"冷"，"热"到巅峰往往就是"冷"的开始。也就是说随着社会的发展和其对人才需求的变化，"冷门"和"热门"是可以相互转化的。"热门"专业当然好，但要看是否适合自己，不能只听别人说某专业就业方向、就业前景以及工作环境和待遇如何如何，就不管三七二十一，也不管适合不适合自己，去盲目跟风填报。考生千万别不顾自己的爱好而一味追求"热"，挤独木桥。否则，落榜的概率就大得多。事实是，只要考生报考适合自己的、感兴趣的即使是"冷门"专业也一样可学出成果。反之，再"热门"的专业，如果不适合自己，即使考上了，也往往学不好，也可能将一事无成。每年，大学里很多人申请转专业，甚至有的人还会因为专业不适合自己而退学重来，这些人要么是不知道专业的真正内涵，要么是没找到自己的兴趣、爱好、特长所在。

就读不同的专业，考生将来就业的领域和发展的前景也不尽一致。而考生对专业学习的兴趣直接影响考生将来学习的热情，最终决定学习的成效。所以考生对自身的优势和弱势要有清晰的认识，知道自己感兴趣的行业、适宜学习的专业，这样才能扬长避短去选择合适的高校和专业。

（二）了解各院校的专业设置及重点专业情况

当我们初步确定了自己的理想专业以后，就面临选择学校的问题了。选择学校必须了解专业设置及重点专业的情况。

1. 要仔细了解院校招生的实际内容

有些专业虽然名称相同，但是各高校设置各有侧重点，在专业方向、主要课程设置、教学内容、学校体制、毕业生去向等方面都会有或多或少的差异。一些高校为了使冷门专业完成招生任务，就巧变专业名称，使考生难辨实质。

2. 要认真衡量专业质量

一般来说，每个院校都有几个具有相对优势的重点专业，考生需要关注的问题是：各院校的优势重点专业的水平目前处在哪一个水平层面上。是在国际上有一定影响的专业，还是国家级的重点专业；是省部级重点专业，还是校内重点专业。有硕士授予权的专业比没有硕士授予权的专业好，有博士授予权的则更好；设有博士后流动站和国家重点实验室的专业，应该就是国内一流甚至国际有名的。对上述问题，考生要做到心中有数。

3. 要慎重选择新专业

高校新设置的专业虽然有可能有紧跟经济和社会发展、好就业等特点，但有的专业在师资、教材以及录取参考数据等方面都存在着一些不尽如人意的地方。

（三）科学分析历年录取分数线

考生在报考某所大学某个专业时，肯定要参考前几年的录取分数，这样填报的志愿才有一定的针对性，才不盲目。但如何看待这些数据以及怎样去分析、参考，则是我们要解决的问题。几乎每个学校的招生网站上都会公布历年的录取分数线，但我们需要注意的是这个数据是高校文理科的录取分数线，并不是说你达到了这个分数线就一定能就读你理想的专业。目前高校录取的数据统计中，有最高分、最低分和平均分。对于最高分来说，考生可以淡化这一概念，因为对考生没有多大参考意义。我们说要上大学，首先考虑或担心的是录取与否，而最高分显然不是决定录取与否的关键。而最低分则是以该校在某地某个专业的分数为统计依据的。因为高校录取是按专业录取，有的学校的最低录取分与其他专业的录取分相差很大。因此，如果考生想录取到满意专业的话，最好是参考平均分。

部分学校近年招生录取分数线见表 2-1、表 2-2、表 2-3、表 2-4、表 2-5、表 2-6。

表 2-1 2008 年北京外国语大学非通用语在北京地区提前招生录取分数线

专　　业	性别	录取最低分	
		笔试总分	面试分
西班牙语	男	590	78
	女	637	80
葡萄牙语	男	581	83
	女	621	84
阿拉伯语	男	575	64
	女	609	72
俄语	男	590	84
	女	615	85
意大利语	男	618	81
	女	624	87
波兰语	男	563	69
	女	585	70
阿尔巴尼亚语	男	525	95
	女	589	89
塞尔维亚语	男	539	65
	女	573	78
克罗地亚语	男	558	77
	女	583	88
丹麦语	男	602	78
	女	626	89
冰岛语	男	569	85
	女	595	87
韩语	男	565	80
	女	606	85
马来语	男	550	75
	女	637	71
斯瓦希里语	男	551	63
	女	606	88
豪萨语	男	546	80
	女	597	78
越南语	男	563	82
	女	534	81
希伯来语	男	552	79
	女	582	77

注：资料来自 http://zhaosheng.bfsu.edu.cn/，仅供读者参考。

表 2-2　2007 年北京外国语大学部分外语专业在各省（市）录取分数线

省市	专业\分数	英语 最高分	英语 最低分	英语 平均分	法语 最高分	法语 最低分	法语 平均分	德语 最高分	德语 最低分	德语 平均分	日语 最高分	日语 最低分	日语 平均分
北京	文史	634	608	621	637	596	612	616	612	614	606	590	598
北京	理工	672	641	656	652	631	636	651	633	647	627	613	622
天津	文史	642	623	624	611	610	611	591	588	590	599	588	594
河北	文史	614	607	611	610	610	610	614	612	613	608	600	604
河北	理工	657	654	656	638	638	638	657	657	657	644	644	644
内蒙	文史	625	616	621	607	567	587				556	556	556
辽宁	文综	623	603	613	630	627	629	617	617	617	602	602	602
辽宁	理综	619	619	619				650	650	650	629	629	629
吉林	文史	631	620	621	624	624	624	632	632	632	616	614	615
吉林	理工	663	663	663	671	671	671	672	672	672	671	671	671
黑龙江	文史	618	607	613	621	621	621	623	621	622	618	618	618
黑龙江	理工	662	662	662	657	657	657	665	665	665	644	644	644
上海	文史	505	503	504	506	506	506	510	508	509	506	506	506
江苏	综合	675	611	636	668	619	639	663	626	648	662	619	635
浙江	文史	610	610	610	610	607	609	609	598	605	602	589	596
浙江	理工	659	656	658	661	655	658	662	657	660	644	640	642
安徽	文史	605	604	605	596	596	596	602	602	602	594	594	594
福建	文史				617	617	617	622	616	619	612	612	612
江西	文史	621	620	621				622	622	622	611	611	611
山东	文史	655	650	652	654	654	654	649	648	649	645	645	645
山东	理工	663	649	656	663	663	663	655	654	655			

省市	专业分数	英语 最高分	英语 最低分	英语 平均分	法语 最高分	法语 最低分	法语 平均分	德语 最高分	德语 最低分	德语 平均分	日语 最高分	日语 最低分	日语 平均分
河南	文综	626	611	619	618	618	618	630	628	629			
	理综	655	653	654	648	648	648	650	650	650	647	647	647
湖北	文史	596	594	595	598	**597**	598	591	581	586	595	595	595
	理工	648	636	642	629	629	629	627	571	599	548	548	548
湖南	文史	618	616	617	623	616	620	615	614	615			
	理工	620	615	618	623	615	619	616	615	616	611	611	611
海南	文史	818	805	812				824	824	824			
广东	综合	665	624	642	656	639	649	665	640	653	665	665	665
广西	文史	629	627	628				626	625	626	626	626	626
重庆	文史	613	608	611	600	600	600	594	594	594	615	615	615
四川	文史	618	617	618	619	619	619	622	622	622			
贵州	文史	642	640	641	624	624	624	640	640	640			
陕西	文史	639	636	637	649	649	649	645	637	640			
甘肃	文史	633	627	631				640	640	640			
宁夏	文史	617	617	617									
青海	文史	612	612	612				534	534	534			
新疆	文史	642	623	633				609	609	609			

注：此表中空格为当年该专业没有招生，表中加粗分数不含附加分。

资料来自 http://zhaosheng.bfsu.edu.cn/，仅供读者参考。

表 2-3   2006 年北京外国语大学部分外语专业在各省（市）录取分数线

省市	专业分数	英语 最高分	英语 最低分	英语 平均分	法语 最高分	法语 最低分	法语 平均分	德语 最高分	德语 最低分	德语 平均分	日语 最高分	日语 最低分	日语 平均分
北京	文史	621	605	612	617	596	602	615	597	607	600	593	597
北京	理工	662	656	659	649	622	638	658	634	648	630	628	629
天津	文史	600	574	587	578	578	578	573	573	573	538	538	538
河北	文史	622	622	622				612	607	609.5	610	593	601.5
内蒙	文史							624	624	624			
辽宁	综合	619	619	619				630	619	624	618	614	616
吉林	文史	626	626	626	654	654	654	649	623	636	624	604	616
吉林	理工	668	668	668	649	649	649	668	668	668			
黑龙江	文史				630	629	629.5	641	627	634	626	622	624
黑龙江	理工	651	651	651				678	678	678			
上海	文史	529	529	529				543	541	542			
江苏	综合	657	651	654.3	647	646	646.6	659	648	651.8	645	643	644
浙江	文史	645	642	643.5	641	641	641	647	643	644.6	642	641	641.5
浙江	理工	668	668	668	667	654	660.5	668	660	664	604	604	604
安徽	文史	629	629	629	622	622	622	634	634	634			
福建	文史	623	623	623	628	621	624.5	626	626	626			
江西		589	589	589				604	604	604			
山东	文史	633	629	631	629	629	629	626	626	628	622	622	622
山东	理工	659	655	657	658	658	658	652	651	651.5	611	611	611

省市	专业分数	英语			法语			德语			日语		
		最高分	最低分	平均分	最高分	最低分	平均分	最高分	最低分	平均分	最高分	最低分	平均分
河南	文综	652	644	648	637	634	635.5	638	634	636			
湖北	文史	610	608	609	614	607	610.5	617	607	612	606	606	606
	理工	631	631	631	624	624	624	632	628	630	617	617	617
湖南	文史	655	655	655	665	657	661	657	654	655.5			
	理工	633	633	633	624	622	623	629	626	627.5			
海南	文史	780	780	780				782	782	782			
广东	综合	815	806	810	796	786	791	791	787	789			
广西	文史	617	617	617				624	624	624	631	631	631
重庆	文史	640	639	639.5	626	626	626	637	637	637			
四川	文史	615	615	615				622	616	619			
贵州	文史	601	601	601				615	615	615			
陕西	文史	638	635	636.5	650	636	643	640	639	639.5			
宁夏	文史							601	601	601			
青海	文史							571	571	571			
新疆	文史							615	615	615			

注：此表中空格为当年该专业没有招生。

资料来自 http://zhaosheng.bfsu.edu.cn/，仅供读者参考。

表 2-4　2007 年上海外国语大学外语专业在上海市录取分数

专业名称	文理科	最高分	最低分	平均分
英语	文科	533	502	509
	理科	522	501	506.6
俄语	文科	508	508	508
	理科	508	505	506
德语	文科	545	517	526
	理科	545	519	528.6
法语	文科	538	522	526.9
	理科	545	526	532.5
西班牙语	文科	538	534	535.3
	理科	537	521	528.2
阿拉伯语	文科	510	499	504.5
	理科	511	506	507.7
日语	文科	551	502	512.2
	理科	513	501	505.8
朝鲜语	文科	512	503	507
	理科	523	502	512.5
印度尼西亚语	文科	498	498	498
	理科	496	496	496
泰语	文科	496	496	496
	理科	497	497	497
葡萄牙语	文科	498	498	498
	理科	528	517	522.5
瑞典语	文科	534	520	526
	理科	523	511	517.5
希腊语	文科	509	507	508
	理科	517	508	512.5
意大利语	文科	525	515	520.2
	理科	531	517	522.7
荷兰语	文科	517	508	513.3
	理科	512	508	510.3
翻译	文科	543	516	521.3
	理科	570	516	525.9
英语(英语教育)	文科	502	495	497.8
	理科	504	496	498.3
国际经济与贸易(日语)	文科	534	511	518.9
	理科	543	510	517.2

注：资料整理自 http：// zhaoban. shisu. edu. cn/，仅供读者参考。

表 2-5　2006 年上海外国语大学部分外语专业在上海市录取分数线

专　　业	文理科	最高分	最低分	平均分
英语	文科	547	522	527.3
	理科	521	501	507.1
俄语	文科	531	527	529.6
	理科	521	507	511.5
德语	文科	569	538	547.5
	理科	556	525	537.1
法语	文科	561	538	547.4
	理科	555	527	535.1
西班牙语	文科	564	545	554.4
	理科	573	535	552.8
阿拉伯语	文科	522	515	519.3
	理科	521	504	512.8
日语	文科	525	519	520.9
	理科	524	512	514.3
波斯语	文科	523	519	521
	理科	503	503	503
朝鲜语	文科	536	536	536
	理科	536	536	536
葡萄牙语	文科	538	538	538
	理科	526	521	523.3
意大利语	文科	534	534	534
	理科	526	526	526
英语(英语教育)	文科	532	516	519.8
	理科	511	499	503.7
日语(国际经济与贸易)	文科	557	531	537.1
	理科	551	516	525.3

注：资料整理自 http://zhaoban.shisu.edu.cn/，仅供读者参考。

表 2-6 2007 年北京大学部分外语专业在各省（市）录取分数线

表 2-6-1

省份	英 语			德 语			法 语		
	最高分	最低分	平均分	最高分	最低分	平均分	最高分	最低分	平均分
安徽	622	622	622	620	618	619			
北京	634	619	625.5						
福建	633	631	632						
广东	664	660	662						
贵州	648	646	647						
河北	619	612	616.3						
河南	641	641	641						
黑龙江	634	634	634						
湖北	618	600	609	612	600	607.3			
湖南	636	636	636						
吉林							674	655	664.5
江苏	647	646	646.3	653	645	649	655	648	651.5
江西	636	635	635.5						
辽宁	645	637	641	641	636	638.5			
山东	666	661	663.8						
山西	631	623	627						
陕西	651	651	651				641	640	640.5
上海	550	550	550				547	541	544
四川				646	634	640			
天津	602	602	602						
新疆	634	632	633						
浙江	624	624	624	621	618	619.5	627	626	626.5

38

表 2-6-2

省份	俄 语			日 语			朝鲜语		
	最高分	最低分	平均分	最高分	最低分	平均分	最高分	最低分	平均分
海南	838	838	838						
河北	616	616	616	620	620	620			
吉林							645	641	643
江苏				648	645	646.5			
上海				548	535	541.5			
天津	608	595	601.5	604	604	604			

表 2-6-3

省份	西班牙语			阿拉伯语			希伯来语		
	最高分	最低分	平均分	最高分	最低分	平均分	最高分	最低分	平均分
广东							655	655	655
河北	619	619	619						
河南				634	632	633			
湖南	619	616	617.5						
吉林	647	647	647						
江苏	647	647	647						
江西				634	634	634			
辽宁	618	618	618						
山东	643	643	643						
上海							538	537	537.5

表 2-6-4

省份	印地语			乌尔都语		
	最高分	最低分	平均分	最高分	最低分	平均分
海南	851	851	851			
辽宁				636	625	630.5
上海	537	536	536.5			

注：资料整理自 http：//www.gotopku.cn/index.php，仅供读者参考。

（四）根据院校级差、专业级差制定合理的专业志愿梯度

在最后填报专业志愿时，级差和专业志愿梯度是我们必须考虑和注意的问题，处理不好很有可能与理想专业失之交臂，甚至失去该大学录取资格。

1. 院校梯度和级差

院校梯度是指在同一批次的院校中，在录取时形成的分数之间的差异，这种分数高低的差异就称"院校梯度"。如同是"211"或"985"工程的院校，而北京大学和清华大学每年在各地的录取分都要比其他院校高，它们和其他院校之间的分数差异可以说就是一种院校梯度的体现。

院校级差是指在录取时，学校在优先录取第一志愿考生的前提下，对非第一志愿报考该校的考生，按照招生政策规定减掉一定分数，再看其是否达到学校录取分数，予以录取。通常情况下，第一志愿满额度高，很多学校无法接受第二志愿甚至第三志愿的学生。

可见，第一志愿的填报尤为重要。但我们也能通过调查和分析，提高第二志愿和第三志愿的录取率。

（1）政策填报法　读懂各校招生政策，有的学校明确标明不接受第二志愿考生和调剂生，有的学校为提高生源质量，愿意降分录取第二志愿的高分考生。在历年的录取上也可能分辨出这些高校。

（2）常规填报法　常规填报法指第二志愿选择一些几年来生源不足的院校。这些院校主要集中在农、林、矿、油等院校，其实这些院校有的并不乏好的专业。

2. 专业梯度和级差

专业梯度是指，在同一院校中的各个专业，在录取时形成的分数之间的差异，这种分数高低的差异就称"专业梯度"。

一般情况下，第一志愿专业填报的是考生最心仪的专业；但若考生分数不占优势，就要理智地避开热门专业。很多学校都设立了专业志愿级差，专业级差是考生所填专业之间的分数差别，含义与院校级差相同，即规定如果考生第一专业志愿落选而要录取到第二或第三某专业的话，就要在考生总分中减去级差分数后，再和其他

第一志愿填报某专业考生的分数进行排序，按分数高低进行录取。

因此，考生在填报专业志愿的时候，要把握好专业志愿梯度。怎样把握好梯度呢？首先，要对拟报考院校的各方情况有一个清晰的了解。其次，细查院校近几年的录取分数等情况，大致分析所选院校在录取上的变化。第三，正确认识自身的条件选择适合自己的梯度，因为"梯度"也是因人而异的。第四，巧妙安排设计好第一志愿与二、三、四志愿的层次，使各个志愿的排列由高到低形成合理的"梯度"，这样做往往会达到拾遗补缺的目的。若缺少梯度，二、三、四等各志愿就会形同虚设。"设计"梯度时，要尽量避免填成"并列式"，即高、高、高，或"波浪式"，即高、低、高；更不能从低到高倒置填报志愿。志愿间梯度越大，保险系数就越高，但是也不能落差太大，要不就会容易造成"高分低就"的结局。

3. 地域梯度

地域梯度是指在同一批次录取中，由于各院校所处的地理位置不同，而形成了一种录取分数高低的差异。如同是师范类的高校，北京师范大学和华东师范大学在各地的录取分数线经常会高出其他师范类大学在各地的录取分数线，其中原因之一就是这些学校所处的北京、上海的地理位置比较特殊。

历年来，沿海城市、经济文化繁荣的城市都是考生报考的热点。这些地方发展较快，建设较全面，林立着各大公司、企业、机构的总部，通信信息发达，各种机会多，既是学生求学的好地方，也是求职的中心。因此，位于这些地域的同批次学校往往要更高的录取分数线。具体说来，指的是北京、上海、天津、南京和沿海发达的大城市（厦门，深圳等）。

考生在填报志愿时，不要只盯着几个热门地区，可以同时考虑其他地域的院校。一方面，可以增大第二、第三志愿的录取可能；另一方面，我们也应认识到国家正在大力支持东北和西部的发展以及中部的崛起，这些地域更迫切的需要高端人才，也能为有志之士提供更广阔的舞台。

4. 慎重对待"是否服从调剂"

尽管每年都有老师不停劝导考生填写"服从调剂",但每年仍有不少考生没注意填报的"三梯度",在不服从调剂的情况下落榜。事实上,进了大学会有很多选择,比如双学位、主辅修,也有越来越多的院校在入学一年内提供调换专业的机会,也有同学在考研时成功转换专业。当前,相当多学生毕业后并不是从事所学的专业。专业只是提供一种就业的可能,而不是全部。各综合性大学也趋向于培养厚基础、宽口径、综合素质高的学生。这也就为学生日后的就业和发展提供更多的可能。而且,绝大部分高中生并不是很明确和正确的知道自己想要干什么、适合干什么。因此,学生和家长在填写"是否服从调剂"时应三思而后行。

在填写"是否服从调剂"时也有一些技巧:在志愿书的一表、二表和专科志愿的后面都有"是否服从调剂"一栏。如果学生立志要报考重点高校,那么就可以只在重点院校的志愿后面填写"服从";如果考生不想报考某类型高校,也可以在服从的栏里注明。就报考某一高校而言,还有一个对专业是否服从的问题,考生同样可以在填写服从的时候有所选择,比如在报考某一综合高校的时候,可以填写"理工科专业服从",这样一般不会被录取到理工科以外的其他专业。

(五)用好《普通高等学校招生专业目录》和《录取资料》

在充分查阅《普通高等学校招生专业目录》的基础上,选定每批中填报志愿的学校和专业,按志愿表要求的志愿栏目,记录下所填报每批志愿学校和专业以及志愿学校代码和专业代码,同时要特别注意学校代码和专业代码的准确。

要特别注意查阅与自己志向有关的学校、专业以及专业后的招生计划数、该专业有没有限报条件和其他说明,还要清楚该院校的该专业属于哪一批录取。

各院校的详细录取资料可以从网上下载。里面包括最近 10 年此校各专业的计划招生数,实际填报此专业人数和实际招生数以及各专业在当年的录取分数线和录取最高分。考生在参考这些数据时，要结合当年的各批次分数线，注意分析判断志向院校在同批院校录取中所处的位置、志向专业在同批院校录取中和其他院校的相同专业相对的位置，相比时要注意应是相同科类、相同批次、相同计划形式的专业的比较；然后结合自己实际情况圈定合适学校。距离考生最近三年的录取资料尤其值得重视；另外，每年考分下来后各地区都有一个各批次的估测线，一般距实际分数线差距不大。

还有，录取资料中有一些统计项目的含义需要明确。例如，在招生学校和专业录取新生成绩分布表中"第一志愿上线数"是指在同批学校最低控制分数线上，第一志愿报考该院校的考生人数；"第一志愿录取数"是指第一志愿被该院校录取的考生人数；"第一志愿第一专业录取数"是指第一志愿学校的第一志愿专业所录取的考生人数。

特别提醒：在使用《普通高等学校招生专业目录》时，要注意一定要用于指导当年志愿填报的版本，上一年的版本不具参考价值，甚至会误事。

（六）新的投档录取方式——平行志愿

平行志愿是 2008 年高考新推广的投档录取方式。所谓平行志愿就是在每个录取批次的学校中，考生可填报若干个平行的学校，然后按"分数优先、遵循志愿"的原则进行投档录取，改变过去志愿优先的录取原则。

以前考生只能填报一个第一志愿，如果第一志愿落选，即使他的分数达到或远远高于第二志愿所报学校的录取线，也只有在这所学校第一志愿没有招满的情况下，才有可能被录取。这就使考生第一志愿落空后，其他志愿落选的可能性非常大。

具体地说，按照平行志愿录取方式，录取时，将考生按成绩从高分到低分顺序排队，依次检索考生填报的 A、B、C 等几个平行志愿，如果符合 A 志愿，则被录取，如果分数不够，则继续检索B 志愿，依次类推，直到被符合条件的学校录取。

目前，我国已有湖南、江苏、浙江、上海、北京等省市在高考招生录取中采用平行志愿。

名人坊：翻译家——傅雷

傅雷（1908～1966年），文学翻译家。字怒安，号怒庵。上海市南汇县人。20世纪20年代初曾在上海天主教创办的徐汇公学读书，因反迷信反宗教，言论激烈，被学校开除。"五卅"运动时，他参加在街头的讲演游行。北伐战争时他又参加大

同大学附中学潮，在国民党逮捕的威胁和恐吓之下，被寡母强迫逃离乡下。1927年冬离沪赴法，在巴黎大学文科听课；同时专攻美术理论和艺术评论。1931年春访问意大利时，曾在罗马演讲过《国民军北伐与北洋军阀斗争的意义》，猛烈抨击北洋军阀的反动统治。留学期间游历瑞士、比利时、意大利等国。1931年秋回国后，即致力于法国文学的翻译与介绍工作，译作丰富，行文流畅，文笔传神，翻译态度严谨。"文化大革命"期间，因受政治迫害，夫妇二人于1966年9月含冤而死。

傅雷翻译的作品，共30余种，主要为法国文学作品。其中巴尔扎克占15种：有《高老头》、《亚尔培·萨伐龙》、《欧也妮·葛朗台》、《贝姨》、《邦斯舅舅》、《夏倍上校》、《奥诺丽纳》、《禁治产》、《于絮尔·弥罗埃》、《赛查·皮罗多盛衰记》、《搅水女人》、《都尔的本堂神父》、《比哀兰德》、《幻灭》、《猫儿打球记》（译文在"文化大革命"期间被抄）。罗曼·罗兰4种：即《约翰·克利斯朵夫》及三本名人传《贝多芬传》、《弥盖郎琪罗传》、《托尔斯泰传》。服尔德（现通译伏尔泰）4种：《老实人》、《天真汉》、《如此世界》、《查第格》。梅里美2种：《嘉尔曼》、《高龙巴》。莫罗阿3种：《服尔德传》、《人生五大问题》、《恋爱与牺牲》。此外还译有苏卜的《夏洛外传》，杜哈曼的《文明》，丹纳的《艺术哲学》，英国罗素的《幸福之路》和牛顿的《英国绘画》等书。20世纪60年代初，傅雷因在翻译巴尔扎克作品方面的卓越贡献，被法国巴尔扎克研究会吸收为会员。他的全部译作，现经家属编定，交由安徽人民出版社编成《傅雷译文集》，从1981年起分15卷出版，现已出齐。傅雷写给长子傅聪的家书，辑录为《傅雷家书》(1981)，整理出版后，也为读者所注目。

第二节　入学要求

一、入学前的准备

（一）思想定位

大学新生在给自己正确定位之前，先要明白在大学生活里将发

生 6 个重大的改变。

1. 社会角色的转变

大学生与中学生担任的校内角色不同，在中学时，不少人是在校内或班内担任一定职务、受人尊敬的学习尖子，而在人才荟萃的大学校园里，他们中的大多数可能成为不担任任何职务的普通学生。大学新生须适应这种由出人头地到默默无闻，由高材生到一般学生的转变。此外，大学生与中学生所担当的社会角色也不同，中学生的心理和思想正在发展中，职业方向和社会角色不够确定；而大学生的职业方向基本确定，社会地位有了较大提高，社会对大学生的期望和要求标准要比中学生高得多。因此，大学新生要实现从中学生到大学生这种社会角色的变化，处处用大学生的标准严格要求自己，既学做人又学做事。

2. 奋斗目标的转变

大学是人生成才、成就事业的一个新起点。古人云："有志者事竟成"，"而学必先立志"。大学生应从高考胜利的满足和陶醉中清醒过来，根据学校教学的客观现实和自己的实际，制定出个人在学业、思想道德、心理发育等素质培养方面的奋斗目标和行动方略，以增强进取的内动力，为再创大学阶段的人生辉煌打下良好的基础。

3. 思维方式的转变

与中学相比，大学的生活节奏快，活动空间大，结交的人多，面对这些环境条件的变化，大学新生的思维方式要做到由"非成人化"向"成人化"转变。在思考处理所遇到的问题时，要力求做到辩证全面而不要唯心片面，要远见务实而不要目光短浅，对人生重大问题的选择要深思熟虑、三思而后行，而不要盲目冲动或感情用事，要加强道德和法制观念，做事要考虑后果。

4. 生活方式的转变

在中学时，有些生活琐事依靠父母、亲友的帮助，进入大学后，衣食住行等个人生活都由自己处理安排，自主、自立、自律是大学生活的主旋律。大学生应适应这种生活方式的变化，自主而合理地处理好个人的学习和生活问题，注意培养独立生活的能力，要自觉遵守学校的规章制度和作息时间，养成良好的生活习惯；要积极参加学校、班级组织的文体和第二课堂活动。

5. 交往方式的转变

大学生与中学生的来源不同。中学生大多在家乡就读，同学间充满乡音乡情；而大学生来自全国各地，其语言、个性、生活习惯

有较大差异。这就要求交往方式要有所转变。首先，要做到相互了解、相互适应，要提倡主动交往；其次，同学间要相互尊重，相互关心，为人要诚恳热情，待人宽律己严，大事讲原则，小事讲风格；三是与同学交往要坚持与人为善，要搞"五湖四海"、全方位交往，而不要有老乡观念，搞宗派、拉帮结伙等庸俗作风，注意人际关系的和谐性。

6. 学习场所的转变

大学生不能再像中学生一样只在大学校园里闷头读书，对外面的社会不闻不问，这样是永远也不会适应社会环境的。只有勇敢地走出"象牙塔"，到校园外面的世界看一看，不逃避现实也不做无根据的幻想，有目的地进行一些有益有利的社会实践活动，才能认清楚自己在这个社会环境中的实际位置。各个学校都有种类繁多的社团，有各类社会活动，有学生会组织，有青年志愿者协会……如果你有什么爱好和特长，可以加入其中，从中学到很多东西。同时，走出校门，进行科普宣传、支教扶贫、社会调查……丰富多彩的社会实践，会给大家带来更多感悟社会、服务社会、增长才干的机会。

（二）方法调整

从紧张的中学阶段过渡到自主学习的大学阶段，教学形式、学习内容、学习条件、学习方法都有了很大的变化。其实所谓"紧张"的中学和"自主"的大学只是表面的一种现象，随着学生由高中步入大学，学习任务应该说更重了，目标性更强了，对自身要求也更加全面和严格了，所以学生尤其要重视大学阶段学习方法的

调整。

1. 教学形式不同

总的来讲,中学的"应试教育"以教师课堂教学为主,学生依赖教师和课本;大学教育的显著特点是在教师的指导下以自学为主,学生有更多的学习自主权。而且,大学上课几乎是堂堂换老师、节节换教室,上课同争议、下课各分散。不仅课上所学的内容要靠你自觉消化吸收,而且整个知识体系也要靠自己去架构、填充和完善。

2. 学习内容不同

中学学习的内容重在打基础,不外乎语、数、外、理、化、政、史、地、生等十来门课。对一些天资聪慧的学生,这些课程的课本内容都能全部记诵下来,什么章节的什么内容,在哪个课本的哪一页都能牢牢记住。大学学习的内容特点是宽、深、新:"宽"指所学的课程门数比中学要多5~6倍,一般达到四五十门之多,涉及的领域十分广泛;"深"指内容比起中学要深得多;"新"指大学的学习要把握科技文化发展前沿的最新知识和最新成果。

3. 学习条件转变

在中学,学生的学习内容主要是课本知识,基本上在课堂中进行,时间也安排得非常紧凑。大学阶段则不同,课程有选修、必修之分,学习场所有教室、多媒体教室、图书馆、资料室等。怎样合理安排时间,是对大学新生的一大考验。

4. 学习方式不同

进入大学后,以教师为主导的教学模式变成了以学生为主导的自学模式。课堂讲授知识后,学生不仅要消化理解课堂上学习的内容,而且还要大量阅读相关方面的书籍和文献资料。自学能力的高低成为影响学业成绩的最重要因素。这种自学能力包括:能独立确定学习目标,能对教师所讲内容提出质疑,查询有关文献,确定自修内容,将自修的内容表达出来与人探讨,写学习心得或学术论文等。

学习方法对学习结果的影响是不言而喻的,而大学的学习方法又与中小学的方法差别很大，许多学生一时难以适应。在高校心理咨询中心，一些大学生心情沮丧、神态忧郁，主诉的内容多与学习上的挫折有关。

例如，某一理科女大学生在高校心理咨询中心主诉时，觉得自己上课听不懂，作业不会做，学习成绩总上不去，尤其是高等数学和英语最感头疼。过去在读高中时，自己能控制、掌握自己，通过努力，学习成绩总能赶上去，可是自从上了大学，这一套却不管用了。

究其原因，我们不难发现，承袭过去在高中阶段的学习方法，即使勤奋用功可能也难以获得能力的全面提高，这在大学新生里是相当普遍的现象。尤其对那些高中阶段的学习尖子来说，这种挫折可能会造成自信心的丧失，严重者可导致神经症和精神病。要使他们从这种打击中恢复过来并非一两天的事。

从旧的学习方法向新的学习方法过渡，这是每个大学新生都必须经历的过程。尽早做好思想准备，就能较好地、顺利地度过这一阶段，少走弯路，减少心理压力，促进学业成绩的提高。大学新生在学习上最易出现的问题是学习动机不明和动力不明。

5. 竞争有增无减

事实上，大学里面的学习气氛是内紧外松的。和中学相比，在大学里很少有人监督你，很少有人主动指导你；这里没有人给你制订具体的学习目标，考试一般不公布分数、不排红榜……但这里绝不是没有竞争。每个人都在独立地面对学业；每个人都该有自己设定的目标；每个人都在和自己的昨天比，和自己的潜能比，也暗暗地与别人比。

在这种竞争气氛中，大学新生还要改变一些原有的观念：首先，在大学里，考试分数并不是衡量人的最重要的指标，人们更看重的是综合能力的培养和全面素质的提高。在这里，竞争是潜在的、全方位的。其次，大学的考试与高中不同，并不需要机械的学习，这里最强调的不是学习时间的比拼，而是学习效率的较量。

（三）经济准备

在为上大学做准备的过程中，经济上的准备应该是必不可少的，也是很现实的。考到外地名校去，是很多高考考生们的梦想。但是在决定报考外地高校之前，必须了解各大高校的学费、住宿费以及生活费等费用，根据家庭条件来选择真正适合的大学。

一般来说，药学专业的学费是处于中等水平的，因此我们可以通过参考各地区的平均学费来了解药学专业学费的情况（如表2-7）。

表 2-7 各地区平均学费一览表

地　区	平均学费	地　区	平均学费
北京	4200～5500 元/学年	上海	5000 元/学年
天津	4200～5000 元/学年	重庆	3200～4500 元/学年
河南	2700～3100 元/学年	河北	3500～5000 元/学年
湖北	3600～5000 元/学年	浙江	4000～4800 元/学年
江苏	4000～4600 元/学年	辽宁	4200～5000 元/学年
海南	3800～4200 元/学年	黑龙江	3500～4800 元/学年
青海	2800～3300 元/学年	宁夏	3000 元/学年
陕西	3500～4500 元/学年	甘肃	4200～5000 元/学年
贵州	2500～4000 元/学年	云南	2800～3400 元/学年
四川	4000～4600 元/学年	新疆	3500 元/学年
内蒙古	3000～3500 元/学年	广西	3200～4500 元/学年
山东	3600～5000 元/学年	山西	2800～3800 元/学年
福建	3900～5200 元/学年	湖南	4000～5000 元/学年
广东	4560～5200 元/学年	安徽	3500～5000 元/学年
吉林	3500～4500 元/学年		

除学费以外，不能忽视各大高校所在城市的消费水平，否则将严重影响到今后的学习和生活。由此，我们对全国主要城市消费水平作了简要的归纳和分析（如表2-8）。

表 2-8　全国主要城市消费水平一览

华南:开放前沿多活力 高校指数:★★★ 消费指数:★★★★★ 各地大学: 广东　广西　海南　香港	华南是中国改革开放的前沿阵地,引领中国大步迈向新的纪元。在强大的经济实力支持下,东南地区高校林立并且实力不俗,中山大学、华南理工大学、暨南大学、华南师范大学、深圳大学等高校吸引着无数海内外学子慕名而来 　　只要是在广东上大学,学生家庭的经济负担就不会轻,好在经济发达、消费水平很高的广东省"巨富"很多,经常为大学捐款,设立奖学金资助难以完成学业的大学生 　　广西、海南消费水平较广东低一些 　　近年来香港高校在内地招生人数增多,香港高校对非本地生的学费为每年 6000～10000 港元,住宿费约 7000～10000 港元,连同其他杂费、生活费每年约需 30000～50000 港元
华中:地利人和抢先机 高校指数:★★★★ 消费指数:★★★★ 各地大学: 湖北　湖南　河南	华中地区高校主要分布在武汉、长沙和郑州。 　　武汉是个平民城市,高校较为集中,消费水平与各大城市相比不算很高。学费方面,普通高等学校本科生每学年学费为 4500～6000 元,艺术类院校收费较高 　　生活费方面,在学校里,一般每月 400～500 元就足够了。住宿费一般是每年 800～1200 元 　　长沙、郑州等地高校与武汉的水平相近
华北:名校聚首学风浓 高校指数:★★★★★ 消费指数:★★★★★ 各地大学:北京　天津 河北　山西　内蒙古	华北地区的高校一般住宿费每年在 1000 元以上,再加上伙食费以及其他开支,如果节省些,每年的生活费一般在 4000～7000 元 　　北京地区高校消费水平很高,但国家、社会进行教育投资的热情也很高,北京高校各种各样的奖学金、助学金很多。天津消费水平不是很高,每月基本的生活费在 500 元左右。相比北京、石家庄、太原、呼和浩特以及包头等地的高校学费和生活费都要低很多
华东:底蕴深厚人气盛 高校指数:★★★★★ 消费指数:★★★★ 各地大学:江苏　安徽 山东　上海　浙江　江西 福建	长江三角洲地区(上海、江苏和浙江)消费水平比较高,但作为学生生活在校园里一般也不会有太大的消费,吃饭每月 400 元左右。总体来看,如果学费在 6500 元以内,每年整体消费在 1.2～1.5 万元 　　华东地区长江三角洲以外的省区高校每学年学费为 4500～6000 元,住宿费每年在 1000 元左右,生活费用一般每月 400～500 元

西南：百家争鸣风光好 高校指数：★★★★ 消费指数：★★★ 各地大学：重庆 四川 贵州 云南 西藏	西南各城市总体消费水平不是很高。大学生在校期间平均每月生活费用 500 元以内 成都、重庆、昆明等城市的各大高校，一般文史、法律、财经类专业年收费标准为 4000～5500。住宿方面，学生公寓每年在 500～1200 元。主要省会城市都有完善的贷款助学体系，各大高校和银行都已建立合作关系
东北：师资雄厚景色佳 高校指数：★★★ 消费指数：★★★ 各地大学： 辽宁 吉林 黑龙江	东北高校分布的哈尔滨、沈阳和长春等城市，消费水平均不是很高，属于中等，一般如果节约，生活费每月 500 元应该可以 大连消费水平相对较高，每月消费相对其他城市要多一些。学费基本上在 4000～6000 元
西北：厚朴学风美丽存 高校指数：★★★★ 消费指数：★★★★ 各地大学：陕西 甘肃 宁夏 青海 新疆	学费方面：普通高等院校学生每学年学费在 3500～5000，住宿费则在 800～1500 元/学年，部分新建公寓式宿舍为 1200 元/年。 日常生活费方面：西安、兰州和乌鲁木齐都不算是一个高消费的城市，一般每月 300～500 元即可保障生活。西宁、银川的生活费用更低一些

　　"人才强国"是国家发展的重要战略，优先发展教育更是写进了党和国家的发展规划。国家高度重视高等教育学生的经济困难问题，各级政府部门和各类高校也分别出台了一系列帮扶政策，确保不让一个学生因经济困难辍学。在这里，我们特别介绍一下"绿色通道"和各类助学贷款。

　　绿色通道，是对已经录取入学但又有经济困难的新生，一律先办理入学手续，然后再根据核实后的情况，分别采取措施予以资助的一项应急方案。通过绿色通道入学的贫困生可以凭借一张减缓上缴学费的登记表，借款办理入学手续或减免学费。

　　学生贷款，是由学生所在学校经办的无息贷款，对象是贫困生，但享受专业奖学金的本、专科生除外，由家长担保，贷款数额为基本学习、生活费用减去奖学金，力度较小，还贷期限最长为毕业后 6 年内。

　　国家助学贷款，是指由国家银行系统经办的国家贴息 50% 的贷款，对象是本，专科贫困生，担保方式分为 4 种形式，即保证担保、抵押担保、质押担保和信用担保，对年满 18 周岁的在校大学生一般发放信用助学贷款。国家助学贷款力度较大，还贷最长期限为毕业后 4 年内，可延期，但不能减免。

一般商业性助学贷款，是指由开办此项业务的商业银行，城乡信用社经办的商业贷款，对象为年满 18 周岁具有完全民事行为能力的在校大学生，无法使用信用担保，贷款数额一般在 2000～3000 元，期限由各商业银行规定，无法减免。

各所学校都有专门负责助学贷款的专业部门，操作方式也有差异，贫困生须到学校相关部门详细了解操作程序，解决入学困难。

（四）身体条件准备

大学生活不仅是对学生意志品质和学习精神的考验，也是对学生健康素质的锻炼。许多大学生就读的学校，都是远离家乡，远离自己已经熟悉的生活环境、水土风情、饮食习惯，校园生活缺少必要约束的生活习惯，都会对学生的身体健康产生影响。没有了家长的悉心呵护、嘘寒问暖，大家更要注重身体健康，"学习不好是次品，身体不好是废品"，健康的体魄是保持旺盛学习精力和良好学习状态的基础。因病休学、转学、退学的大学生每年都不在少数，所以，勤于锻炼，保持健康身体是入学的重要条件。

这里补充介绍一下高校的医疗保障制度，使大家有个初步的了解。

当前，我国对高校学生医疗制度没有固定的统一标准，一般是结合国家政策，参考地方规定和学校具体情况来制定，每个大学新生在入学时都要交纳医疗保险费。一般高校，国家承担医疗金额的 60%～80%，剩余部分每个大学根据自己的实际情况确定。以国家中部省份湖北省为例，湖北大学的学生在校内医院门诊医疗费用自负 20%，学校承担 80%；在校外医疗门诊费自负 40%，学校承担 60%。无论在校内、校外医院住院，其医疗费用累计报销金额不得超过 10 万元，超过部分自行负担。而且国家保障的公费医疗的范围一般是基本水平保障，具体在药品上分为甲乙两类：甲类药品可以 100% 报销，乙类药品各地根据各校不同情况，不能报销部分由个人自己承担。

所以我们建议：学生生了病，小病可以到校医院就诊，病情较严重时就尽可能争取到大的综合医院住院治疗，这样既可以保证安全，又可以节省费用。但是用药时要有选择性，有些药不在医疗保险的范围内，伙食费、床位费也不属医疗保险范围内，所有这些都要靠自己承担。

二、励志成才，树立人生目标

高考成功的盲目乐观或目标未达的失落，会导致大学新生对未来4年的大学生活缺乏应有的系统、周密考虑和安排。大学新生面对大学里广阔的自由空间彷徨了。"只知道要看书但不知道要看什么书；知道要看什么书后，又不知道看了有什么用。我忽然不知道上大学到底为了什么。"因此，进入大学后重新为自己确立奋斗目标，是大学生活成败的关键。

大学生应该有理想、有志向。理想和志向，应该随着年龄的增长，越来越具体，实现起来也越来越具有操作性。小时候我们说长大了要当科学家，那时候实现这样的理想就是按老师的要求一点点掌握知识。在大学里的理想和志向如果还是"长大了当科学家"，显然是不妥当的，因为大学生已经长大了，为了实现当科学家的理想和志向，应该按科学家的标准设计出自己"达标"的时间表和具体行动措施。

大学生的理想和志向既不能高不可攀，也不应唾手可得，而应该通过一定努力可以实现的适宜的目标，应该符合个人的个性特点和实际能力水平。同时，这种目标又应符合社会发展方向，不可背其道而行之。一个人给自己确定一个什么样的目标很重要，应善于选择目标，并将长远目标具体化，由近至远、由低到高地逐步接近有限的终极目标。

从某种程度上说，大学是一条泾渭分明的分界线。进入同一所大学的学生，水平相差无几。但经过一段时间后，有的能拿奖学金，顺利通过英语四、六级，考取各种证书；而有的连学期考试都过不去，连连补考，这些学生在中学时学习成绩还出类拔萃，补考的原因显然不在于智力因素。其实，成功与否的差距只是在于：成功的人在成功之前就确立了自己的奋斗目标，他们的成功只不过是长期地、不间断地向着自己的目标努力的结果。美国成功学家拿破仑·希尔说："你过去或现在的情况并不重要，你将来想要获得什么成就才最重要。除非你对未来没有理想，否则做不出什么大事来。……有了目标，内心的力量才会找到方向。茫无目标的飘荡终归会迷路，而你心中那一座无价的金矿，也会因不开采而与平凡的尘土无异。"人生的道路虽然漫长，但关键处却往往只有几步，一旦错失良机，就悔之晚矣。"天下大事必做于细，天下难事必始于易"，大学新生应把握好自己，制订明确的目标规划，小到课程学习，大到人生抱负，一步一个脚印地走下去，这样才会不断有成就感，才会对生活始终保持旺盛的激情。

第三章　职业前景

> 有什么方法使这种仅有书本知识的人变成名副其实的知识分子呢？唯一的办法就是使他们参加到实际工作中去，变为实际工作者，使从事理论工作的人去研究重要的实际问题。
>
> ——毛泽东

对于大学生而言，职业目标的选择应当是在填写高考志愿的时候就开始确定的，但由于我国的职业指导工作相对滞后，许多高中毕业生在填写志愿时并没有根据自身条件考虑职业意愿。之所以在本篇专门提出职业的问题，正是因为：职业也是学生在开始求学阶段就要进行思考的问题，对学生选择大学专业具有重要的作用。考生选择理想的大学专业，最终目的是要在相应的行业领域内发挥个人的才华，实现人生价值。其实对学校和专业的选择，也是对人生目标的规划，是对职业的选择。对多数学生来讲，选择了专业，很可能就是选择了未来职业。所以对职业前景一定要有超前认识，做好心理准备，这样也更有助于我们对专业的选择。

第一节　职业类型

一、何谓"职业"？

职业是劳动者能够稳定从事的有酬工作。即为获取主要生活来源和满足社会需求而从事的相对稳定的、有经济收入的，具有一定社会职能的、专门类别的社会劳动。

称作"职业"，必须具备 4 个条件：一是劳动主体即劳动

者，必须符合法律规定达到法定就业年龄；二是劳动者从事的是社会劳动且得到社会承认；三是所从事的劳动必须要有报酬或经济收入；四是所从事的社会活动必须具有合法性。

从词义学的角度看，"职业"一词，由"职"与"业"构成。所谓"职"是指职位、职责，"业"是指行业、事业。要认识一种职业的前景，就必须了解以下情况。

（1）职业的社会声望　主要指职业的社会地位和价值。

（2）职业状况　即社会可能提供的职业岗位的数量及类别。

（3）社会就业人数状况　是指在一定时间和空间范围的社会中，劳动力人口的数量、质量、构成及变动情况。

（4）职业的经济收入　一项职业给工作者带来的经济收入的多少会成为选择职业的重要标准。

职业选择正确与否，直接关系到人生事业的成功与失败。正如人们所说的"女怕嫁错郎，男怕选错行"。据统计，在选错职业的人当中，有80％以上的人在事业上是失败者。因此职业选择的正确与否，对一个人的事业来说是非常重要的。

二、与我"匹配"的职业

社会上的职业多种多样，不同的职业，对从业人员的知识、技能、素质等要求各不相同，因此适合自身特点才是大学生进行职业规划的着眼点，不仅要从社会的现实需要出发，同时也要考虑自身的实际情况，扬长避短，只有这样才能做到人尽其才、才尽其用。

在选择职业的过程中首先要了解职业的类型及不同类型职业对求职者的要求，并考虑自身气质、性格、兴趣、能力与职业的匹配。良好的职业选择是以自己的最佳才能、最优性格、最大兴趣、最有利的环境等信息为依据进行的。

1. 气质与职业

气质，是指人的心理活动的强度、速度、灵活性和指向性等全部能力特点的总和。一般认为，气质受遗传和生理的影响比较大。这意味着，气质是很难改变的个人特性。

气质没有好坏之分，任何一种气质类型在某一情况下都可能具有积极意义，而在另一情况下则可能具有消极意义。但是，必须指出的是，不同特性的工作或职业对人的心理品质有不同的要求，这就决定了不同气质可能适合于不同的工作。

气质类型的划分多种多样，其中古希腊医生希波克拉底（公元前460～337年）最早提出了关于气质体液的学说，他提出的4种气质类型的划分最有生命力。他把人的气质分为4类：多血质、胆汁质、黏液质、抑郁质。比如，有些工作要求具有灵活、机敏的反应能力，这对于多血质和胆汁质很适合，而对于黏液质和抑郁质的人则是勉为其难了。相反，有的工作要求持久、细致的操作，在这方面，黏液质和抑郁质就更容易胜任。确定了自己的气质类型后，则可就气质类型特征选择适合自己的职业（如表3-1）。

实际上，对大多数职业而言，之所以把气质作为职业规划所要考虑的心理因素之一，是为了个人更好地适应工作，提高效率，但气质并不是决定职业适应和成功的主要因素，它只具有一定的辅助作用。分析职业对气质的要求，分析个体的气质类型，有利于做到人职匹配，提高个体适应职业的能力。

2. 性格与职业

性格是指人的一贯和稳定的心理特性、思维方式和行为特点。比如，人们常说的"勇敢"、"谦逊"、"傲慢"等，都是描述人的性格特征的。性格与职业的关系可以说是彼此制约、相互促进的关系，性格作为个性的核心成分，对个体择业有很重要的影响，学生的性格不仅影响择业的倾向性，而且也影响他们择业的成功率。

表 3-1　气质类型与职业选择

项目	多血质类型	胆汁质类型
特征	情绪兴奋性高,外部表现明显,反应速度快而灵活。表现为情感变化迅速,对人对事易发生情绪反应,但情绪不稳定,心境变换较快,随意反应性强,具有较大的可塑性。多血质的人工作能力强,容易适应新环境,但办事多凭兴趣,富于幻想,缺乏忍耐力和毅力	情绪兴奋性高,抑制能力差,反应速度快但不灵活,情绪体验强烈而持久,表现为情绪产生迅速、且带有爆发式特点。胆汁质的人喜欢不断有新活动、新高潮出现,喜欢热闹
匹配职业	比较适合做社交性、文艺性、多样化、要求反应敏捷且均衡的工作,他们可从事范围广泛的职业,如外交工作、管理工作、驾驶员、服务员、医生、律师、运动员、冒险家、新闻记者、演员、侦探、干警等。不愿做耐心细致的工作,不适宜做过细的工作,而不太适应做需要细心钻研的工作。单调机械的工作也很难胜任	工作不断变换,环境不断转移不会造成压力。适合做反应迅速、动作有力、应急性强、危险性较大、难度较高而费力的工作,适应于热闹、繁杂的工作环境,如导游、节目主持人、推销员、演员、模特等。而对长期安坐、细心检查的工作很难胜任
项目	黏液质类型	抑郁质类型
特征	情绪兴奋性和不随意反应性较低,内倾明显,外部表现少,反应速度慢但稳定性强。这种气质类型的人,情感不易变化和暴露,心平气和,不易激动。但当情绪一旦被引起,就变得强烈、稳固而深刻。他们行动稳定迟缓,说话慢且言语不多。善于克制忍让,生活有规律,不为无关的事情分心,埋头苦干,有耐久力。但往往不够灵活,注意力不易转移,容易固执拘谨	反应速度慢而不灵活,属于呆板而羞涩的类型。这种人感情细腻,做事小心谨慎,善于察觉到别人观察不到的微小细节。但抑郁质的人适应能力较差,易于疲劳,行动迟缓、羞涩,生活常有孤独胆怯的表现
匹配职业	工作范围比较广泛,较适合做有条不紊、刻板平静、耐受性较高的工作,而不太适宜从事激烈多变的工作。外科医生、法官、管理人员、会计、播音员、调节员等是他们适宜的工作	适合从事持久细致的工作,如保管员、打字员、排版工、化验员、保育员、研究人员、记录员、刺绣雕刻工、机要秘书等。抑郁质的人不适合做需与各色人物打交道、变化多端、要求反应灵敏、处理果断的工作。抑郁质的人成为艺术家的概率比较大,一些需要细致观察和感受的工作也很适合抑郁质的人,如护士、心理咨询员、幼儿教师等

表 3-2　加拿大《职业分类词典》中的职业兴趣类型与职业的吻合介绍

兴趣类型	匹配职业
喜欢与事物打交道	这类人喜欢同事物打交道,而不喜欢与人打交道,相应的职业诸如制图、勘测、工程技术、建筑、机器制造、出纳、会计等
喜欢与人接触	这类人喜欢与人交往,对销售、采访、传递信息一类的活动感兴趣。相应的职业如记者、推销员、服务员、教师、行政管理人员、外交联络等
喜欢干有规律的工作	这类人喜欢常规的、有规则的活动,习惯于在预先安排好的程序下工作。相应的职业如邮件分类、图书管理、档案管理、办公室工作、打字、统计等
喜欢从事社会福利和助人工作	这类人乐意帮助人,他们试图改善他人的状况,帮助他人排忧解难。相应的职业如律师、咨询人员、科技推广人员、医生、护士等
喜欢做领导和组织工作	这类人喜欢掌管一些事情,希望受到众人尊敬和获得声望,他们在企事业单位中起着重要作用。相应的职业是各级各类组织领导管理者,如行政人员、企业管理干部、学校领导和辅导员等
喜欢研究人的行为	这类人对人的行为举止和心理状态感兴趣,喜欢谈论人的问题。相应的职业大都是研究人、管理人的工作,如心理学、政治学、人类学、人事管理、思想政治教育研究工作以及教育、行为管理工作
喜欢从事科学技术事业	这类人对分析、推理、测试活动感兴趣,长于理论分析,喜欢独立地解决问题,也喜欢通过实验做出新发现。相应的职业如生物、化学、工程学、物理学、地质学等工作
喜欢抽象的和创造性的工作	这类人对需要想象力和创造力的工作感兴趣,大都喜欢独立的工作,对自己的学识和才能颇为自信,乐于解决抽象的问题,而且急于了解周围的世界。相应的职业大都是科学研究工作和实验室工作,如社会调查、经济分析、各类科学研究工作、化验、新产品开发等
喜欢操作机器的技术工作	这类人对运用一定技术、操作各种机械、制造新产品或完成其他任务感兴趣。他们喜欢使用工具,特别是喜欢大型的、马力强的先进的机器,喜欢具体的东西。相应的职业如飞行员、机械制造、建筑等
喜欢具体的工作	这类人希望能很快看到自己的劳动成果,愿从事制作能看得见、摸得着的产品的工作,并从完成的产品中得到满足。相应的职业如室内装饰、园林、美容、理发、手工制作、机械维修、厨师等

3. 兴趣与职业

兴趣是一种强大的精神力量，它可以使人集中精力去获得知识，并创造性地开展工作。对某一职业有浓厚的兴趣，是智力开发的"触发器"，兴趣是行动的动力。在学校里被骂成"傻瓜"、"低能儿"，而被勒令退学的爱迪生，在发明的王国里却显示了杰出的才华；在课堂上"智力平平"的达尔文，在大自然的怀抱里显得异常聪明和敏锐，成为进化论的创始人。是什么使他们由"愚蠢"变得聪明了呢？是兴趣。谁找到了自己最感兴趣的工作，谁就等于踏上了通向成功的道路。获得诺贝尔物理奖的华人丁肇中说过："兴趣比天才重要"。因为对一个人来说，对工作感兴趣，就有钻劲，有钻劲就会出成就。这就是兴趣的作用所在。由上面的分析可以看出，兴趣对人生事业的发展至关重要，所以兴趣自然是职业选择应考虑的重要因素之一。加拿大《职业分类词典》中的职业兴趣类型与职业的吻合介绍，见表3-2。

4. 能力与职业

要顺利完成某项工作，既要具有一定的能力（一般能力），又要具有该项工作所要求的特殊能力，我们可根据此模式来进行职业能力分析。

加拿大《职业分类词典》中的职业能力分类

1. 语言表达能力

语言表达能力是指对词及其含义的理解和使用能力，对词、句子、段落、篇章的理解能力，以及具有清楚而正确地表达自己观点和向别人介绍信息的能力。简单来说，它包括语言文字的理解能力和口头表达能力。不同的职业对人的语言能力要求亦不同。例如，教师、营业员、护士等职业，必须具备较强的语言表达能力。

2. 算术能力

算术能力是指迅速而准确地运算能力。大部分职业都要求工作者有一定的算术能力，但不同的职业对人的算术能力要求的程度不同。例如，对于会计、统计、建筑师、工业药剂师等职业来说，工作者必须具有较强的计算能力；对于法官、律师、历史学研究者、护士、X光技师等职业来说，要求工作者具备中等水平的计算能力；对于演员、话务员、招待员、厨师、理发员、导游、矿工等职业来说，对算术能力要求较低。

3. 空间判断能力

空间判断能力是指能看懂几何图形、识别物体在空间运动中的联系、解决几何问题的能力。如果一个人爱好平面几何及立体几何并且学得较好,这个人的空间判断能力就较强。与图纸、工程、建筑等打交道的工作,以及牙科医生、内科医生等职业,空间判断能力要求很高。对于裁缝、电工、木工、无线电修理工、机床工来说,也要具有一定的空间判断能力,才能胜任。

4. 形态知觉能力

形态知觉能力是指对物体或图像的有关细节的知觉能力。如对于图形的阴暗、线的宽度和长度做出视觉的区别和比较,能看出其细微的差异。对于生物学家、建筑师、测量员、制图员、农业技术员、动植物技术员、医生、兽医、药剂师、画家、无线电修理工来说,需要较强的形态知觉;而对于历史学家、政治学家、社会服务人员、招待员、售货员、办公室职员来说,形态知觉就不那么重要了。

5. 事务能力

事务能力是指对文字或表格材料细节的知觉能力,发现错字或正确地校对数字的能力等。对于设计、经济、记账、出纳、办公室、打字等工作,都必须具备一定的事务能力。

6. 动作协调能力

动作协调能力是指迅速准确和协调地做出精确的动作和运动的反应能力。对于驾驶员、飞行员、牙科医生、外科医生、雕刻家、运动员、舞蹈家来说,这种能力显得尤为重要。

7. 手指灵活度

手指灵活度是指迅速准确和谐地操作小物体的能力。纺织工、打字员、裁缝、外科医生、五官医生、护士、雕刻家、画家等,手指必须较一般人灵活。

8. 手指灵巧度

手指灵巧度是指灵巧而迅速地活动的能力,像体育运动员、舞蹈家、画家、兽医等,手必须能灵巧地活动。

名人坊:英语教育学家——许国璋

许国璋(1915—1994),1934年6月毕业于苏州东吴中学,同年9月入上海交通大学学习。1936年9月转入北平清华大学外文系。1939年9月在西南联合大学外文系毕业。他先后任教于上海交通大学、复旦大学等校。1947年12月赴英国留学,相继在伦敦大学、牛津大学攻读十七、十八世纪英国文学。1949年10月回国,在北京外国语大学任教直至逝世。

他历任北京外国语大学英语系主任,外国语言研究所所长,中国英语教学研究

会会长，中国语言学会常务理事，北京市语言学会副会长，全国高等教育自学考试英语专业指导委员会主任，《外语教学与研究》主编，《中国大百科全书语言文字卷》副主编等职。曾获国家教委和北京市高教哲学、社会科学优秀成果奖。

许国璋先生是我国著名的英语教育家。他主编的大学《英语》教材，从 20 世纪 60 年代初开始，通行全国，历 30 多年而不衰，成为我国英语教学方面同类教材的典范。他积极倡导外语教学改革，他的一系列有关英语教育的论文和演讲对我国外语教学产生了深刻的影响。他珍惜人才，教书育人，严谨治学，培养了一代又一代的优秀人才，为我国英语教育事业的发展做出了重大的贡献。

世人熟识许国璋，大多是通过其主编的《许国璋英语》。《许国璋英语》自 20 世纪 60 年代问世以来，影响了几代中国英语学习者，风靡中国英语教学界几十年。

他论著甚丰，其中《语言的定义、功能、起源》、《语言符号的任意性问题》、《社会语言学和唯理语言学在理论上的分歧》、《从〈说文解字〉的前序看许慎的语言哲学》、《〈马氏文通〉及其语言哲学》等独具创见，成为当代语言学研究的名篇。作为一位睿智的哲人，他在外国文学、翻译和文化研究以及鲁迅研究等学术领域也有许多建树，为中外文化交流做出了贡献，为我们留下了宝贵的文化遗产。

第二节　职业生涯设计

对于即将进入社会的大学生，如果想获得人生事业的成功，使自己成为某个行业中的佼佼者，就应该善于计划生活，做好职业选择，设计符合自己人生目标的职业规划。职业规划可使大学生充分

认识自己，客观分析环境，科学地树立目标，正确选择职业，运用适当的方法、有效的措施，克服职业生涯发展中的困阻，避免人生陷阱，获得事业的成

功。大学生职业规划应从以下几个方面入手。

一、自我分析

知人者智，自知者明。自我分析是职业规划设计的重要步骤之一。一个人选择什么样的职业，常与他（她）本人的兴趣、爱好、性格、气质及能力等有密切关系。在求职之前，学生一定要从自己的专业、性格、兴趣、特长等诸方面进行通盘思考，进行深层次的自我剖析。途径可以是多方面的，可以自行思考、自我分析，也可以根据家长、老师和同学们的评价，来发现自己是一个较为外向开朗的人还是内向稳重的人，当然也还可以通过职业测评软件和性格测验，发现自己对哪些问题较为感兴趣，如经济问题还是管理问题，或擅长哪些技能如分析、是否对数字敏感、语言表达能力等。通过对自己的分析，旨在深入了解自身，根据过去的经验选择、推断未来可能的工作方向与机会，从而彻底解决"我能干什么"的问题。自我分析要客观、冷静，不能以点带面，既要看到自己的优点，又要面对自己的缺点。只有这样，才能避免设计中的盲目性，达到设计高度适宜。

（一）明确自身优势

个体是不同的、有差异的，找出自己与众不同的地方并发扬光大。这个与众不同的地方就是自己的优势，也就是所拥有的能力与潜力所在。寻找职业方向，往往是从自己的优势出发，以己之长立足社会。

1. 学习了什么

在学习期间，从学习的专业中获取了什么收益；社会实践活动提高和升华了哪方面知识和能力。专业也许在未来的工作中并不起多大作用，但在一定程度上决定自身的职业方向，因而尽自己最大努力学好专业课程是职业规划的前提条件之一。

2. 曾经做过什么

个人已有的人生经历和体验，如在学期间担当过学生干部、曾经为某知名组织工作过等社会实践活动、取得的成就及经验的积累、获得过的奖励等。经历是个人最宝贵的财富，往往可以反映出一个人的素质、潜力状况，它也是自我简历的亮点所在和重要组成部分。因此要提高自己经历的丰富性和突出性。

3. 最成功的是什么

通过对最成功事例的分析，发现自我优越的一面，譬如坚强、果断、智慧超群，以此作为个人深层次挖掘的动力之源和魅力闪光点，形成职业规划的有力支撑。

（二）发现自身不足

1. 性格的弱点

人无法避免与生俱来的弱点，必须正视，并尽量减少其对自己的影响。譬如，一个独立性强的人会很难与他人默契合作，而一个优柔寡断的人绝对难以担当组织管理者的重任。卡耐基曾说："人性的弱点并不可怕，关键要有正确的认识，认真对待，尽量寻找弥补、克服的方法，使自我趋于完善。"因此要通过与自己相熟的如父母、同学、朋友等进行交谈，了解他人对自己的看法，与自己的预想是否一致，并找出其中的偏差，这将有助于自我提高。

2. 经验与经历中所欠缺的方面

欠缺并不可怕，怕的是自己还没有认识到或认识到了而一味地不懂装懂。"人无完人，金无足赤"，由于每个人生活经历的不同，环境的局限，每个人都无法避免一些经验上的欠缺，正确的态度是：认真对待，善于发现，并努力克服和提高。

3. 强化品德、职业素养和实践经验。

这些方面要有针对性地锻炼和弥补。每个人选择的职业目标不同，选择的路径也不相同，每条路径中为实现目标做出的准备内容也不尽相同。但总的来说，在大学期间需要进行两方面的准备：一方面需要培养自己的综合素质和通用能力；另一方面还需要培养专业素质和专业技能。在保证学业的前提下，大学生应该尽可能多接触社会和参加社会实践，锻炼能力，积累工作经验，做好由"校园人"向"社会人"转变的准备。只有这样，才能扩大自身的优势。

二、环境分析

每一个人都处在一定的环境之中，离开了这个环境，便无法生存与成长。所以，在制定个人的职业规划时，要分析环境条件的特点、环境的发展变化情况、自己与环境的关系、自己在这个环境中的地位、环境对自己提出的要求以及环境对自己有利的条件与不利的条件等。

1. 社会环境分析

社会在进步，大学生们应该善于把握社会发展脉搏。这就需要做社会大环境的分析：当前社会、政治、经济发展趋势；社会热点职业门类分布及需求状况；所学专业在社会上的需求形势；自己所选择职业在目前与未来社会中的地位情况；社会发展对自身发展的影响；自己所选择的单位在未来行业发展中的变化情况，在本行业中的地位、市场占有及发展趋势等。对这些社会发展大趋势问题的认识，有助于自我把握职业社会需求，使自己的职业选择紧跟时代脚步。

2. 组织环境分析

西方关于职业发展有句名言"你选择了一个组织，就是选择了一种生活"，这应是个人着重分析的部分。组织将是个人实现抱负的舞台，特别是现代组织越来越强调组织文化的建设，对员工的适应生存能力要求越来越高，因而应对自己将寄身其中的组织的各个方面做详细了解，在知己知彼的基础上，只有两者之间拥有较多的共同点，才是个人融入组织的最佳选择。

3. 人际关系分析

个人处于社会庞杂环境中，不可避免地要与各种人打交道，因而分析人际关系状况显得尤为必要。人际关系分析应着眼于这几个方面：个人职业发展过程中将与哪些人交往；其中哪些人将对自身发展起重要作用；工作中会遇到什么样的上下级、同事及竞争者，对自己会有什么影响，如何相处、对待等。

三、确立职业目标

俗话说："志不立，天下无可成之事。"大学生在进行职业规划设计时，要确立职业目标，这是制定职业规划的关键。职业目标的设定，是职业规划设计的核心。通常目标分短期目标、中期目标、长期目标。学生期间规划的主要是短期和中期目标，这也是确定职业目标的重点。短期目标设立一般是素质能力的提高，专业技能的锻炼，一些等级证书或资格证书等考试的通过和获取。长期目标一般是以后职业规划的顶点，或较高点也就是梦想，确立长远目标时要立足现实、慎重选择、全面考虑，使之既有现实性又有前瞻性。学生在制订职业目标时，应根据社会经济发展的趋势，用发展的眼光、长远的观点来指导自己的择业。

具体来说，职业目标确定的标准大致包括以下方面。

1. 行业范围

行业范围即是在本专业从事技术工作、管理工作等，还是要从事其他更适合的工作。

2. 地理位置

地理位置是在沿海城市就业，还是在内地就业；是选择大城市、沿海开放城市或经济发达地区还是选择到中西部经济欠发达地区；是留在外地就业，还是回到父母身边就业。

3. 工资收入水平

大学生在选择职业目标时常把工资收入水平作为重要的因素来考虑，工资收入高的跨国大公司或外资企业常是很多毕业生的首选。但是决不能一味追求高工资而忽视其他选择因素。

4. 用人单位的规模与性质

是到大机关、大企业，还是到基层，到小企业、小地方；是到国有企业，还是三资企业、民营企业等。受社会舆论对职业评价等的影响，相当多的大学生更愿意去政府机关、金融机构、大型外资企业等，因为薪酬和福利可能会得到更好保障。但是，过多地考虑单位性质和规模，往往会限制个人发展机会，毕竟这样的单位人才济济，竞争也会更激烈。

5. 个人发展机会

刚从象牙塔走出的大学毕业生，知识面还比较狭窄，要想在今后的职业生涯中求得更好的发展，有所作为，必须要在工作中继续学习，补充新知识，因此现在越来越多的大学毕业生开始看中个人成长的价值和发展机会，更加重视就业单位对自身技能的培养，渴望得到学习深造和专业培训等机会，并把企业单位的前途未来和个人发展机遇作为考虑的主要因素。

第三节　外语专业相关职业概况

一、外语在职场的优势

精通外语在职业竞争中具有非常显著的潜在优势。一家美国研究机构通过长期的观察和研究发现，学习外语对智力发展有非常积极的影响。一个从幼年时期就开始学习外语的人往往比没有学习过外语或者成年后才学习外语的人的智力得到开发的程度更充分。前者思维更清晰，反应更快，记忆力更强，表达更有条理，处理问题更灵活。他们对于其他语言也有高度的敏感性，也能更好地理解本民族的语言，言语的表达更丰富，感染力更强，同他人交流和沟通的效果更好。接受过系统的外语教育和其他文明熏陶的人通常更有礼貌和修养，气质优雅，更懂得尊重他人，更容易被人接受和喜欢。通过对大量的人力资源经理和业务经理的调查表明，他们认为精通外语的人知识面宽、视野开阔、发展潜力大。因而，在同等条件下更青睐熟练地掌握外语的人才。所以，在人们的潜意识里精通外语的人就比不懂外语的人占据了优势。

现实求职招聘中，外语能力是许多职业和职位的第一要求。外交官是对外语能力要求非常高的令人羡慕的职业之一。他们经常出入于国际社交场合，同世界各国首脑、政要、商界领袖、社会名流、文化精英等达官贵人进行国际对话交流和政治谈判。而要成为一名外交官，其首要要求就是外语水平相当出众，要达到接近母语的水平。再者，外交官的特殊身份不仅是要求外语运用的技巧能力，更重要的是利用深厚的外语知识通晓国际规则，充分了解和理解语言对象国的文化，正确地分析判断该国的政治、经济形势，为国家制定正确的外交方针政策提供准确的情报信息。在外交场合如果用语错误，不仅有失国体，严重的还会引起国际争端。出色的外语能力是通向外交官之路的第一通行证。

除了外交部等政府部门外，商业领域也大量迫切需要优秀的外语专业人才。当今世界是一个商业世界，全球贸易总额每年以接近10％的惊人速度增长。外语，尤其英语是国际商务语言。因此外贸企业和跨国公司必须雇用既懂外语、又有广泛跨国工作经验、懂得国际贸易和国际法律规则和多国社会文化背景知识的雇员，以适应企业日常国际贸易业务的需要。Beverly Madden，一位职业规划与职业介绍机构的主任说："现在很难发现外语不被应用的地方。我们每天都会接到各种行业公司和机构的委托，希望能帮助他们物色到既懂业务又精通外语和懂得国外文化的人才。一份漂亮的外文简历、一口标准流利的外语会立刻为你在招聘考官面前增色不少，因为它直接意味着你是否有很强的竞争力。同时，出色的外语能力有时也是决定员工能否晋升职位的重要因素。公司提升一名国际部门经理，最重要的考虑因素之一就是看你是否能流利地用外语同外商进行激烈的贸易谈判。"一家外贸公司总经理说："掌握外语同客户直接交流是非常便利的，它会让客户感觉很亲切，容易接近，易于建立良好的关系。这是通过翻译永远也不可能取得的效果。如果不懂外语，或者外语能力欠佳都会使我们丧失大量的潜在客户，使我们遭受巨大的损失。我们非常渴望有良好外语能力的人才加入我们公司。"

尽管英语已经成为事实上的国际语言，但即使是美英等国也仍然非常重视外语。美国中小学普遍开设第二语言课程，其最主要的外语课程是西班牙语。此外，德语、法语、汉语、俄语、阿拉伯语、日语等外语作为备选第二语言课程近几年在美国中小学也逐渐增多。全美大学也提供越来越多的外语课程供学生选修，使学生多掌握一门生存技能，适应未来的职业需要和国际挑战。Joe Carroll，一位家具杂志出版商说："如果世界上人口有 1000 人，那么 564 个是亚洲人、210 个是欧洲人、86 个是非洲人、80 个南美人、60 个北美人。全球有 3.2 亿人说英语，但是你知道，还有 2.66 亿人讲西班牙语，1.89 亿人讲孟加拉语，1.82 亿人讲印地语，8.85 亿讲汉语。全世界讲非英语的人口和国家远比讲英语的人口和国家多得多。因此，对我们来说，别的国家和地区充满了更多的商业机会。的确，美国对今天的全球各国产生的影响力是别的国家无可替代的。当你在全球旅行时你到处都可以发现美国的影子。你不仅到处都能听见有人讲英语，那里也有美国的食品、服装、电影、体育和文化。但是我们却很少对其他国家的文化进行深入系统的研究，了解得还很不够。其中一个重要的原因是美国人过去傲慢的优越感，使得我们对外语和外国文化的学习和研究重视不够。令人高兴的是，现在美国人已经认识到了这个错误，并正在改变它。我曾经做过出版社的法语编辑、几个大学的法语和法国文化教师，现在我是一个商人。我总是有机会同许多外国人接触。我常常在国外旅行中发现，一句话、一个表情和一个手势在一个特定的文化中是一种含义，但在另一个文化中可能是完全相反的含义。一句话在你看来是毫无伤害的，但它很可能会冒犯另一个族群的人。同样，一种可能冒犯你的姿势被别的文化族群认为是向你表示友好的方式。所以不懂得当地的语言和文化很难取得商业成功，甚至很可能因为不懂当地风俗习惯、文化和宗教与我们的差异而触怒我们的商业伙伴而带来巨大的损失和伤害。外语对我们来说太重要了，而且将来会变得越来越重要"。

我国就业竞争越来越激烈，但我们欣喜地看到外语人才，尤其是小语种人才的竞争力丝毫没有减弱，仍然是就业市场的宠儿，而且需求量还会越来越大。据调查统计，我国在岗聘任的专业翻译人才约为 6 万，从事与外语相关职位的约有 50 万，缺口还达 400 万。每年外语人才的供需比例是 1∶10，需求量大而供给少。此外，由于受到思维方式和汉语习惯的严重影响，学好外语对于许多中国人来说是极具挑战力的一项任务。因此我国高水平的外语专家严重缺乏，成为制约我国科技、经济发展的"瓶颈"。随着我国对外学术、科技、文化交流和贸易的增长，对高水平专业外语人才的需求还会大大增加，这成为我国外语教育和培训急需解决的问题。因此，外语专业人才有着良好的就业和职业发展前景。

如果有良好的语言天赋和强烈的兴趣，进入外语专业学习，掌握别人难以掌握的工具，将会是你人生路上披荆斩棘的独门绝技，是你走向更高层次人生的重要法宝和阶梯。

二、外语应用领域

外语的应用领域非常广泛。上到国家政府的外交部门，下到银行、保险、跨国公司、新闻传播、广告媒体、旅游、航空、工业企业、科研机构、教育部门、宾馆饭店、影视艺术等众多的行业门类都需要精通外语的人才。掌握了外语，就多了一手技能，就有了更多的选择机会，可以轻松地在多个领域找到自己喜欢的职位。要想取得这些职位，精通外语是其必备的条件之一。表3-3是部分涉及外语应用的行业岗位。

以下是大众最为熟悉的翻译、教学以及管理领域的简要的介绍。

（一）翻译

就翻译而言，现在市场上的需求量非常大，收入状况也相对乐观。英文口译全国平均月薪为2600元，笔译则是2863元；德语口译平均月薪为2927元，笔译为2634元；日语口译平均月薪为2878元，笔译为2904元；其他各种语种的薪酬也应集中在这个范围内。而翻译的薪酬也会因场合的不同、级别的高低而异。而工资不能作为选择工作的唯一标准。翻译这项工作同时可以开拓你的事业，丰富你的知识，从而让你拥有更多的机会不断超越自己。除此之外，翻译也是与外语专业紧密联系的就业方向之一，可以使你在大学所学到的知识学以致用。

（二）教学

教学通常分为3种类别，第一，中小学外语教师。这一类别通常要求教师传授基础性较强的知识，对学生进行外语学习的前期及

表 3-3　涉及外语应用的部分行业岗位

行　业	岗　位
新闻出版传媒业	国际电话接线员
	外文图书、报纸、杂志文稿作者与编辑
	电影、电视等娱乐传媒编辑
	涉外广告业务销售员和创作员
	国际邮政分发投递员
	驻外新闻记者和摄影师
	对外广播与电视主持人
	文件、技术资料翻译员
工商业	海外销售代表
	海外市场经理
	海外市场研究员
	国际物流业务员
	公共关系部职员
	海外投资分析专家
	商务口译、笔译员
	涉外事务秘书
	软件设计与测试员
	国际售后服务部职员
政府部门及国际组织	外交部职员、驻外使领馆职员
	国务院涉外部门职员
	社会公共安全部门涉外职员
	国家民航管理局涉外部门职员
	国家安全部门各涉外安全部职员
	国家邮政管理部门涉外业务职员
	联合国及其他国际组织职员
	紧急援助机构涉外事务部职员
	国家移民与出入境管理局职员
	海关职员

行　业	岗　　位
政府部门及国际组织	国家边防管理部门职员
	司法部涉外法律事务职员
	法院和检察院涉外审判与公诉部门职员
	国家航空航天管理局涉外交流和文献部门职员
	各政府部门对外发言人
军队	国家军队对外军事交流和情报信息员
旅行观光业	旅行社销售与接待员
	宾馆饭店服务员
	外语导游员
	国际旅行顾问
	国际航班服务员
	游记文学作家
教育业与科学研究机构	中小学外语教师
	大学外语教师
	家庭外语教师
	图书馆员
	学校国际交流部职员
	语言资料开发员
	外语词典编撰专家
	教科书与专著编著者
	科学技术研究工作者
医疗卫生业	医生
	护士
	医院行政管理人员
	医院传达员
	医药研究员
社会服务业	国际志愿者
	国际法律师
	消防员
	涉外辩护律师
	社会工作者
	自由翻译员

中期的培养。第二，培训机构教师。这一类别主要是指托福、CET、德福等考试培训；商务英语传授；英语口语培训；口译培训等。第三，大学教师。这一类不仅仅是要对学生进行传道授业解惑，同时进行相关的学术研究，对外国语言文学的各个学科方向进行深入学习。

（三）管理

这一类工作要求学生除了有与外语有关的专业知识还需要对其他学科，如经济、法律等，有一些基本的认识。这一类工作，发展机会较为宽广，同时学生的综合素质要求也相对较高。但是随着进入中国的外企日益增多，类似人才的需求量也是非常大的。

名人坊：西洋文学家——季羡林

季羡林，北京大学教授、中科院院士。是我国著名文学家、语言学家、教育家和社会活动家。生于1911年8月6日。山东省清平县（现改归临清市）人。自幼就学于济南市，1930年毕业于山东省立济南高中，同年考入清华大学西洋文学系。1935年考取清华大学与德国交换的研究生，赴德国留学，在格延根大学师从著名印度学家E.瓦尔特施密特研究古代印度语言。1941年获格延根大学哲学博士学位，因第二次世界大战，交通断绝，无法回国，即应聘在格延根大学任教，并师从著名语言学家E.西克研究吐火罗语（或称焉耆-龟兹语）。1946年初夏返抵上海，应北京大学之聘为东方语言文学系教授、系主任，至1983年；1978年开始兼任北京大学副校长，至1984年。季羡林于1956年加入中国共产党。1978年起任中国外国文学学会副会长，1979年起任中国南亚学会会长，1980年起任国务院学位委员会委员兼外国语言文学评议组负责人，第二届中国语言学会会长，1981年任中国外语教学研究会会长，中国敦煌吐鲁番学会会长，中国史学会常务理事，中国作家协会理事，中国民族古文字研究会名誉会长，1983年被选为第六届全国人民代表大会代表和常务委员会委员，1984年起任《中国大百科全书》总编委会委员，1985年任中国比较文学学会名誉会长等职。

季羡林精心研究中世印欧语言，在这方面有突出的成就。

① 在印度中世语言（包括阿育王碑铭用语、巴利语、俗语和混合梵语）形态学方面，他全面而系统地总结了小乘佛教大众部说出世部律典《大事》偈颂所用混

73

合梵语中动词的各种形态特征,著《〈大事〉偈颂中限定动词的变位》(1941)一文;他发现并证明印度中世语言中语尾-am 向-o 和-u 的转化是中世印度西北方言犍陀罗语的特点之一,著《中世印度语言中语尾-am 向-o 和-u 的转化》(1944)一文;他还发现并证明不定过去时是中世印度东部方言古代半摩揭陀语的语法特点之一,著《使用不定过去式作为确定佛典年代与来源的标准》(1949)一文。

② 在原始佛教的语言问题方面,他论证了原始佛典的存在是无可置疑的,它所使用的语言是中世印度东部方言古代半摩揭陀语;他还阐明原始佛教采用放任的语言政策,考证了佛教混合梵语的历史起源和特点以及与语言问题相联系的印度佛教史上的其他问题。有关论文已编成《原始佛教的语言问题》(1985)一书。

③ 在吐火罗语的语义研究方面,他通过对《福力太子因缘经》吐火罗语本与其他语言的异本的比较,开创了一个成功的方法,写成《〈福力太子因缘经〉的吐火罗语本的诸异本》(1943)一文。1980 年以来,他开始研究和译释新疆博物馆收藏的吐火罗语 A《弥勒会见记剧本》残卷,已发表《吐火罗文 A 中的三十二相》等 5 篇论文,受到了广泛的重视。

季美林的论著还有《印度古代语言论集》(1982)、《中印文化关系史论文集》(1982)、《关于大乘上座部的问题》(1981)、《商人与佛教》(1985)等。季美林又是勤奋的文学翻译家,他直接从梵文翻译了《沙恭达罗》(1952)、《五卷书》(1959)、《优哩婆湿》(1962)、《罗摩衍那》(7 卷,1980~1984),还著有《罗摩衍那初探》(1979)一书和《〈罗摩衍那〉在中》(1986)一文。他在梵文文学研究方面做出了重要的贡献。此外,他还翻译了巴利文、英文和德文的一些文学作品,译本有《安娜·西格斯短篇小说集》等。

第二篇

专业学习篇

学习是大学生活中最重要的一部分，大学教学体制、学籍管理、学习方法都与中学有着明显的不同。能否尽快适应全新的大学学习生活，这将直接影响大学几年的学业，并间接影响以后的工作、生活。因此，如何尽快地完成从中学到大学学习的过度，适应大学学习生活，这是每一位刚入学的大学生需要迫切解决的问题。要解决好这一问题，就需要了解大学相关专业的课程安排、学习外语专业的学习方法等知识。

第四章 学习管理与课外实践

当你能衡量你所谈论的东西并能用数字加以表达时，你才真的对它有了几分了解；而当你还不能衡量、不能用数字来表达它时，你的了解就是肤浅和不能令人满意的。这种了解也许是从认知的开始，但在思想上则很难说已经步入了科学的阶段。

——凯尔文

第一节 学籍管理

学籍管理是教育行政部门和学校最基本的常规管理，对维护正常的教学秩序有着十分重要的作用。是学校为贯彻国家教育方针，维护学校正常的教育教学次序，促进学生德、智、体、美全面发展，保障学生的合法权益，结合各校实际，对接受普通高等学历教育的本科学生实施的管理制度。对于大部分的综合性院校来说，学籍管理规定大同小异，一般有包括入学与注册，学制与学习年限，考勤，课程考核与成绩记载，自修、重修、缓考，辅修与跨校修读，转专业与转学，休学、保留学籍与复学，退学，出国（境）学习，毕业、结业与肄业等方面。简要介绍如下。

一、入学与注册

入学与注册是走入大学校园的第一步。一般来说，新生自收到"××大学录取通知书"之日起便获得该高校的入学资格。具有入学资格的学生须按规定办理报到注册手续后，就能获得学籍。入学时，新生须持"录取通知书"

及"高考准考证"及相关有效证件与材料，按时到校办理入学报到手续。因故不能按时报到者，应于报到日期前向学校提交书面申请及相关单位证明，办理请假手续。请假须经教务处批准，延长报到期有一定的时间限制。延期申请未获批准或获准后未在限期内报到者，视为放弃入学资格，但因不可抗力或其他正当事由所致者除外。

自报到之日起的一个时间段内，为新生入学资格复查期。经全面复查合格后，新生方可注册，取得学籍。复查不合格者，由学校根据情节予以处理，情节严重者取消其入学资格。凡因弄虚作假、徇私舞弊而被录取者，无论何时，一经查实，即取消入学资格或学籍。情节恶劣的，报请有关部门查究。另外，在此期间，新生须参加学校体检。体检中被发现患有某种疾病，经学校指定的医院（二级甲等以上医院，下同）诊断，认为不宜在学校学习、但经短期治疗后可达到健康标准者，经教务处批准，暂不注册，保留入学资格一年，离校治疗。对于保留入学资格的同学，应在下一学年开学前，提交书面入学申请，并同时提交有效的医院康复证明。申请者经学校指定医院复查确认病愈的，按被编入年级的新生序列办理入学及注册手续。

每学期开学时，在读学生须按时办理注册手续，确认学籍。学生在注册前应按规定缴纳学费，否则学校可取消其注册资格。注册由注册者本人持学生证在指定时间内到指定地点办理。注册人员在注册者学生证上加盖注册印章，否则注册无效。学生因故不能按时到校注册，须及时向学校或院系提交推迟注册的申请，并提供必要的证明材料。经批准后，申请者方可推迟注册。未提出申请、申请未获批准或获准后逾期未注册者，除因不可抗力等正当事由以外，视为自动退学。家庭经济困难的学生在按相关规定办理贷款等申请手续后，经批准可暂缓注册。暂缓注册的学生可以修读当学期相关课程，所修课程及成绩在正式注册后有效。

二、学制与学习年限

本科各专业的标准修业年限一般为 4 年，医学等专业为 5 年。具体以教育部有关规定为准，学生可向学校申请提前毕业或延长修业期。延长修业期一般最长不得超过 4 年（含休学），学生在延长修业期内应办理注册。

学生在标准修业年限内，如果德、智、体合格，在规定学制内修完教学培养方案规定的内容、获得相应学分，可获得毕业证书。亦可根据相关规定申请提前毕业，提前毕业应按学校规定缴纳学费。学生延长修业期，同样须根据相关规定提出申请。延长修业期间的学费按所在专业学费同期标准缴纳。学生在学校规定修业年限内（含休学）未完成学业的，应结束学习，办理离校手续。学生应征参加中国人民解放军（含中国人民武装警察部队），学校保留其学籍至退役后一年。其服役时间不计入修业年限。

三、考勤

学生在校期间应按时参加教育教学计划规定的活动，因故不能参加者应事先请假并获得批准，未经请假或请假未经批准而缺席者，即为旷课。学生请假需本人提出书面申请，因病请假应有校医院证明，一学期请假累计超过本学期总学时 1/3 以上的，应予休学。

四、课程考核与成绩记载

学生应当参加学校教育教学计划规定的课程和各种教育教学环节（统称课程）的考核，考核成绩如实记载，并归入学生本人档案。课程考核分为考试和考查两种，方式有开卷、闭卷、口试或写论文等多种方式，以百分制计分，60 分为及格，及格及以上取得该门课程的学分。

学生应当严格遵守考核纪律，严重违反考核纪律或考试舞弊者，该课程考核成绩无效，记为"0"分，并视情节按照学校有关规定给予相应的纪律处分。

为了衡量学生的学习质量，部分学校实行学分绩点制。平均学分绩点（GPA）是评价学生一个时段或大学期间的学习质量的重要指标（见表4-1）。

表4-1 学习成绩与学分绩点对照表

成　　绩	成绩等级	绩　　点
90～100	A	4.0
85～90	A－、B+	3.5
80～84	B	3.0
75～79	B－、C+	2.5
70～74	C	2.0
65～69	C－、D+	1.5
60～64	D	1.0
60分以下	F	0

注：一门课程的学分绩＝该课程的绩点×学分数；

平均学分绩点（GPA）

＝所修课程学分绩之和÷所修课程学分之和

（具体核算方式按各个学校的有关规定）。

五、自修、重修、缓考

部分学校规定除必修课、实验课、实践教学课程外，某些自学能力强的学生经学院或主讲教师批准可以免听该课程的部分内容，但应当按要求完成作业，参加该课程的考核。学生因故不能参加课程考核，可以根据学校相关规定办理缓考手续。必修课程考核不及格者应当重修。

六、辅修与跨校修读

部分学校开设辅修和第二学位转专业，学有余力的学生，可以从第二学年开始辅修其他专业。毕业时获得第一专业毕业文凭，辅修了另一专业教学计划规定的课程，获得了规定的学分或者各门课程考核合格，发给辅修证书；毕业时获得第一专业毕业文凭和学士学位，辅修了跨学科（或非相近）专业教学计划的课程，获得了规定的学分或者各门课程考核合格，达到学校双学位授予规定者，授予辅修专业学士学位。外语类专业的学生一般选择经济、新闻、法律等方向修双学位，这些方向与外语类专业联系比较密切。

七、转专业与转学

现有许多学校施行人性化管理，学生在校期间可以转专业。学生在校期间，可根据相关规定申请转专业。但已超过学校规定的转专业年限者，已有转专业或转学经历者，学校在招生时对其专业有明确限制者不予转专业。享受基础学科专业奖学金的学生转入其他专业，应偿还有关费用。转入基础学科专业的学生，自转入之月起，享受基础学科专业奖学金。

另外，学生如遇下列情况，由学生本人申请，经教务处批准后，转换到其他合适的专业：

取得学籍后发现某种疾病或生理缺陷，经学校指定医院检查证明不能在原专业学习，但尚能在本校其他专业学习。

经学生原所在院系确认，因某种特殊原因不转专业即无法继续学习。

申请转入省内其他高校的，经两校同意，由学生所在学校报所在省教育行政部门确认转学理由正当后办理转学手续；转入外省高校的学生，由学生所在学校同意后，按《普通高等学校学生管理规定》办理；外校学生申请转入，符合转学条件者，经学生申请，转入学校研究批准后，按《普通高等学校学生管理规定》办理。

八、休学、保留学籍、复学

休学是学生经学校同意后、在规定时间内停止在校修读。在一学期内需要请假的时间累计超过该学期1/3，或学校认为必须休学的学生，应当休学。学生本人申请休学的，应向学校提交书面申请，说明理由并提供有关证明，在得到学校书面同意后一周内办理休学手续。学校发现学生出现应该休学的事由时，应当向学生发出办理休学手续的通知。学生应在接到学校有关通知后一周内办理休学手续离校。逾期不办理休学者，视作已处于休学状态，由学校直接执行办理其休学程序，要求学生离校。学生在休学期间保留学籍，无须注册，不享受在校注册生权利。

复学是休学学生在休学期满后恢复在校修读。学生休学期满，应于开学前持有关证明办理复学申请手续，经教务处批准后方可复学注册。因病休学的学生必须由县级以上医院诊断证明已恢复健康，并经学校复查。复查不合格者，应继续休学或退学。休学学生复学后，由所在院系根据教学培养方案和课程表，安排其复学后的修读计划。休学期满后两周内不办理复学手续的学生，视为自动退学。

学生应征参加中国人民解放军（含中国人民武装警察部队），可以保留学籍至退役后一年。

学校对学生休学、保留学籍期间发生的事故不负责，如有严重违法乱纪行为的，取消学籍。

九、退学

一般情况下，经学校指定医院诊断，患有疾病或者意外伤残无法继续在校学习者，未经请假离校连续两周未参加学校规定的教学活动者，以及本人申请退学者可予以退学。

学生退学，由校长办公会议研究决定。学校出具退学决定书并送达本人，同时注销学籍，报当地教育委员会备案。学生对退学处理有异议的，可提起申诉。退学学生应在收到退学决定书之日起规定时间内办理离校手续，档案、户口退回其家庭所在地。

十、奖励与处分

学校对德、智、体、美全面发展或在思想品德、学业成绩、科技创新、文体活动及社会服务等方面表现突出的学生，根据有关条例给予表彰和奖励。对有违法、违规、违纪行为的学生，学校根据相关规定给予批评教育或纪律处分。学校将学生的鉴定、奖励与处分等材料真实完整地归入文书档案和学生本人档案。

十一、毕业、结业、肄业

学生德、智、体合格，在规定学制内修完教学培养方案规定的内容、获得相应学分，可获得毕业证书。学生在规定学制内未修完教学培养方案规定的内容，但所获得的学分数大于或等于教学培养方案规定总学分数的90%，可获得结业证书。结业者在结业后的3年内，可根据各高校规定缴费后修读未取得学分的课程。达到教学培养方案规定的要求，成绩合格可换发毕业证书，毕业时间按发证日期填写。获得毕业资格（证书）者，可向学校申请学士学位，但以结业证书换毕业证书者除外。学满一学年以上退学且未达到结业要求的学生，可获得肄业证书。毕业证书、结业证书、肄业证书和学位证书遗失或损坏，不予补发。经本人申请，学校可出具相应证明。证明与原证书具有同等效力。

第二节　奖助学金

一、国家设置的奖助学金

随着经济发展和教育投入的增加，我国将在高校形成国家奖学金、国家励志奖学金、国家助学金、国家助学贷款和勤工助学等多种方式资助体系，资助原则是"帮困又奖优"。国家助学金、国家助学贷款和国家励志奖学金这三项资助制度的资金来源全部由政府承担，投入力度前所未有。国家奖学金由中央财政承担。国家励志奖学金和国家助学金由中央和地方两级财政按比例分担。

国家奖学金每人每年奖励 8000 元，每年奖励 5 万名特别优秀的学生。

国家励志奖学金每人每年奖励资助 5000 元。每年有 51 万名品学兼优家庭经济困难学生可获资助，约占在校生总数的 3％。

国家助学金资助标准现为每人年均 2000 元。每年资助 340 万名家庭经济困难学生，约占在校生总数的 20％。

这三项资助制度的奖励资助对象各有不同，国家助学金是资助高校包括高职在校生中家庭经济困难学生；国家励志奖学金具有奖励资助的含义，包括高校和高职品学兼优的家庭经济困难学生；国家奖学金是不论贫富，奖励品学特别优秀的学生。

国家奖学金和国家励志奖学金的奖励对象均为高校在校生中二年级以上（含二年级）的学生。品学兼优的家庭经济困难学生可获得国家励志奖学金。家庭经济困难学生经过一年的学习，品学兼优的可以在二年级向学校提出申请。经过学校评审符合条件的，可以获得国家励志奖学金。

特别优秀的学生可获得国家奖学金。高校二年级以上的本专科学生，无论家庭经济是否困难，只要是诚实守信，道德品质优良，学习成绩优异，社会实践、创新能力、综合素质等方面特别突出，经过学校评审，就可以获得国家奖学金。

一个学生不可以同时获得国家奖学金和国家励志奖学金。例如，一个家庭经济困难学生在拿到每年平均 2000 元的国家助学金后，如果学习成绩优秀，可以申请每年 8000 元的国家奖学金或每年 5000 元的国家励志奖学金，但只可申请其中一项。

国家助学金应按每生每年 2000 元按月发放到学生手中。学习成绩优异的学生，可以获得每年 8000 元的国家奖学金或每年 5000 元的国家励志奖学金，同时还可以申请每年最高 6000 元的国家助学贷款。据悉，家庭经济困难学生约占我国高校学生人数的 20%，其中特别困难的学生占 8%～10%。

二、优秀学生奖学金

优秀学生奖学金是由学校设立的用于鼓励德、智、体诸方面全面发展，品学兼优的本、专科学生的奖学金。目前各高等院校都会设立相应的优秀学生奖学金。一般来讲，优秀学生奖学金分为甲等奖学金、乙等奖学金、丙等奖学金，比例分别不超过学生总数的 5%、10%、15%。

获得优秀学生奖学金的条件是：热爱社会主义祖国，拥护四项基本原则，道德品质优良，模范执行大学生行为准则和校纪校规，评奖年度无违法违纪行为；学习态度端正、勤奋刻苦，成绩优良，评奖年度无必修课不及格；积极参加社会工作和集体活动，自觉锻炼身体，达到《大学生体育合格标准》；综合考评优良，具有较好的群众基础等。

优秀学生奖学金由各学校制定学生综合测评办法，以班级或同年级同专业为单位对学生进行全面考核评定。学校对获奖者颁发奖金和荣誉证书。有些学校还设立了许多单项奖，用于奖励在学习竞赛活动、科技学术活动和素质教育活动中取得优异成绩或在思想品德方面有突出表现的学生。

三、专项奖助学金

近年来，不少国内外的企事业单位关注我国的教育事业，纷纷出资设立各类奖助学金，很多高校的校董、校友和友好人士也以个人名义设立奖学金，奖励才俊。这些奖学金的设立，大大地激励了广大学生学习的积极性，涌现出一批又一批品学兼优、德智体全面发展的优秀人才；同时为倡导良好的学风，营造浓厚的学术氛围起到了十分积极的作用。例如，武汉大学外国语言文学学院特设"谢武奖学金"，"谢武奖学金"是由武汉大学校友谢武先生设立的，每年约有 15 名同学可获此奖学金。外交学院除了拥有国家级、北京市教委、外交部发放的奖学金外，还特有香港蒋震基金会设立的奖学金。

四、勤工助学

高校家庭经济困难学生还可以在合理安排学习和生活之余，在学校统一管理下参加勤工助学活动，并取得相应报酬，用于解决部分学习和生活费用。校内勤工助学主要有助教、助研、助管岗位，以及实验室、校办产业、后勤服务、各项公益劳动岗位等。《高等学校勤工助学管理办法》规定，学生在勤工助学期间每小时酬金原则上不低于 8 元，每人每月不得超过 40 小时。

第三节　如何提高综合素质

大学是步入社会的前站，全面提升对社会的认知能力、自我调控能力、个人竞争能力，都是大学生在校期间应当考虑和着手准备的问题。所以大学的学习生活，除学好专业知识以外，综合素质提升对学生同样重要。下面介绍几条综合素质提高的途径。

一、社团活动

1. 什么是社团？

根据有关专家定义：社团是由大学生基于共同的兴趣爱好，并为满足共同的兴趣需要自发组织起来的群众组织。它是高校文化的重要载体，是高校第二课堂不可缺的重要组成部分，是学生培养兴趣爱好、扩大求知领域、陶冶思想情操、展示学生才华的重要舞台。

2. 社团知多少？

高校社团具有广泛的群众基础，目前处于蓬勃发展时期。按不完全统计，上海地区高校社团的总数是 700 多个，参与社团的大学生人数是 15 万人，占上海全部高校学生的 60％以上。浙江省的学生社团是 1400 多个，参加社团的大学生人数超过了 15 万，占学生总人数的 60％。在北京大学、清华大学、浙江大学、武汉大学、西安交通大学等高校，仅注册的校级学生社团都在 100 个以上。一般来讲，在校大学生至少有过一次社团活动经历的占到 90％以上，可见社团的影响之大。

3. 社团干什么？

高校学生社团划分为 4 大类，这 4 大类就是兴趣爱好类、理论学习类、社会公益类和学术科技类。

（1）兴趣爱好类　这类社团以兴趣爱好为出发点，以活跃校园文化生活为目的。主要包括文学社、外语社、艺术协会、体育协会以及一大批学生喜闻乐见的兴趣爱好社团。

（2）理论学习类　这类社团以开办理论学习活动为主要特征，既有理论研究活动，例如"邓小平理论研究会"，也有时事探讨活动，例如"三农"问题调研会等，在加强学生思想政治工作方面发挥着不可替代的积极作用。

（3）社会公益类　这类社团主要是以青年志愿者为主要活动方式的学生社团组织，是具有社会责任感、志同道合的学生聚在一起，用专业特色或一技之长，自觉奉献、服务他人的团体。例如全国著名的北京大学爱心社就是这一类社团。

（4）学术科技类　这类社团密切联系大学生学习实际，以学术争鸣、相互促进为主要目的，有一大批专业强、能创新、勤实践的学生参与其中，以自然科学和技术知识为背景结合不同专业而建立的创业协会、研讨协会、科技创新协会等。这类社团经常参与科技竞赛提高自己的全面能力，提升自己对科技创新的热情，培养自己未来就业的素质，发挥自己的专业特长。而且，不少的社团把自己的科技成果成功的实行了产业化，获得了巨大的社会效益。例如：在重庆举办的第一届"挑战杯"，当时湖北某高校的一个女同学，成功地把自己的科研成果，以 800 万元的高价卖给了企业；在厦门举办的"挑战杯"上，成功签约的合同，价值一亿一千多万元。这都是在校大学生的科技社团所创造出来的知识产值。

可见，社团在加强文化建设和大学生思想道德水平、完善学生知识结构、促进学生成长成才方面发挥着重要作用。作为大学生，参加社团活动是对综合素质提升的重要途径。

二、社会实践活动

1. 社会实践的源起

1980 年，清华大学学生提出的"振兴中华，从我做起，从现在做起"；北大提出的"团结起来，振兴中华"口号，这些口号在大学生中产生了非常强烈的影响。很多学校利用节假日在当地开展"学雷锋"活动，由学校拓展到社会。例如：当时比较大的社会实践活动有北京大学联合各北京高校开展"关于联产承包责任制"的大型调查，在当时引起了相当大的影响。1983 年底，全国大学生开展"纪念一二·九运动 48 周年社会实践活动周"的活动，是第一次有组织的全国大学生的实践活动，也是全国大学生社会实践活动开始的重要标志。1984 年 5 月，团中央召开了全国大学生首次的社会实践的会议，胡锦涛同志正式提出了大学生社会实践活动的指导思想："受教育、长才干、做贡献"，从此以后这也被确定为大学生社会实践活动的基本的指导方针。

2. 社会实践的内容

（1）社会调查　大学生跨出校门走向社会，在接触了解社会的过程之中分析面对问题，进行深刻的思考，接受教育。

（2）公益活动　开展为社会尽责、为人民服务为特征的社会活动。

（3）社区活动　在学校附近，联系相对固定的社区，结合自己的专业知识，进行有针对性的科技文化服务活动，为社区居民提供自己力所能及的服务。

（4）对口挂钩　联系生产单位，开展技术攻关，进行职能培训，直接参与社会建设。同时引入市场机制，使实践活动的供需双方达到一种供求的平衡。

3. 社会实践的作用

随着高等教育改革的推进，特别是随着学生培养模式、就业模式、高校管理制度等的改革，大学生的自主性、选择性逐步增强。进行社会实践，学会如何更好地适应社会成为大学生自身的需要。社会实践活动在与专业学习结合、与服务社会结合、与勤工助学结合、与择业就业结合、与创新创业结合等方面起到了重要作用。

国家从一开始就认识到社会实践对大学生成长、成才的重要影响，并将其大力推行。大学生只有在积极学习科学文化的同时积极参与社会实践，才能很好地发展自身，才能够正确地了解国情、了解社会、了解改革发展的实际，坚定建设祖国的信念。

三、实习

1. 实习步骤

（1）实习准备阶段　学生应认真学习学校、学院、教研室有关实习工作的文件，明确实习大纲中规定的有关实习目的、专业实习内容要求；与实习指导教师建立联系，了解实习的基本工作内容与注意问题；根据实习大纲内容要求，复习相关专业知识，明确实习重点与难点；制订个人实习计划。

（2）岗位实习阶段　学生进入实习单位，应首先了解实习单位的整体状况，包括实习单位基本状况、管理特点、安全纪律要求等；其次，到实习单位的各个相关部门进行实习，了解各部门基本的管理业务；最后，到专业部门进行专业实习。

实习过程中，学生要注意各方面材料的搜集和整理，做好实习日记。

（3）实习结束阶段　在实习结束后，学生要获得实习单位的实习鉴定，及时进行实习总结和实习报告撰写工作，准备实习答辩。开学第一周上交全部实习文件给实习指导教师。毕业实习于实习结束后一周内上交实习日记、实习鉴定、实习总结给实习指导教师。

2. 实习的四大误区

（1）有实习就去　实习是一个锻炼、帮助自己从学生思维向社会人思维转变的过程。一般来说，有实习经历总比没有实习经历强，但并不等于有实习机会就要去。如果实习职位不是自己的兴趣所在，那请再等等，与其在一个自己没有兴趣的岗位上混几个月，还不如休息或者看书。有一个办法可以帮助你衡量这个机会是不是自己需要的，那就是 T 形表。表的两边分别是"得到"和"失去"，尽可能地填上你能想到的理由。反正现在都是在线投简历，我们总是习惯把简历各处投遍，以为只要付出的筹码足够多，老虎机里的硬币总是可以倾洒出来。你错了，无目的的简历投得越多，你被选上的可能性就越低。

（2）只去大公司　在你实习的时候，选择你今后工作的领域和职业，只去大公司，却选择了错误的、没有整体规划的岗位，在你今后的雇主眼里，这样的行为就像笑话。一般的企业不一定就没有实习的价值，特别是一些非大企业目标院校的学生，还是要从对自己能力提高和职业规划方面来考虑实习单位。曾舒煜认为，衡量一个实习机会是不是好，不应该仅仅看企业规模，也应考虑以下几方面：实习所在的公司是否注重实习生的培训，实习是否能够提供相对多的业务学习机会，学习到的东西是否与期望从事行业所需的素质相匹配。

（3）快毕业时再实习　实习要趁早。现在，一些学生要么为考研或出国做准备，直到大四才开始琢磨实习，要么就是到了假期只是休闲。尽管人生应该过得相对从容，但是，时刻还是应该有实习这根弦。要想毕业获得好的工作，大二就应当开始实习。尤其是咨询或者投资银行领域的同学，都是大二暑假海外交流，大三暑假名企实习，有了这些才具备应聘的资格。

（4）认为实习时所做的琐碎工作，没有任何价值 通常企业让实习生做的很多工作都是基础工作。这时候，即便是自己兴趣所在，也难免感觉枯燥无味。但这并不代表不能学到东西。大多数工作都是由无数简单重复劳动组成的。比如，做软件工程师，至少有一半的时间都是在维护别人的代码，在调试和除错。很多人觉得计算机很酷，但他们只想编程创新，不想做维护、调试和除错等一些基础工作，这些想法都是不切实际的。你必须把这些枯燥的事情当做追寻兴趣必须付出的代价。另外，一些工作虽然自己做不了，但是可以看别人是如何做的，去学习别人的沟通方法和解决事情的方式。

四、通用技能和相关考试

有人形象地说：21世纪我们要学会"四条腿"走路，就是外语、计算机、汽车驾照和专业能力。所以在大学学习期间，适当的参加一些资格考试，拥有了一些证书，对提升素质和增加个人竞争力是非常有必要的。但是如今各种资格考试种类繁多，这就要求我们结合自身专业需要加以甄别和选择。

1. 外语类证书

（1）国家大学英语四、六级证书 这份证书对任何学生都极其重要，很多学校把四级、六级英语是否通过作为授予学位的必备条件；有些学校的学位证虽然不与四级、六级证书挂钩，但却是保送研究生的条件；另外，用人单位对它也是非常重视。

（2）国家英语专业四级、专业八级 英语专业四级、八级统测是为检测本科英语专业教学大纲执行情况而进行的本科教学考试。

（3）国家大学英语四级、六级口语证书 证书不重要，能力很重要。通过四级、六级考试一定分数段的学生才能报考口语考试，重要的是可以通过考试，检测自己在特定环境下的英语表达和沟通能力，对学生今后就业面试会积累很好的经验。

（4）英语中高级口译 含金量很高，要求同样很高，如果不是在语言学习方面有很高造诣的同学，建议不必考虑，更多的时间可以提升其他方面能力。

（5）托福（TOFEL）　有志出国深造的同学要及早准备。在就业过程中也会有少数企业会问及这类问题，但多是考察你对应聘岗位的态度，以免工作不久，就要出国。

（6）雅思（IELTS）　同样是出国深造条件。就业时部分外资企业会关注你的雅思成绩，但绝不是必要条件。

（7）剑桥商务英语（BEC）　证书说明了你的英语能力，还有你在大学里非常勤奋，外语学习兴趣不高的同学不会去学，或者学了之后因精力原因无法通过。但如果有此证书，在就业时企业会比较关注。

（8）外语专业笔试、口试证书　作为外语类专业的学生，取得本专业证书是必要的。

（9）第二外语证书　掌握第二外语，将大大增加进入相关企事业单位的机会。时下比较热门的第二外语有：日语、法语、德语、韩语，其他如葡萄牙语、西班牙语、意大利语、阿拉伯语等。还有，学习德语和法语，不仅是找工作，还可以在申请到德国或法国留学时起到作用。

（10）全国翻译专业资格考试　"翻译专业资格（水平）考试"（China Accreditation Test for Translators and Interpreters—CATTI）是为适应社会主义市场经济和我国加入世界贸易组织的需要，加强我国外语翻译专业人才队伍建设，科学、客观、公正地评价翻译专业人才水平和能力，更好地为我国对外开放和国际交流与合作服务。根据建立国家职业资格证书制度的精神，在全国实行统一的、面向社会的、国内最具权威的翻译专业资格（水平）认证，是对参试人员口译或笔译方面的双语互译能力和水平的认定。翻译专业资格（水平）考试合格，颁发由国家人力资源和社会保障部统一印制的《中华人民共和国翻译专业资格（水平）证书》。该证书在全国范围有效，是聘任翻译专业技术职务的必备条件之一。根据国家人力资源和社会保障部有关规定，翻译专业资格（水平）考试已经正式纳入国家职业资格证书制度，该考试在全国推开后，相应语种和级别的翻译专业技术职务评审工作不再进行。

翻译专业资格（水平）考试等级划分：

（1）资深翻译 长期从事翻译工作，具有广博科学文化知识和国内领先水平的双语互译能力，能够解决翻译工作中的重大疑难问题，在理论和实践上对翻译事业的发展和人才培养做出重大贡献。

（2）一级口译、笔译翻译 具有较为丰富的科学文化知识和较高的双语互译能力，能胜任范围较广、难度较大的翻译工作，能够解决翻译工作中的疑难问题，能够担任重要国际会议的口译或译文定稿工作。

（3）二级口译、笔译翻译 具有一定的科学文化知识和良好的双语互译能力，能胜任一定范围、一定难度的翻译工作。

（4）三级口译、笔译翻译 具有基本的科学文化知识和一般的双语互译能力，能完成一般的翻译工作。

证书分为口译与笔译两类，分别颁发，目前通过考试颁发的证书有：三级笔译证书、二级笔译证书、三级口译证书和二级口译证书。现设语种为：英语、日语、法语、阿拉伯语、德语、西班牙语、俄语。

2. 计算机证书

（1）计算机基本操作技能 如 Office 的熟练使用，和部分程序设计语言的熟练掌握，虽然不需要证书，但对今后作用很大。

（2）国家计算机等级考试证书 有些大城市申请户口时用，且是必要条件，如申请上海市户口要求获得国家计算机等级考试二级证书。此外还有国家计算机等级考试三级和四级证书。

其他如：ACCP（APTECH 认证的计算机专家证书）、MCSAC（微软认证系统管理员）、CCNA（思科认证网络工程师）以及名目繁多的专项技能计算机证书，则与未来具体的工作选择相关，不是每个企业都会看重，甚至知道这些证书。

3. 驾驶执照

目前个别有条件的高校已经试开设汽车驾驶选修课。没有此类科目的学校，学生也可以在各地驾校学习。从某种意义上说，驾驶执照已不能算是对个人综合素质的要求，而将会是我们今后工作、生活的必需。

第四节　出国留学

一、出国现象简析

留学听起来无疑非常吸引人，到发达国家留学的同学让人非常羡慕。然而留学对绝大多数大学生们意味着什么？是遥远的天方夜谭、美丽的传说？还是现实的脚下可以看得见的道路？一个不容否认的事实是：大学一毕业就留学的还是很少一部分。因为作为大学生的留学与社会整个留学群体的留学方式虽然有相同的地方，但更多的是不同之处：差不多60％～70％的外国学校招生的对象是中国那些可能落榜的高中生。另外有差不多20％招收的对象是有了工作经验以后想读 MBA 的人士，剩下的就是一些诸如语言学校、短期进修、夏令营等。很少的外国学校适合在校的大学生。

为了留学成功，必须具备以下两个条件中的一个：一是1％有"才"的大学毕业生申请到了学校高额奖学金，而且还去最著名的学府学习最前沿的知识。二是还有极少数的同学依靠家庭雄厚的"财"力去不是太发达、教育质量难称得上一流的国家。所以毕业出国留学看似有很多可选择的国家和地区，但是因为财力和才力的局限，留学在今天仍然只是很少一部分大学生的现实之路，95％的大学生无法在求学期间就选择留学这条路。

在留学之前，每一位申请者应该明确地问自己一个问题："我到底为什么要留学？"为了父母的期望？为了心中的理想？为了好奇和好强？为了看看世界有多大？这些理由都不够深刻和充分。若根本没有想好出国去做什么，那么在新鲜感消失之后申请者可能会走向颓唐。我们通常所说的"海归"派有两种情况：第一种是在国内有工作经验、有学历背景的，他们出国进修或在国外有工作经历，归来之后可获高薪。第二种是仅在国外留学，没有专业工作经历的"海归"们，他们对国外的文化经济比较了解，但是由于专业工作经历欠缺，归来后获高薪聘请的可能性比较低。所以，大学生毕业后申请出国留学，就必须懂得自己缺乏什么，需要学习什么，在国外学习时才会有明确的学习计划，这样的留学才是真正有价值的学习和投资。

留学坎坷路

首先，申请之前对于自己的兴趣和爱好需要全面和透彻了解。第一，是否可以留学？第二，是否应该留学？

其次，每年的考试成绩要优秀，这是你出国申请时能够拿到 offer 与否的关键所在。成绩越好，申请成功的机会也越大。

第三，多参加社团活动，能够使简历更加丰富，也更能突现个人能力。

最后，在申请前期，学会合理安排自己的生活学习，人的精力是有限的，你不能什么都兼顾到，只能把最重要的优先。

二、出国英语水平考试

国外院校在接受学生申请时要求学生提供英语的成绩，一般来说主要有：GRE、TOEFL、GMAT 和 IELTS。

（1）GRE 考试分为两种，一种是普通 GRE 考试（GRE General），也就是大部分中国学生参加的 GRE 考试。另一种是专项 GRE 考试（GRE Subject）。参加 GRE 专项考试的中国考生并非很多，因为大多数美国院校不要求提供专项 GRE 成绩，只要求普通 GRE 成绩。但申请研究生专业与申请人本科专业不一致的申请人，是需要提供专项 GRE 成绩的。例如 A 君在中国获得某大学物理专业学士学位，希望到美国改读经济硕士学位（Master of Arts in Economics），那么就需要提供 GRE 经济专项考试成绩。如果本科所学习的专业与申请研究生专业相同，一般不必提供专项成绩。

（2）GMAT 是管理学研究生入学考试美国、英国、澳大利亚等国家的高校都采用 GMAT 考试的成绩来评估申请入学者是否适合于在商业、经济和管理等专业的研究生阶段学习，以决定是否录取。

（3）IELTS 是 International English Language Testing System（国际英语语言测试制度）的简称。它是一种得到广泛承认的继续深造教育和高等教育课程的语言测试系统。英国、澳大利亚、新西兰、北美以及许多母语不是英语、但许多专业课程用英语教学的国家的众多院校均采用这一语言测试系统。

（4）TOEFL 考试是全世界适用范围最广的考试之一，除澳大利亚外的所有英语国家都将 TOEFL 考试成绩作为申请本科、硕士和博士入学的必备成绩之一。具体而言，TOEFL 成绩广泛适用于美国、加拿大、英国、法国、德国、爱尔兰、新西兰、新加坡、日本、比利时、荷兰、丹麦、芬兰、挪威、奥地利、南非、中国香港等国家和地区的留学申请。

三、出国注意事项

1. 自身的条件衡量

申请留学的过程中，第一个环节就是客观地衡量自身条件，确定个人在激烈竞争中的竞争力，并据此选择适合的专业、适合的学校。"知己知彼，百战不殆"，作战用兵如此，商战如此，留学申请也是如此，一个申请者的成功关键之一即是依照自身的条件进入最适合的学校。对自身条件估计过高，就会把自己的时间和金钱浪费在不切实际的选择上，过低就会失去进入较好学校的机会。

（1）平均成绩点数（GPA） GPA 是 "Grade Point Average" 的缩写，国外大多数大学的研究生院对录取学生都有最低的 GPA 规定，达不到最低 GPA 的，录取的机会很少。GPA 的计算方法就是把各科成绩按等级乘以各自学分，然后相加之和再除以所有科目学分总和，所得之平均值即为平均成绩点数。一般成绩分为 A、B、C、D 四等，$A=4$ 点，$B=3$ 点，$C=2$ 点，$D=1$ 点。较好的学校一般要求 GPA 达到 3.0 以上，中等的要求 2.5，再次的要求 2.0，GPA 成绩仅是出国留学中诸多要素中的一个，虽然有些申请人 GPA 不太令人满意，但由于其他方面表现突出，也同样会被录取。

（2）毕业名次（Rank） 任何从事过教育工作的人都知道考试成绩不是很可靠的 Index（指标），因此国外大学的审查者，还得重视申请者的名次，通常他们要求申请者或系主任提供名次的资料，名次的表示法有两种：①百分比法——总成绩与其他学生比较，在最高的百分之几里面。②分数法——以全班人数为分母，名次为分子。对于衡量一个人的学习能力与潜力来讲，名次资料远比分数资料更为可靠。

（3）标准考试（Standard Tests）成绩 GPA 和毕业名次二者受学生所在学校水准影响甚大。一个在第一流院校毕业的学生，GPA2.0，名次 50%，未必不如一个在第三流院校毕业的学生，GPA4.0，名次 5%者。因此，有了所谓的"standard tests"，即美国考试中心（Educational Testing Service ETS）所设计的 TOEFL、GRE、GMAT、TSE 等。加拿大多数高校要求考生将这一考试成绩单的官方文本（official copy）寄去，也就是说考生会给 ETS10 美元，再由 ETS 将考生的成绩寄往指定学校。近几年来，国外大学对于这些标准化考试成绩越来越重视。大多数研究生院要求 GRE、GMAT 成绩，并有一定的最低分数，其标准也有逐渐上升的趋势。可以这样说：标准化考试成绩是赴加留学的决定性因素，其重要性已凌驾于在校成绩之上，至少和在校成绩一样重要。有志于出国留学的读者，应多在 GRE、GMAT、TOEFL 或 TSE 上下工夫，抽出一两年的时间准备这样的考试也不为长。

（4）已修或正在修的高级学位 在国内已获得硕士学位或正在读硕士研究生，那么入学资格无疑会得到优先考虑，因为一般研究生院顾虑的是申请人是否有从事研究的潜力，如果已进入了硕士阶段，则表示已经过了其他院校的审查合格。

（5）特别荣誉 荣誉是一个学生杰出表现的证明，自然有利于申请人的录取。假如你荣获过什么重要奖励，被学校或社会评为什么优秀人物等。申请者应该把这些荣誉证明影印本随同申请表一块寄去。

（6）职业证书　职业合格证书如：执业药师证、律师证、医师证、程序员证等。这些都是个人业务能力（professional performance ability）及成熟（maturity）的最佳凭证，可大大提高竞争能力。

（7）领导经验　领导才能也是国外大学所欣赏的一种才能，若曾担任过班长、学生会主席、社团负责人等，都应在简历或申请表中说明。

（8）研究成果　这主要是个人在其研究领域里所取得的成果，例如所发表的论文、所取得的专利等。在竞争日益激烈，TOEFL、GRE 分数要求越来越高，GPA 竞争越来越厉害的情况下，个人所取得的研究成果无疑是竞争中的杀手锏。若所发论文刊登于国际刊物则最好，若是在国内刊物上发表，亦可复印后随申请表一同寄去。

以上几项是每个有志留学的大学生在事前应该客观衡量的。对自己具备的条件心中有数以后，再进一步选择院校。

2. 慎重选择学校

在提出入学申请之前必须慎重地选择自己要报考的学校，此时需要注意以下几点。

① 在报名之前一定要弄清楚该校的教学语言是否符合你的要求，然后再提出申请。

② 在选择学校时要对该校的教学质量、师资水平、校舍设备尽可能多了解一些。如可以发一个 E-mail 索取该校情况简介，或在 Internet 网上搜寻关于该校情况介绍的免费信息。国外大学一般都十分"大方"，只要去信索要，他们大都会寄来一些关于学校的介绍材料。你可以通过阅读这些资料或小册子了解关于学校的情况。

③ 目前各国接收留学生都会有专业上的倾向，翻译专业留学

生需求较多的国家有英国、美国、德国、澳大利亚、新加坡、日本等。

3. 留学要早准备

对于留学这么大的一件事情，要提前很多的时间准备。也许需要提前两三年就要开始准备，申请学校一般要花整整一年的时间，想明年9月份入学，今年7、8月份就要找到学校的材料，准备好材料，在圣诞节前寄走，然后就是等待的时间。在此之前，还要准备一些考试，寻找资金。这些还都只是具体的准备过程，如果一开始拿不准去哪个国家留学，还要在浩如烟海的留学咨询中浏览。现在，我们国家留学的信息虽然很多，但缺乏系统性，为了找到对自己有用的信息，并做出评估判断，就不知道要花多少时间了。所以，要想留学，还是尽早准备，越早越好，提前两三年准备不算早。

第五节　毕业论文

毕业论文是大学本科人才培养的重要环节之一，是授予学士学位的必要条件。凡本科学生毕业前必须撰写毕业论文。毕业论文合格且其他方面符合学籍管理规定要求者方可授予学士学位。毕业论文的撰写不仅有助于本科生巩固已学的基本理论和基本知识，而且是培养本科生科学思维、科研能力和学术规范的重要环节，也是对本科生综合能力和本科教学工作的检验。

一、毕业设计（论文）的目的

毕业设计（论文）是大学学习的最后一个环节，也是最重要的实践环节之一。其目的是通过这一环节的训练，使学生将以往分散在各个学科中的基本理论、基本知识和基本技能进行集中综合运用，使学生对本专业有较完整的、系统的认识，从而达到巩固、扩大、深化所学知识的目的；培养和提高学生综合分析问题和解决问题的能力，以及培养科学研究和创造能力，使学生受到英语语言理论和英语语言技能的综合训练；培养学生调查研究、检索文献和阅读中外文献资料，进行综合全面分析、文字翻译、撰写论文等独立工作。

二、毕业论文的选题与开题

① 毕业论文的选题应符合本专业培养目标及基本业务要求。

② 毕业论文题目应尽可能与本学科发展的前沿和社会实际相结合。

③ 建立毕业论文选题指南，并于第七学期末向学生提供毕业论文参考选题。选题由教研室统一组织，由教研室主任或本专业学术带头人主持拟定，并应根据学校或外语系的要求每年作一定比例更新。参考选题应有一定的学术性和社会应用价值，最好能与本教研室的学术研究有机结合起来。学生可以从教研室提供的选题指南中选择毕业论文题目，也可以自行选题。提倡学生结合课程论文、学年论文、大学生科研立项及指导教师的科研项目进行选题。

④ 学生选定毕业论文题目后应进行论证，撰写开题报告，交指导教师指导。指导教师应认真审查并指导学生的开题报告。

⑤ 外语系统一布置并由教研室具体组织和成立指导教师小组对学生的开题报告进行集中开题指导。学生根据指导教师小组开题指导的意见对开题报告进行修改，并认真填写《毕业论文开题报告》。

三、毕业论文的内容

① 学生应在指导教师的指导下确定选题，课题一经确定，不得再自行更改。

② 原则上必须一人一题，除某些一个人不能完成的大型课题以外，一般不能多人共同做一个题目。外语专业毕业设计（论文）的选题主要有以下参考方向：a. 文学；b. 语言学；c. 应用语言学 d. 教学法；e. 翻译；f. 跨文化交际等。

四、学位论文答辩会议的一般程序

① 宣布答辩委员会组成名单（主席或秘书）。

② 答辩委员会主席主持会议。

③ 答辩委员会主席宣布会议开始，提出答辩基本要求。

④ 学位申请人报告论文主要内容：申请人用英（俄、法、德、日）文报告论文的主要内容、选题意义、运用的方法、创新之处和有待解决的问题。答辩人须对所撰写的论文提供真实可靠的引文和符合规范的参考文献并做到文责自负。

⑤ 委员提问，申请人答辩。

⑥ 指导教师简要介绍申请人论文研究及学习等情况。

⑦ 休会，指导教师和列席会议人员退席。

⑧ 宣读论文评阅意见和导师的学术评语（主席或秘书）。

⑨ 答辩委员会对论文及论文答辩进行评议，就是否授予学位做出决议，决议含以下内容：

a. 对学位论文水平的综合评述；

b. 对申请人答辩的评价；

c. 论文是否通过；

d. 论文的成绩；

e. 其他意见。

⑩ 不记名投票表决，经全体成员同意，为通过。

⑪ 讨论通过答辩委员会决议，主席和委员在决议上签名。

⑫ 答辩委员会主席宣布复会，并宣布表决结果和答辩委员会决议。

⑬ 会议结束。

名人坊：翻译家——王道乾

　　王道乾（1921～1993）浙江绍兴人，中共党员。是我国著名的文学翻译家、外国文学研究家、文艺理论家，中国作家协会会员。1945 年毕业于昆明法大法国文学系，获学士学位。1947 年赴法国公费留学，在巴黎索邦大学文学院攻读法国文学，1949 年 10 月毕业回国。1950 年在华东文化部工作。1951 年开始发表作品。1959 年加入中国作家协会。1954 年任中国作协上海分会理事，《文艺月报》编委等职。曾经当选为全国文艺代表大会代表。1961～1966 年在上海作家协会文学研究所工作。曾参加《世界史》的翻译工作。1979～1993 年任上海社会科学文学研究所副所长、研究员、研究生导师，《外国文学报道》杂志主编，社科院高级职称评委会评委，1991年获学术突出贡献国家特殊津贴。

以翻译法国女作家杜拉斯的《情人》而蜚声海内外的翻译家王道乾先生，在中国创造了一个文坛神话：他在汉语世界里创造了"另一个玛格丽特·杜拉斯"。他的笔下诞生出的一系列杜拉斯作品，如：《琴声如诉》、《昂代斯玛先生的午后》、《广场》、《埃米莉·L.》、《洛尔·瓦·斯泰因的迷狂》、《物质生活》等，影响了中国一代年轻作家的创作，有相当一批如今驰骋文坛的作家从中获益良多。由此在中国翻译界产生了一个"《情人》现象"，也就是一个作家如何在另一种语境中最充分、贴切地演绎和表达原作？这是文坛颇值得思考和研究的现象。

第五章　外语学习的要素

第一节　兴趣是最好的老师

兴趣是一切学习的最好老师，浓厚的学习兴趣是外语学习的最大动力。

一、兴趣的 3 个阶段

兴趣分为有趣、乐趣和志趣 3 个阶段。对于处于外语学习初级

阶段的中学生，被外语的新奇性、氛围甚至时髦所感染而产生对外语学习兴趣的最初阶段——有趣，但是这种有趣带有盲目性、直接性，是不稳定的。随着学习的深入，产生趋向专一集中的爱好，达到第二阶段——乐趣，进而产生学习的自觉性和坚持性。在此基础上，如果把外语学习与个人的理想和奋斗目标相联系，就能达到兴趣的高级阶段——志趣，即会持之以恒地投身外语学习，将其作为日常生活和工作的一种自然行为。

实践证明，在外语学习的过程中，兴趣以及在此基础上累积的成就感，是成功的动力源泉。日本教育家木村久一曾说，如果孩子的兴趣和热情一开始就得到顺利发展的话，大多数孩子将会成为英

才或天才。语言学习尤其是这样。每个学生都有学好外语的潜能，但是必须引导他喜欢它，并能从中获得成就感。

二、学习兴趣的培养

那么，如何在外语学习过程中培养自己的学习兴趣，并养成良好的学习习惯呢？

首先，要树立学习信心。初学外语的人对语言本身有强烈的好奇心，要抓住这一特点树立学习自信心，会收到事半功倍的效果。学习时要告诉自己："我能学好语言！我能学好不同于母语的语言！"。类似精神胜利法运用，会不断增强自信产生强烈的求知欲，也会在遇到困难时激发自身克服困难的信念和勇气。例如，日常学习中可以多用英语与朋友、同学、老师进行会话，无论课堂上下，还是校园内外，给自己营造一种说英语的氛围，既可以锻炼口语，又锻炼了自己敢说敢练的勇气和信心。

其次，创设场景，进一步激发学习兴趣。创设一定的场景，寓学于乐，运用活泼多样的形式巩固所学语言。例如，学习打电话的用语时，可以创设一个场景：假设 A、B 是熟人，练习他们之间如何打电话。熟练掌握之后，再增设 A 打电话给 B，是 C 接的电话，A 和 C 应当怎样说？如果 B 在，C 应怎样说；如果 B 不在，C 又应怎样说？如此，在熟知的环境中既紧张又愉快地参与而进行语言训练，能充分激发"自我表现欲"，从学以致用的角度进一步激发学习兴趣。

最后，老师的指导在更深程度上激发学习兴趣是非常重要。事实上，对于学生们来说，如果他们喜欢甚至崇拜某位任课教师，就会爱屋及乌，喜欢上他的课，喜欢听他讲课的内容。因此，一位优秀的老师对于外语学习兴趣的培养至关重要。

总之，成功的教育所需要的不是强制，而是激发学生的积极性。兴趣的激发导致积极性的提高，是迈向成功的第一步。

第二节　恒心是成功的基石

有了积极的学习乐趣仅仅是外语学习的开始。由于语言学习的特殊性，必然会让学习者产生一定的枯燥感乃至厌倦感。因此，恒心成为外语学习成功的另一个必要条件。

一、恒心的重要性

"人贵有志，学贵有恒"，通往成功没有任何捷径可走，唯一的道路就是拥有坚持到底的意志力和我必成功的信念。车尔尼雪夫斯基有句名言："只有毅力才会使我们成功……而毅力的来源在于毫不动摇，坚决采取为达到成功所需要的手段"。

二、"苦"与"恒"

如何拥有学好外语的恒心呢？成功者的经验告诉我们，必须在"苦"、"恒"两字上下工夫。必须承认，任何一门语言之所以成为语言，都是由大量有规律的文字符号通过一定的规则组合而成，学习语言要求掌握的基本就是这些基础符合和使用规则，长时间反复练习同一内容是枯燥痛苦的。然而基本功在语言学习中又是如此重要，如果由枯燥感衍生出厌烦情绪，导致学习中断，那将是语言学习的大敌，因此学好任何语言都要做好吃大苦的准备。另外，学习如逆水行舟，稍有松懈，之前付出的努力就可能功亏一篑，因此还要有恒心。只有长期坚持才能将基本技能熟练掌握，使用起来才能不慌不乱、运用自如。同时也只有持之以恒地对基本功加以训练才能达到"温故而知新"的境界。

此外，学习语言和培养坚强意志力是紧密结合在一起的。在母语思维已经形成之后，又缺乏现实语言环境，学习一种新的语言习惯和语言思维，对任何人都是重大考验。有别于其他课程的学习，外语学习过程中会遇到很多困难，遗忘现象更是反复出现。可以说，如果没有坚强的意志力和不畏困难的精神，就无法学好外语。正所谓"一分耕耘，一分收获"，只有拥有吃苦的精神和持之以恒的意志，才能学好外语。

第三节 "快乐学习"

浓厚的学习兴趣和坚持不懈的决心是学好外语的必要条件，但依然无法避免学习语言的枯燥感，那么我们就从学习方法上尽量寻求改变。因此，我们引入"快乐学习"的方法。事实上，"快乐学习"早已不是一个陌生的概念，也不仅仅用来学习外语，几乎所有的学科都可以找到属于自身的"快乐学习"方法。

快乐来源于爱好，任何学习过程都必须以爱好和兴趣为基础。外语学习的快乐感首先可以从自己的兴趣寻找突破口。例如，喜爱音乐的人可以多听外文歌曲；喜爱文学者则可多读外文小说、诗歌；喜欢流行时尚的人不妨多读些外文流行杂志，即"外语学习通向你所热爱的事物"。

本书以英语电影为例，阐述英语"快乐学习"的基本方法和效果。著名英语教学专家杜子华曾说，"看一部美国电影比在美国生活十天还有效"。那么，能否通过看电影把英语学习变成一件很快乐的事情呢？答案是肯定的。看电影至少可以从以下三个方面使英语水平在欣赏电影的过程中不知不觉地提高。

第一，电影是极其丰富的词汇库。英文电影中人物的对白，绝大部分是最地道的英语国家口语，很多甚至在教科书上都不曾出现，只有切实在该国生活过的人才说的出来。在看电影的过程中碰到不认识、不理解的词汇，首先要做的不是查字典，而是尽量通过场景和情节去揣摩或者猜测其大致意思，之后再查字典加以确认和修正。通过这种类似于场景记忆法记住的词汇印象会非常深刻，且不容易遗忘。除此之外，我们还可以在记忆的基础上，将词汇的用法做详尽的分析，挖掘深层含义，以达到对词汇有一个全方位的认识，对知识是很大的提升。例如《阿甘正传》，阿甘在表达自己极爱吃巧克力的时候说，自己可以吃下一百五十万块巧克力"oh, I could eat about a million and a half of these."Million 一词在本句中是大量的意思，而并非说阿甘有过人之处，通过对 million 用法的分析，可以对美国人的日常用语中夸张的语气表示数量多的用法有一个更直观的了解。

第二，电影是最真实的语言环境。看电影学英语这种方法的另一大优点是迅速提高听力水平。这种练习方式不像听磁带那样干涩，而是借助电影的情景、声音、画面、情节推移等，生动地理解对白的意思，尤其可以通过反复看同一场景的方式加深对听力的训练。众所周知，提高听力绝对不能脱离语言环境。而对于中国的学生来说，平时要接触到英语国家的语言环境在目前的状况下仍然比较困难，而英语原声电影可以带给我们原汁原味的英语，让我们便捷地置身于全英语交流的环境，使我们身临其境地感受英语信号对听觉的刺激，久而久之，对英语的反应速度就会大大提高。

第三，电影是较为客观的现实反映，是了解英语国家人文、社会和文化的窗口。文化背景知识的掌握对于语言学习来说也是不可或缺的。电影这种艺术形式，作为文化的传播者，无论是故事情节的发展，还是人物关系的变化，都充满了西方思维。通过电影，我们可以了解到英美等英语国家的生活习惯、思维方式、价值观念等，并且这种了解带来的印象是在无形之中进行的。当我们被电影情节所吸引时，我们就在不自觉中受到西方文化潜移默化的影响。

当然，并不是所有的英语电影都适合进行英语学习。这里有两个基本标准：一看内容是否贴近生活，是否立意深刻，是否有教育和学习的意义；二看演员发音是否清晰地道。对于语言功底尚不够深的学生而言，通常建议选择题材轻松、带有中英双字幕的影片；对于功底比较扎实的学生，除了学习语言本身的目的，还要着意加强对英语思维方式和文化背景的认识，可以选择历史题材、励志题材的影片。再进一步提高之后，可以选择流行的情景剧，通过剧情学习更为流利地道的口语表达。

除了电影学习，利用方便快捷的网络资源是快乐学习的又一方式。时下流行的网络聊天交友工具，可以方便快捷的给学生提供与国外人士进行交流学习的机会。例如利用电子邮件、MSN、Facebook 等工具，与国外中学生定期对话和书信写作，可以生动形象的训练学生的听、说、写作能力，又可以培养与外国人正常交流的能力，消除交流的神秘感。当然，网络学习具有一定的负面效应和风险，但是只要加强引导和监督，寓教于乐，完全可以成为课堂外语学习的有利补充。

总而言之，"快乐学习"的目的是通过学生喜爱并能接受的学习方式，激发其自身能力。外语学习并不是完全依赖一本教科书，生活中很多有趣的方式都是学习的好途径，学习者需要根据自己的兴趣爱好，留意生活，真正把外语学习与生活结合起来，就能起到事半功倍的效果。

名人坊：翻译家——吕同六

吕同六（1938～2005 年）生于 1938 年 1 月 8 日，江苏丹阳人。1962 年毕业于苏联列宁格勒大学意大利语言文学专业。吕同六从事意大利文学研究和翻译 40余年，是意大利文学在中国的重要传播者。他对意大利中世纪文学和古典文学有精深的研究，在现当代文学研究和翻译工作方面贡献尤为突出。吕同六是荣获意大利总统颁发的骑士勋章、爵士勋章和科学与文化金质奖章三大殊荣的唯一一位中国学者。他历任中国社会科学院外国文学研究所研究员、常务副所长，《外国文学评论》常务副主编，中国国际文化书院院长，全国意大利文学学会会长等。改革开放以来，先后介绍和翻译了一百多位意大利小说家、诗人、剧作家、文论家的作品。他主持编辑了多套意大利文学和外国文学丛书，主要有"意大利二十世纪文学丛书"、"意大利经典名著丛书"、《卡尔维诺文集》、《莫拉维亚文集》等。

第六章　外语学习攻略

第一节　词汇——能力的起点

一、词汇与英语学习

　　词汇学习是英语学习的重要内容之一，是一切语言运用能力的起点。词汇掌握的多与少、牢不牢，直接影响我们的语言表达能力，影响表达的丰富与准确程度。词汇量的大小从一个侧面决定了语言理解的程度。

　　词汇的掌握对提高听力理解和阅读理解的速度和程度有直接的影响。掌握的词汇越多，理解速度就会越快，理解程度就会越深。

二、词汇记忆法

　　学习词汇除了记忆之外，并没有太多的捷径可走，但是好的记忆方法却能够达到事半功倍的记忆效果。外语词汇记忆方法很多，其选择因人而异，本书介绍几种常见的可以迅速为学生掌握词汇的记忆方法。

　　1. 词根（缀）记忆法

　　本方法充分利用单词的构词规律，通过掌握一组单词的共同词根或词缀，达到成串记忆单词的目的。其优点是，可以充分利用单词之间的形式和意义关联，对大量的词汇进行模糊记忆。即只要知道某个单词中包含有某个认识的词根或词缀，就可以大致知道该词的意义和词性。

例如，知道了 part 相当于 to separate，意思是"分离、分开"，便可以记住一长串单词：parcel，park，partly，partial，partner，party，participate，participant，particle，particular，apart，apartment，department，compartment，depart，part；知道 able，abil 的意思相当于 capable，就可以知道 enable，unable，ability，capable 等都是和"能力和才干"有关系；又如，知道 act 相当于 to do，to drive，有"做、干、驱动"的意思，那么记忆 act，action，actor，actress，active，activity，activate，actual，exact，reactor，interact，transaction 等就非常简单了。

较常见的词根还有：advan 相当于 forward，意为"在前、向前"；add 相当于 to put to，意为"加上"；aer 相当于 air，space，意为"空气、天空、太空"；ag 相当于 to do，to move，to conduct，意为"做、搅动、引导"；alter 相当于 to change，意为"改变"；ann，enn 相当于 year，意为"年"；art 相当于 skill，意为"技艺"；dic 相当于 to speak，意为"讲、说"；form，forma，format 相当于 shape，figure，意为"形成、模式"等。

除了词根以外，英语单词当中还有很多词缀（包括前缀、后缀），这些前缀和后缀都具有特定的含义，可以根据此含义较容易地判断出含该词缀的单词的意思。它们在单词当中出现得非常频繁。后缀通常使所附词词性发生转化，意思上变化不大。如 tion 是名词后缀，代表该词为名词。又如，知道了 er 相当于 person，意思是"从事某种职业的人"，便可以记住一长串单词：teacher，actor，firefighter 等。前缀则主要使所附词意思发生转化。例如，pre，意为"在前，向前"；sens 意为"感觉"；auto 意为"自动"；micro 意为"微观"；macro 意味"宏观"等。记住了这些单词的前缀和后缀再加上词根的帮助，记忆单词就从一件无序的事情变为一件有众多规律可循的事情了。

2. 同义词记忆法

经过大量记忆单词，细心的学生就会发现，许多单词的词义是非常相似或相近的。我们在记忆这些单词的时候，不妨把这些词放在一起记忆，可以加深印象，方便我们辨析词与词之间的区别，这样的记忆方法是非常有效而且常常会让学生们更加深刻的领会这些单词的词义，使之变成使用时马上就可以想到的词汇。例如，feeling、emotion、sense 同义词，在一定的场合可以替换使用但每个词都有一定的区别。再如词形相近的词：able 与 enable，effect 与 affect 等。日常学习多归纳与所学词同类的词汇，进行单词的串联，达到巩固已学单词，带动记忆新单词的目的。

3. 与词组或句子搭配起来记忆法

如果孤零零的记忆一个单词，效果往往并不佳，因为它缺少语境，缺少上下文，不容易唤起我们的记忆。如何有效的为记忆减负，最快的是在脑海中寻找到已经背记过的单词，这就需要我们在记忆初期就给这些单词一个语言背景，即放到词组或者句子中去记忆。

事实上，通过大量的单词记忆与背诵工作，学生们都会自己摸索出许多适合自己的单词记忆法。只要做个有心人，时常联想回顾以前背诵的单词，并想点子、使巧劲把新单词记住，我们就会发现很多记忆单词的方法。

第二节　听——"输入输出"的基点

听力是语言交际的前提和基础，是语言输入与输出的基点。因此，加强听力训练已成为外语学习的重要环节。而外语学习现状告诉我们，听力往往是容易被忽视的部分，特别是在外语学习的早期。但是，事实上，听力能力的强弱对于我们的英语语言能力会有很大的影响：我们"输入"——培养语感，接收信息靠听力；我们的"输出"——说、写等能力，尤其是口语表达能力，亦靠听力。

但是，听力训练的首要因素倒不是学习方法，而是持之以恒的学习精神。试想三天打鱼、两天晒网式的听力训练即使有再好的听力资料与训练听力的辅助设备也不能提高水平。当然在此基础上，还应注重学习方法，有计划、有重点、有策略、有针对性。

有计划就是根据自己的情况，来制订一个周期训练的专门内容。对于学生，作者建议每天保持半小时的训练较好，也比较容易坚持，半小时的时间与考试的时间相适宜，对于备考的学生也非常适用。

另外，对于听力训练的内容要进行一定的选择。首先要量体裁衣，接着再逐渐挑战自我。刚开始训练可以选择一些简单的、有娱乐性的听力材料，提高兴趣，随后可以选择难度大一点的材料，但是最好选择自己感兴趣的材料。当然，也可以选择外文歌曲或外语电影为材料。

有策略是指要讲究方法和效率。首先，我们要学会泛听和精听的结合。在日常听力训练计划中要适当安排泛听和精听，对于不同的材料选择不同的听力方式。对于经典的演讲、对白或者题材，不但要求能听懂，还要力求能背诵。至于一般的新闻类素材，则要求听懂即可。

对于针对"大学英语四六级考试"或者其他有考试任务的学生，则需要有目的性，就是指针对具体的题型来练习。日常的英语测试听力题型是几乎固定的模式。我们可以逐个将每个题型的题目拿来练习，也就是某一时段专攻一个题型，并好好总结经验。

总而言之，听力的提高与语感的培养密不可分。听力训练的目的并不要求我们能听懂材料中的每句话或者每个单词，而是通过语调和语流产生语感，获取主要的信息。在此基础上，进一步训练预测能力，即听话者，通过说话者的语音、语调来预测下句话的内容。

第三节　说——外语类学生的"门面"

一、哑巴外语

长期以来，由于应试教育的束缚，我国学生在外语学习中普遍忽视对口语的学习，忽视了"说"的能力的培养和训练。而当一个学生踏入社会的时候，衡量他的英语水平通常只有两个渠道：一是"说"，二是"写"，尤其是"说"在英语能力的表现中占有相当重要的地位。

二、口语学习方法介绍

中国的外语学习者之所以经过多年的学习仍然不能甚至不敢开口说外语，其原因就在于没有语言环境，除了学习时间，学生们很少有机会使用外语，这样就很难掌握不同环境下语言交际的规则，也无法验证和提高自己所学的语言。但是作为第二语言，任何一门"外"语对于学习者而言都是不大可能有天然的语言环境的，为此，我们需要人为的创造或者模拟现实的语言环境，通过人造语境来学习和训练口语。

第一，我们要求外语课堂只能以外语为教学语言，不管老师还是学生，进入课堂就如同进入外语的世界。老师必须用外语讲授课程，学生也必须尽力去听，去跟上老师的讲授。对于知识难点或者难以用学生理解的语句讲解之处，老师可重复讲授，放慢语速，并伴以手势进行说明，但应尽量减少使用母语的机会。这样能培养学生用英语交流的意识，并且在自然而然中习惯英语的表达方式。进一步，外语课堂不再以老师为主角，而将讲外语的时间交给学生，让学生通过分小组讨论等形式，探讨某一话题。这种形式灵活多样，有助于克服学生不敢开口的障碍，让他们有勇气也有机会开口说外语。此外，积极参加外语报告会或情景表演等活动，对于我们克服开口的障碍，体会说外语甚至用外语表演的乐趣，有很大的裨益。

第二，时下外语交流活动的频繁，给广大学生提供了课堂外锻炼口语的机会。特别是一些大专院校，普遍开展了英语角的活动，颇受学生欢迎。有条件的学生，完全可以参加到这样的活动中，同同龄人或高年级的同学交流，向他们学习。即使是感受大胆说外语的氛围，对我们也是很大的激励。

第三，模仿外国人说话的语音和语调，也是提高口语能力的有效手段。模仿的第一步可以选择模仿磁带或广播，在听懂每句话每个词的基础上，大声朗读，有意识的按照所模仿对象的语音语调去朗读。甚至可以把自己的朗读录下来，与模仿对象进行比较，进而找出差距，改正不足。朗读之后，将模仿材料背诵下来，并在背诵的基础上复述。复述是在模仿、朗读、背诵之后的一个再创作的过程，也就是尽量用自己的话复述原文，也可以摆脱原文，自己根据材料的内容组织语言，表述出来。需要注意的是：模仿、朗读、背诵和复述是一个循序渐进的过程，广大学生在训练时要根据自身情况，稳步提高，不可操之过急。

第四，充分利用现代化的交流手段，开展力所能及的国际交流，也是锻炼口语的一个好方法。随着科技的发展和电脑的普及，国际交流开始变得简单方便，也提供了课余时间学习外语的良好条件。我们可以通过即时通信软件、电子邮件等与国外的朋友进行对话和交流。

总之，口语学习对任何外语学习者来说，都是比较困难的一个部分，只有想方设法创造条件，多多练习，才能达到想说、敢说、会说的境界。

第四节　读——考试的得分点

一、阅读——每个英语学习者的必备能力

阅读，作为一项外语能力，对中学生而言，是体现在应试得分能力上。不论中考、高考、还是大学英语教学考试，阅读理解始终是测试题目中分值最大、分量最重、要求最高的一部分。所谓阅读，是从以文字为主的各种材料中提取信息的过程，是阅读者的思维对阅读材料进行理解、消化、加工的过程。阅读能力的体现，

不仅是能读所给的材料，关键是能理解材料的意思。我们学习外语

的一个基本目的，就是要能够理解外语文字材料。

在非外语语境中学习，只有阅读才能让我们接触大量的地道的书面语言，从而打好基础，培养语感，进一步提高听、说、写、译的能力。因此，无论从应试的角度考虑，还是外语学习本身的需要，阅读能力都是必须掌握的基本能力。

二、提高阅读能力的对策

提高阅读能力的对策包括扩大阅读量、掌握阅读方法和技巧、培养良好阅读习惯3个方面。

1. 扩大阅读量

各种阅读技巧都孕育于阅读实践中。只有进行大量文字的阅读，才能积累大量的词汇、习语和句型，才能扩大知识面、培养语感，提高对文字的反应能力。

（1）精选阅读材料　在材料的选择上，要注意形式和内容以及难易程度的搭配。学生应当选择体裁多样、内容新颖，集趣味性、知识性、实用性于一体的材料，包括故事、人物传记、科技、天文、地理、新闻报道等。

（2）采用不同的阅读方法　不同的阅读方法取决于不同的阅读目的。如果是课外阅读，泛读即可；课内阅读材料，包括书本和辅导教材，就必须仔细阅读，深刻理解内容。多思考、多提问，多留心作者的表达方式，弄清每个句子的语言关系，理解每个词的含义，反复朗诵，仔细体会。

2. 掌握阅读方法和技巧

（1）阅读速度　为了提高阅读速度，首先要摆脱慢读细读的阅读习惯。训练的重点以提高速度为原则，即使不能完全理解内容，也要在规定的时间内将材料读完。

（2）阅读理解　阅读理解要与回答问题相结合。只有正确的回答了问题，才表明理解的正确度。一些结构严谨、用词精确、词汇面广、逻辑性强的科普文章和理论性文章应被用来进行理解力训练。具体方法有如下几种。

① 略读（面式读法）　粗略地阅读全篇。我们读完一段文字

后，要确定作者在文中表露的态度和倾向，并能对文字的主要论点作简要的分析和评论。

② 跳读（点式阅读）　寻求特定细节，放弃大部分无关内容，只注意有关的某一点或某几点，把句子中的词组作为理解单位，进而理解句意。

③ 细读（线式阅读）　逐行仔细地阅读，以掌握文字的全部内容。抓"主题句"往往是细读的关键。主题句，即段落的中心句，一般位于段首，也有位于段尾。抓住主题句，就抓住了段落的中心思想，对于理解全文的作用非常重要。

（3）词汇量　词汇量对于阅读速度和阅读理解有很大的影响。词汇量大，阅读速度就快，理解的正确程度就高。因此阅读方法和技巧中不可避免的要求我们必须扩大词汇量。对于超出词汇范围的生词，可以利用各种猜词方法，猜测生词的词义，特别是根据本书词汇量部分介绍的猜词技巧，我们完全可以利用词的部分线索来确定词义，帮助我们阅读和理解。

3. 培养良好阅读习惯

培养良好的阅读习惯，对今后的进一步学习非常有利。

（1）养成无声阅读的习惯　阅读时变朗读为默读，克服有声阅读的毛病。有声阅读不仅指发音器官的活动，也包括内心自言自语地读，这些都属于声读现象，严重影响了阅读速度的提高。因此，要养成无声直接理解书面意义的阅读方法，通过眼睛感知文字符号、直接获得信息。

（2）养成按意群阅读的习惯　学生刚开始阅读时，往往习惯于逐字逐句阅读，或用手指点读，唯恐遗漏内容，这样的阅读只能达到理解句子的水平，从而偏离文章内容的预期和理解，最终影响阅读效率。高效率的阅读者一眼能看四、五个词的意群或句子。阅读时将文章分成较大意义的意群，既能加快速度，又能把注意力集中在理解篇章内容的层次上，阅读能力就能进一步提高。

（3）养成纵式阅读的习惯　学生在阅读时，经常有"回视"现象。即在读文章时，反复寻找前面读过的信息，而不是继续读下去。这种习惯同样严重影响阅读速度，影响信息的扩展、逻辑推理和理解。因此，在阅读中可以采用纵式阅读的方式。我们的目光主要表现在上下移动，按照意群向前跳跃，捕捉关键词和主题句，抓住中心思想，改变抠语法和英译中的习惯。

总之，阅读能力是语言、知识和逻辑推理综合的过程。阅读能力的提高，同样非一日之功。只有肯下苦工，坚持不懈，才能收到满意的效果。当然，良好的阅读心态同样重要。如果阅读时信心十足，心情平和，主动积极，理解率就高，就能最大限度地发挥自己的水平。因此，我们也需要保持不急躁、不抱怨、不自责的心态，循序渐进的提高阅读能力。

第五节　写——最见功底的测试

外语学习要求的听、说、读、写 4 项基本能力中，学生对写作的把握普遍不强，经常存在选词单一、句式单一、中式英语、层次不清等问题。因此，想要把听、说、读的能力在写作中加以体现，是需要日积月累训练的。

一、掌握写作技能，知道该怎样动手

写作要求在一段文字内，清楚完整地表达思想。写作涉及的问题很多，除了语言各方面的问题外，还有思想内容和所用材料、组织条理、书写格式等，都需要仔细考虑，认真对待。在大学及以上阶段，重点要掌握的是应用型文章的写法。

1. 熟悉各种体裁文章的格式

（1）说明文、描写文　这是比较常见的两种文体，以解说和描述为主要表达方式。

（2）日记　这是把自己当天生活中经历的有意义的事以及见闻或感受记录下来的书面形式。文体自由，通常用第一人称写。

（3）书信　一般分为私人信函和正式信函。外文书信从信封到正文，与汉语有许多不同，尤其要注意格式。

（4）通知和便条　一般有口头通知、书面通知两种形式，至少包括3项内容：时间、地点、活动内容。

学生要掌握上述文体格式，尤其是考试常用文体，如书信、日记、通知、留言条等。

2. 从基本句型、词组入手，完成文章。

任何文章都是由句子组成，句子又由词组、基本句型构成。掌握好词组、基本句型，再配上合适的时态，一篇文章就基本完成。

二、多读、多背好文章、范文

"熟读唐诗三百首，不会作诗也会吟"，英语文章也是如此。平时多读多背好文章、好句子、谚语、俗语，书面表达时就会起到画龙点睛的作用，而这些句子、文章往往就在我们身边。例如，Do in Rome as Romans do. East or west, home is best. Rome was not built in a day. Home is where the heart is.

"熟能生巧"同样适用于外语写作。在日常学习中多收集素材，写作时就不会手忙脚乱，无从下手。只要能坚持多读、多背好句子、好文章，便可轻松写出满意的文字。

三、亲自实践，动手写作

仅仅掌握写作技巧，熟背大量文章，不亲自动手实践也是无法提高写作能力的，没有一成不变的文章让我们照搬。因此需要勤动笔、多练习，通过练习知道自己的不足与缺陷，便于老师、同学帮你修改、订正。

四、注重语言环境的使用

外语毕竟不同于中文，有其特定的语言环境及特点，有些词还有历史典故或特殊含义，我们要特别注意这方面的问题。例如：表示"我是李雷"，日常口语表达为"I'm LiLei"，电话用语则为"This is LiLei speaking"；而 John Bull, Uncle Sam 则分别是英国人、美国人的代名词等。

总之，听、说、读、写4个环节在外语学习中并行不悖，而且互为补充。我们应该从素质教育的角度来检查我们的外语学习，围绕实际语言运用，全面提高外语能力。

名人坊：外交家——吴建民

吴建民，1961年从北京外国语学院法语系研究生班毕业，是中国最杰出的外交官之一，在外交战线上工作多年，学识渊博，素质修养极高，尤其善于交流沟通。他坚持不懈地利用一切机会和方法，以外国人能够接受和理解的方式，把中国这个千年文明古国推介给国外，为中国的外交事业和现代化建设做出了重要的贡献。曾任中国驻法国大使，现任国际展览局主席、外交学院院长、全国政协外委会副主任、全国政协副秘书长兼新闻发言人等。著有《外交与国际关系——吴建民的看法与思考》、《交流学十四讲》、《在法国的外交生涯》等。

年轻时就给周恩来总理当过翻译的吴建民，深得周总理的言传身教。过去周总理常说"外交无小事"，他每每在大节和细节上都尽善尽美，以君子之风、大国之风、政治家之风卓然立世，在国际上享有极为崇高的声望。吴建民以周总理为楷模，几十年如一日地锻造着自己。凭借儒雅的个人魅力，他在各国政要间交了许多朋友，利用这些优势为国家和人民服务。

1998～2003年担任驻法国大使期间，吴建民在法国上上下下和华界界均聚集起极好的"人气"，促成了3件大事：一是推动当时中法两国领导人江泽民主席和希拉克总统互访彼此的故乡，这极富人情味的善举拉近了两国人民的心，使中法关系进入了历史上的最好时期；二是开展"中法文化年"活动，这一创举已经成为中国对外交往的一种模式，推广到各个国家；三是中法互设文化中心，长期通过文化交流来进行思想和感情的交流。而此前，中法关系并不是特别好，1992年法国卖给中国台湾"幻影"2000-5型战斗机和空对空导弹，成为售台武器最多的国家，引发了中国政府的强烈抗议；1996年在联合国，法国再次参加了美国针对中国人权状况的反华提案。当时领导挫败这个提案的，正是时任中国常驻联合国日内瓦办事处特命全权大使吴建民，他使出浑身解数，展开了魅力外交，在反对霸权主义、清算当年贩运黑奴罪行、揭露美国国内存在严重人权问题等方面，慷慨陈词；团结广大亚、非、拉美等发展中国家，共同声讨以美国为首的强国霸权，终于以绝对优势大获全胜。今天依然沉浸在胜利喜悦里的吴建民回忆说："当我们拿下那场战役时，法国大使私下也对我表示祝贺，说你们干得太漂亮了。从第二年开始，法国就不再充当这个反华提案的提案国了。"

第三篇

找工作篇

每一位大学生在结束大学学习生涯后除了一小部分会继续深造或出国留学，其余都会走向社会，走上工作岗位。随着近几年大学扩招，大学生的就业形势变得愈加严峻。作为大学毕业生，在面临社会挑选之际，应该调整好心态，充满信心，利用自己所学的专业知识，为自己争取到一份相对理想的工作，或者利用所拥有的资源和国家优惠政策大胆创业。近几年，随着社会对外语人才的迫切需要，使得外语专业也日趋走俏。外语专业毕业生的就业情况近几年比较看好。但随着社会需求的饱和与社会对人才素质要求的持续提高，毕业生也需要努力加强自身就业素质，树立科学的就业观与择业观，以适应社会的需要。

本篇就将对找工作中应该注意的问题，对大家进行就业指导，帮助大家树立正确的择业观、掌握科学合理的求职择业方法、提高主动适应社会的能力；也会就大学生创业问题进行探讨和给出相应建议和方案。

第七章 外语类大学生就业

故不积跬步，无以至千里；不积小流，无以成江海。骐骥一跃，不能十步；驽马十驾，功在不舍。锲而舍之，朽木不折；锲而不舍，金石可镂。

——荀子

虽说行行出状元，条条道路通罗马，但就是因为行业多了、道路多了，选择起来才更困难。男怕入错行，女怕嫁错郎，职业选择合适与否，直接关系到人的一生，不得不慎重对待。了解是决定的前提，只有充分了解就业市场，才能做出最佳选择。知己知彼，百战不殆。

第一节 就业现状

想就业，就要知道有哪些"业"，就什么"业"，全国行业名目繁多：岗位五花八门，外语类职业也是琳琅满目。高校扩大招生以来，从 2001 年后毕业生就业率逐年下降。目前的高校毕业生就业处于一种"入超"的形势。全国就业形势严峻，外语就业形势又如何呢？

一、三千六百行，行行不一样

进入新世纪，我国经济迅速发展，科技日新月异，市场经济体制不断完善，与此同时，全球竞争日趋激烈，随着我国入世，国门渐开，我国的社会经济环境发生了剧烈的变化，职业市场也发生了剧烈变化，职业结构不断更新，下岗、裁员已是司空见惯，新的服务性职业和高新技术职业不断涌现，传统职业的属性也不断发生着变化。

我国的职业分类：《国家职业分类大典》将我国职业归为 8 个大类，66 个中类，413 个小类。这 8 个大类分别是如下几类。

第一大类：国家机关、党群组织、企业、事业单位负责人。

第二大类：专业技术人员。

第三大类：办事人员和有关人员。

第四大类：商业、服务业人员。

第五大类：农、林、牧、渔、水利业生产人员。

第六大类：生产、运输设备操作人员及有关人员。

第七大类：军人。

第八大类：不便分类的其他从业人员。

目前，根据《国际标准职业分类》对大类进行了修订，修订后的大类是：

① 立法者、高级官员和管理人员；

② 专业人员；

③ 技术和辅助专业人员；

④ 职员；

⑤ 服务人员和商店与市场销售人员；

⑥ 农业和水产业技术工人；

⑦ 手（工）艺人和有关行业的工人；

⑧ 设备与机械操作工和装配工；

⑨ 简单劳动职业者；

⑩ 军人。

二、外语就业"冷热酸甜"

1. 冷——就业形势严峻的大网，也网着外语人才

自 1999 年起，以往就业前景较好的外语专业毕业生的就业率也呈下降趋势。外语专业特别是英语专业的就业形势不可避免地受到全国整体就业形势下滑的影响。目前除少数重点院

校和热门急需专业外，多数高校特别是地方高校和专科学校外语专业毕业生的就业率较往年均有下降。据黑龙江大学西语学院调查显示：学院 2001 届、2002 届、2003 届、2004 届毕业生一次就业率分别为 93.7％、92.6％、76.5％、65％。

就业难，外语专业也难避免。"就业很难，但大家都想把自己'卖得'值钱。"挤在应聘人群里，北京某重点大学英语系大四学生小冯一脸苦涩。从去年 12 月起，小冯便一直奔波于各类招聘会上，但至今仍未找到理想的工作，同班同学中和她相同境遇的不乏其人。"刚上大学时，读外语意味着白领、出国、体面的生活，可现在连一份自己满意的工作都找不到。"小冯自嘲道。

小冯的求职经历绝非外语类高校毕业生的个案。一直以来被认为热门的外语专业，在日益严峻的就业形势中也难免遭遇尴尬。

根据教育部最近公布的普通本科专业招生、在校生、毕业生情况调查结果显示，英语专业扩招幅度较大，2003 年招收本科生 87808 人，2004 年招收 102388 人，排在所有专业中第一位。

有专家分析，从 1999 年高校开始扩招以及近几年全球化进程加快、我国与其他国家交流频繁，这些均在客观上造成外语类专业过热的景象，但一味忽视市场吸纳能力与实际需求，外语教学体制不完善，最终必然导致外语类人才消费的泡沫现象出现。

专家也指出，外语人才总量不足与高校外语毕业生供过于求的矛盾依然存在。我国经济发展迅速，随着改革开放，与世界经济接轨日益紧密，国家建设需要大量的外语人才。总体而言，我国外语人才总量与国家建设的需要相比还有较大的不足，然而，由于高校外语毕业生自身方面的原因和社会上种种客观问题的存在，高校培养的外语人才比较单一，竞争重心较为相似，一些人才并不符合企业要求，这使得高校外语专业毕业生出现供过于求的现象。

目前，我国人才流动的自由度有了较大幅度的提高，国内外语人才的流动，加之国际人才进入中国的人力资源市场以及各国企、事业单位下岗待业的外语人才，均给刚出校门、缺乏工作资历和经验的大学毕业生造成了压力，形成了挑战。

2. 热——外语职场的热浪，高低起伏

根据统计资料显示，相比目前大学生就业的大形势，外语专业毕业生就业形势总体尚好，就业率相对比较高，学生去向主要集中在高等院校、国有企业和三资企业，就业地域也集中在我国经济较发达地区。虽然一些学生择业时就业期望值过高，定位欠准确，还有不少毕业生离就业单位提出的素质要求有一定的差距，但总体来说，只要学生定位合理，外语专业毕业生就业前景在当前还比较光明。

外语专业整体就业率虽有所下滑，但特定水平、特定职业和特定地区仍时不时掀起一股"外语热潮"。

(1) 特定水平外语热　尽管我国有超过 3 亿人学英语，但是我国仍然缺乏高端外语人才。"入世"后我国对有关高级专门外语人才的需求迫切。其中，同声传译人才和书面翻译人才等高端外语人才严重缺乏。来自中国翻译协会的资料显示，翻译工作的人才缺口高达 90%，能够胜任国际会议口译的专业人员就更少。在所有翻译当中，同声传译和交替传译仍然是目前需求的大热门。据了解，同声传译一天 8 小时收费为 6000～8000 元，超出这个时间还要额外付费。专家们预测，我国对外交流日益频繁，加上北京奥运会和上海世博会的推动，必将大大刺激市场对高端外语人才的需求，高端外语人才需求的热浪已经汹涌澎湃、滚滚而来。

(2) 特定职业外语热　IT 英才网日前发布的 20 个专业就业前景预测，随着外语低龄化、大众化趋势明显，各类外语培训机构如雨后春笋，各中小学对外语教师需求加大，师范类外语人才将走俏市场。从整体上讲，师范类外语人才社会需求量较大，这使得师范类院校的外语毕业生就业较为容易，甚至不少外语院校的毕业生纷纷担任起外语培训机构和各类中小学的外语教师。

(3) 特定地区外语热　随着外资企业的增多，南方对外语类人才的需求也开始大幅上升，世界 500 强企业及部分本地企业均设置了外语类职位。丰田纺织负责人说，他们通过前期招聘已引入 30 多名日语类、英语类人才，但公司投产后会增加很多贸易沟通事项，对外语类人才的需求只会增不会减。随着本地企业管理的提升和外资企业的陆续投产，南方明年的人才需求有可能呈现"爆炸性"增长，人才缺口有望突破万人，特别是技术外语类人才需求会有很大增长。

据解放网的报道："长三角地区特别是上海对日语人才的需求将持续升温。"在第二届上海日语年会上，来自上海日语培训机构、日资企业代表和 8 所上海高校的日语系主任和专家都说出了这一观点。目前，在沪的日企实际数量已达 8000 多家，日语成为第二外语。日本企业反映日语专业人才紧缺，可选择性少；稍懂日语，掌握一般技能，了解日企运作规律的人员十分难找。

3. 酸——外语，请不要如此"单纯"

从近两年外企人才市场的供求状况来看，纯语言专业人才的需求正逐年下降。用人单位对人才的素质提出了越来越高的要求，不仅要求应聘者具备较高的外语水平，掌握一定的专业知识，而且要求具有独立工作的能力、较强的动手能力和吃苦耐劳的精神。

纯外语专业的毕业生一般只能被专业性要求不是很高同时兼容性比较强的行业接收。外语，更多的时候只能作一种交流工具和交流载体而非一个专业方向，这是外语人才无法突破的职业瓶颈。很多外语专业毕业生进入外企后，发现英语只是一种沟通工具而已，专业技能和专业经验才是能否加薪的关键。作为一门专业，却缺乏应有的专业特色和专业能力，外语专业的这种尴尬使不少外语类学生在考研时纷纷选择法律、管理、经济等热门专业，以摆脱相对狭隘的专业背景。在全国大型人才招聘会上，很多外资、合资企业都把相关外语作为考试的一个重点，但纯语言专业招聘职位几乎没有。

"四年本科相当于上了一个漫长的外语培训班"，考研时由德语改为国际法专业的小郑打趣道:"没有专业所长,最直接的后果就是自己的综合素质比较差,知识结构单一,没有很强的竞争力。报考德语时想着今后有机会出国,前途一片光明,没有料到这个专业并没有给我太多想要的东西,反而让自己在就业竞争中瘸了腿。对于其他找工作的同学来说,外语充其量不过是拐杖罢了"。

有关专家指出,"外语类人才的软肋在于知识结构。"这一点从各种招聘会上对外语类人才的需求更明显地反映出来。目前就业市场上,对工具型外语类人才的需求已明显下降。单一的外语人才已经不再吃香,具有扎实的语言功底同时精通国际经济贸易、公司管理等专业知识的复合型外语人才则在就业市场上颇受青睐。而即使是翻译人才也要求具备相关领域的特定知识。

如今外企需要的是既有良好的外语基础,又在某方面具有较高专业素质的"复合型"人才。相对于过去那种针对性不强、定位不够清晰的通用英语,企业更愿意招聘"双料"人才,即"外语+专业知识"的复合型人才,这样才能适应加入全球经济一体化的要求。如中国四达国际经济技术合作公司招聘的日语翻译细划分为生产管理类、法务岗位和助理岗位等。

4. 甜——谁说"小"就受欺负?

"我们这个语种,全国的竞争者加在一起也不会超过 30 个,几个求职点一分,应聘时竞争对手几乎没有。"手持匈牙利语专业文凭的毕业生小洪,略带调侃地回忆自己的求职经历。

小语种的"小"确实是有目共睹的。相对于英语、日语、德语等应用面较广、使用人数较多的语言,小语种只是在少数国家使用的外语语种,因此小语种专业人才也一直由少数学校进行培养。西班牙语、荷兰语、匈牙利语、保加利亚语、斯瓦希里语等 20 多个语种仅在一些外语类院校和教育部重点高校中开设。为保证教学质量,一些专业甚至 4 年一招,小班规模。如此,市场上虽然小语种就业岗位较少,但因为人才稀缺,竞争压力也很小。

"小语种虽然小,却具有针对性,资源稀缺,别人想抢我们的饭碗也不可能。"某外国语大学缅甸语专业的王同学对自己的前途充满信心。大学期间,因为相关专业人才少,他参加过众多与专业有关的实践活动和社会工作,其中也包括不少外事活动。

随着我国与世界交流的愈加频繁,在我国召开的大型国际会议越来越多,对小语种人才的需求也越来越大。近年来,非英语语种外语人才已经悄然升温。为了做好 2010 年上海世博会的筹备工作,上海已经启动了一项人才工程,专门培养小语种人才。目前被上海列为紧缺人才培训工程的非英语语种外语有俄语、西班牙语、意大利语、葡萄牙语、阿拉伯语等 8 类。近年来,我国成功举办"中国法国年"、中国"俄罗斯年",也使得法语、俄语人才再次"吃香",身价倍增。

"小"与"少"、资源的稀缺往往带来更多的机会。资料显示,北京、上海等地翻译职位空缺大部分招聘的是日语、韩语、西班牙语、葡萄牙语等语种人才。由于这方面的人才相对稀缺,企业在工作经验上的门槛放的比招聘英语人才的低出不少,如中国中信集团公司招聘负责商务谈判及日常翻译工作的西班牙语翻译,就打出"应届毕业生也可"的条件。

第二节 就业趋势

所谓步步为营,落棋无悔,高手下棋,不但思索当前形势,也要考虑往后的路数,对棋局全盘考虑。择业也当如此,放眼将来,才知通途。我们择业时,不仅要熟知职业市场的现状,也要掌握其未来的发展动向,选择有发展潜力的行业。选择正在萎缩的"夕阳产业",不仅不利于个人发展,甚至还会面临失业的风险。而选择适合自己的"朝阳产业",才有可能"名利双收",节节攀升。

一、职业的发展

1. 传统职业"夕阳西下"

经济社会的快速发展,生活水平的日益提高,许多传统职业退出历史舞台已是必然。传统的铅字排版被激光照排所取代,移动电话让寻呼机失去价值,传真、短信、Email 等通信方式也代替了电报，排字工、寻呼员、电报员等"传统职业"纷纷"下岗"；住平房的人搬到楼房里，糊顶棚的裱糊工没了工作，数码相机的数量越来越多，景区摄影师丢了饭碗。许多计划经济时代最吃香的工种，如供销员、物资供应员、粮油票证管理员、蔬菜作价员、供销社派送员等，则早就在职业市场中消失得无影无踪。

与此同时，随着现代化进程的加快，有的职业则是改头换面变了称呼，有了新的发展。剃头师改名美发师，保姆改称家政员，除草匠叫做园艺师，炊事员改叫烹调师，还分为中式烹调师、西式烹调师和营养配餐师等。

据统计，我国现有的传统职业与 5 年前相比已减少了近 3000个，许多"夕阳产业"的在职人员被迫纷纷改行，即将进入职场的大学生自然要慎重对待行业了。

2. 新兴职业"旭日东升"

社会经济的发展与变化无时无刻不在引起职业市场的巨大变动。科技的进步引发新职业的诞生。如 IT 产业带来的软件项目经理、网络经纪人、闪客、游戏测试员。经济和社会的转型也会产生新职业。如随着政府职能日益向服务型转变，具有民间性质的社工开始作为行政管理的辅助方式日渐兴起。人们生活水平的不断提高，对社会服务也出现了新的要求，产生了众多的新岗位。如房地产置业设计师、餐点营养顾问、私人形象顾问、保险经纪人、二手车评估师、汽车美容、宠物美容等。职业分工的日益细化使许多新工种应运而生。以销售为例，与其相关的岗位就有近百种，如销售经理、客户代表、市场专员、客户经理、销售客户服务人员、销售顾问等。对于外语专业来说，新兴职业主要为：外语导游、同声传译等。

随着中国的对外开放，越来越多的外国人愿意了解中国这片神秘的土地，外语导游也成为了外国人了解中国文化的渠道之一。现在国家设有专门的外语导游资格考试。外语导游已成为外语专业大学生不错的职业选择。

除此之外，同声传译如今成为炙手可热的一种新型行业。据不完全统计，我国专业的同声传译人才仅 25～30 人左右，大多在北京、上海和广州等国际交往频繁的大都市。至于国际上流行的在经贸、科技、政法等各个领域学有所长的专业型同声传译人才仍是一片空白。因此,同声传译近几年已被政府部门列为"二十一世纪第一大紧缺人才"。同声传译是翻译工作中难度最大的一种,主要是因为比交替翻译更加省时,目前正成为国际性大会中流行的翻译方式。当前,世界上95%的国际会议采用的都是同声传译的方式,如在上海举办的亚太经合(APEC)会议等都是采用同声翻译。国际会议口译员协会(International Association of Conference Interpreters,AIIC),是会议口译这一专门职业唯一的全球性专业协会,AIIC的会员身份被广泛认为是会议口译员的最高专业认证。目前,全球AIIC传译人数合计不过2600多名会员。业内人士指出,目前一组同声传译的报酬通常在每天12000元人民币,一般每组3人合作,每人每天可得4000元。若平均每星期做两次同声翻译,一年下来也能赚个四五十万元。但是,同声翻译对人才的各种综合能力的要求非常高。同声传译要求译员头脑清晰、反应灵敏,翻译时要紧跟说者的思维节奏,两者相隔时间不能超过半分钟,耳朵听进去嘴巴就要立刻翻译出来,这一点是令许多学外语的人望而生畏的。同时,传译的短期记忆力要非常好,不仅要快速记忆演讲者的演讲内容,还要牢记大量与翻译内容相关的术语及平日积累的知识、语法、翻译技巧等,在知识方面要是个什么都懂的"通才"。

随着这些新职业的不断出现,传统的"三百六十行"早已被新的数据一再刷新,到目前为止,我国的非细分职业已接近2000种,其中还不包括我们耳熟能详的职业线人、私人侦探、短信写手等边缘职业。

另一方面,随着我国社会的逐步转型、经济体制的日益转轨、宏观经济的快速发展、产业结构的升级换代以及科技发展的日新月异,行业的萎缩、消失、新兴的周期、速度将会越来越快。新职业的产生周期正在不断缩短,呈现加速态势。据了解,我国从1986年开始颁布《职业分类与代码》而首次明确确立职业分类,过去是五六年修订一次职业分类目录,现在的周期已缩短到每季度公布一次。

事实上，人们只要上网随意浏览几个职业网站，不经意间就会发现某个职位闻所未闻，新的职业每月、每周甚至每天都在浮出水面。

新职业总体前景是令人欣喜的，不少新兴职业正是市场紧缺岗位，拥有相当高的"含金量"。在一些地区，一些新职业已成为"香饽饽"。在广州，某些策划经理年薪高达55万元，大部分平均年薪也有10万元左右。

二、就业风向标

1. 全国就业整体趋势

经济发展的好坏直接影响着就业形势。全球经济形势伴随着日本经济长期低迷和美国经济逐步下滑而出现衰退，世界上许多知名公司（如微软）未雨绸缪，从2000年底就开始着手裁减员工，较大规模的裁员出现在2001年上半年。与此同时，国内的一些企业也采取了类似的缩减政策。全球经济的低迷导致了全球的就业困难。可以说，严峻的就业形势，随着全球经济发展的减缓和衰退已经到来。近几年高校毕业生就业形势日趋严峻，整体呈现"熊"市。

毕业生自主择业与用人单位择优录用双向选择相结合的大学生就业体制随着我国社会主义市场经济体制的建立已经基本形成。从国内对毕业生的需求来看，2001年是近几年中就业形势最好的一年，需求总量达到了高峰，此后大学生就业率逐年下滑，这一趋势仍将持续。国有企业的需求没有回升的迹象。以中兴、华为为代表的高新技术企业，往年都是接收毕业生大户，近几年的招收人数计划都有较大减少。

从行业的需求来看，形势也不容乐观。被专家预测将在21世纪得到重点发展的高新技术行业中，IT业将不再保持前两年的高增长，需求开始下滑，这主要是中国加入WTO后，国外的IT业将逐步进入国内市场，IT业的垄断地位将不复存在。而新材料、生命科学、环保等新兴产业尚未形成较强的产业规模，仍处于初步发展阶段，人才需求量不大。我国加入WTO后将得到大力发展的服务业中，除金融业发展势头不减外，保险业尚处于刚刚启动，证券业的需求则出现大幅回落，而法律服务、职业咨询与指导、社区服务等行业还处于萌芽阶段，开发还有待时日。

从供给方面看，毕业生数量的增加加剧了供需矛盾。1999 年高校开始大幅度扩招，2002 年全国普通高校毕业生 145 万人，2003 年毕业生 212 万，比 2002 年增加 67 万，2004 年毕业生高达 280 万，2005 年全国普通高校毕业生人数达 338 万，2006 年全国应届大学毕业生人数激增至 413 万，到了 2007 年全国普通高校毕业生人数高达 495 万。虽然教育部称到 2010 年前，大学扩招步伐将有所放缓，但到 2010 年，仍然有 438 万本专科生。总供给量的大量增加，使得今后几年的就业形势将更为严峻。

当然，就业形势中也有乐观的一面。首先是我国进入全面建设小康社会时期，经济将继续保持较快增长。据经济学家预计：在未来的几年里我国经济持续稳定地增长，将新增加上千万个就业机会。另外，我国已正式加入 WTO，北京于 2008 年举办了奥运会，2010 年上海将举办世博会，也都会带来就业机会的增加。其次是户籍制度、人事劳动制度的深化改革，打破了阻碍人才流动的坚冰，有利于毕业生的择业。再者，政府公务员的需求出现上升趋势，如国家机关机构改革顺利完成，近年来公务员招录逐年增多。知识经济时代高新技术日新月异的发展，社会财富以惊人的速度从传统产业向高科技产业集中，知识经济产业化浪潮势不可挡，以知识为主的人力资本将日益成为社会主要的生产要素。我国加入 WTO 后，中国经济与全球经济一体化进程将进一步加快，产业结构调整和战略性改组以及国际资本和技术的进入，无疑将会加大对高层次人才的需求，由此而产生的新的就业机会将有利于毕业生就业。

2. 外语就业趋势

受世界经济一体化进程的影响，跨国公司大量向中国涌入，对外贸易领域不断发展，国际直接投资大幅度增长，在跨国公司本土化的过程中必将需要大批掌握外语的专门人才。与此同时，中国民营企业的发展和走出去战略的实施，对外语人才的需求会越来越大。这样，使外语人才有了新的就业增长点。一项调查表明，外语熟练者的年薪比外语水平一般和中等者高出 71％和 37％。另外，薪资调查显示：随着中国城市国际化程度日益提高，外语熟练程度与收入高低密切相关。精通外语的人在企业内的各个职位更易获得高薪，较高的外语水平将大大增加个人的竞争力。

现代交通和通信技术的发展让人感觉世界变得越来越小，地球犹如一个大"村落"。世界各国之间的联系与沟通越来越紧密，涉及政治、经济、文化、科技、体育等方方面面。而这些交流与沟通的一个前提条件是，必须解决语言上的障碍。有人指出，外语和计算机应用技术是21世纪人才的两大"通行证"，下个世纪不懂外语的人就相当于文盲，外语的重要性由此可见一斑。

当今世界许多处于边缘化的国家正在试图走英语的捷径之路。一些到现在还没有走出贫穷与冲突、混乱和落后的国家正在以英语为基础建立和形成统一的英语国家文化，这将深层次地影响到英语的发展前景，从而使英语的强势不断呈现于世人面前。经济全球化虽然不会导致哪一种外语成为世界的通用语言，但我们可以肯定地推断：随着这种趋势的发展，全球对外语人才尤其是英语人才的需求是极大的。

名人坊：西洋文学家——吴宓

吴宓（1984～1978年），著名西洋文学家，字雨僧、雨生，笔名余生，陕西省泾阳县人。1917年23岁的吴宓赴美国留学，攻读新闻学，1918年改读西洋文学。

留美10年间，吴宓对19世纪英国文学尤其是浪漫诗人作品的研究下过相当的工夫，有过不少论著。

1926年吴宓回国，即受聘在国立东南大学文学院任教授，讲授世界文学史等课程，并且常以希腊罗马文化、基督教文化、印度佛学整理及中国儒家学说这4大传统文化作比较印证。吴宓在东南大学与梅光迪、柳诒徵一起主编于1922年创办之《学衡》杂志，11年间共出版79期。于新旧文化取径独异，持论固有深获西欧北美之说，未尝尽去先儒旧义，故分庭抗议，别成一派。这一时期他撰写了"中国的新与旧""论新文化运动"等论文，采古典主义、抨击新体自由诗、主张维持中国文化遗产的应有价值。他曾著有《吴宓诗文集》、《空轩诗话》等专著。

第八章 求职方法与技巧

随着高校毕业生就业制度改革的深入，无论是经济学专业的大学生还是其他专业的大学生，毕业后都要进入毕业生就业市场，通过与用人单位"双向选择"来确定就业去向。面临职业选择的大学毕业生，要取得择业成功，做好求职择业的准备，学习求职择业的方法，掌握求职择业的技巧，是非常必要的。

第一节 求职渠道

随着高校逐年扩招和毕业生数量的日益增加，大学生就业难已成为一个引人关注的社会问题。在"供需见面、双向选择"的就业制度普遍建立，就业观念不断更新的新形势下，求职渠道已呈现出多样化发展趋势。选择有效的求职渠道，使之更好地为自己的求职服务，已成为促进大学生就业的一个有效途径。目前常见的求职渠道主要有以下几种。

一、学校毕业生就业工作部门

学校的毕业生就业工作部门是专门负责毕业生就业工作，可为毕业生提供求职信息、开展就业指导。基于历年的工作实践，学校毕业生就业工作部门同国家和地方各主管部门以及有关用人单位都保持着广泛而密切的联系，是用人单位和学生之间的桥梁和纽带。一般而言，各个学校的毕业生就业工作机构都有相对固定的就业信息发布渠道，用人单位会直接把需求信息提供给学校，由学校推荐或组织专门招聘会选拔所需人才。毕业生可以按照学校的指导，经常或定期浏览学校毕业生就业信息网、就业信息公告栏、校园就业论坛等。这类招聘信息一般具有较强的针对性、准确性和可靠性，同时学校推荐的用人单位可信度较高，是目前高校毕业生参加求职招聘的主要渠道之一。

二、实习和实践活动

学校的实习和社会实践等活动，与学生所学专业知识紧密相连。这些活动提供了直接与社会和用人单位接触的机会，有利于毕业生开阔视野，有意识地了解到这些单位的需求信息和对毕业生的具体素质要求。通过实习和社会实践活动，学生能形成一个明确的就业方向，既可明确知道将来从事工作需要的条件，也可根据自己的就业方向有针对性地进行学习，充实自己的实践能力、动手能力及实际工作能力，增强就业竞争力。

三、互联网

在信息高速发展的今天，互联网在大学生就业中发挥的作用越

来越大。现在既有专门的人才网站集中提供人才求职信息，也有综合网站开辟专门栏目刊登招聘广告，还有企业、人才招聘机构也都在网上建立专门的网站，通过网络发布岗位需求信息，向毕业生提供就业指导和就业信息服务。大学生按要求通过网络投放简历，参加面试，实现双向选择。通过互联网获取信息这种渠道具有信息透明度高、方便快捷和费用低廉等特点。在网络经济迅猛发展的今天，借助互联网查阅和交流信息，无疑能使大学毕业生们更具有竞争力。

四、新闻媒体

广播、电视、报刊等新闻媒体以其面广、量大、信誉度高、速度快等特点，已成为各用人单位发布企业现状和人才需求信息的重要渠道。毕业生通过这些新闻媒体不仅可以获取用人单位的有关情况，还可以借助专业报刊了解行业发展前景、市场状况等。这类信息涉及面广，竞争性较强，不失为毕业生择业的有效渠道。

五、招聘会

每年各地市人才机构都会组织规模不等的就业洽谈会，部分中央部委、行业也会在每年相对固定的时间召集本系统、本行业内的用人单位与其所属或联系比较紧密的高校就业工作部门见面，为毕业生提供更多、更广的就业渠道。这类招聘会具有较强的供需针对性，行业性较强，对生源要求有一定的倾斜。对于有明确的就业地方及行业要求的毕业生来说，这种渠道是落实就业单位的有效途径。

六、社会关系

在校大学毕业生在择业时接触面和选择面总是有限的，毕业生就业不是封闭于校门内的事情，也不是毕业生单纯的个人行为，通过自己的父母、亲戚、朋友或校友，了解社会需求信息，一般比较具体、准确，在求职过程中往往有事半功倍的效果。

七、人才中介服务机构

为进一步方便用人单位招聘各种管理人才及专业技术人才，减少用人单位在招聘中时间、精力、财力的耗费，近年出现很多以人才中介服务机构为依托的委托招聘。这些服务机构利用自身的资源优势，通过专业化的运作手段，根据用人单位提出的要求，广泛搜寻所需人才，量身打造招聘岗位的纳才方案。这种招聘形式近年来已受到用人单位和求职者的广泛瞩目。

第二节　笔试方法与技巧

一、笔试类型多　考前尽掌握

1. 技术类笔试

这类笔试主要针对研发型和技术类职位应聘者，用于考察他们对相关专业知识的掌握要求程度。对本科生而言，专业笔试主要考察基础知识、基本技能，而不是很高深的学问，一般都是专业基础课。对于这类技术性岗位，大公司和小公司的笔试内容的侧重点有很大区别。一般小公司注重实用性，考的比较细，目的就是拿来就用。大公司则强调基础和潜力，所以考得比较泛，多数都是智力测验，情感测验，还有性格倾向测验。对于大公司的笔试，建议可以看看公务员考试的教材，里面有很多智商题，也有很多综合性问题，这类问题对大公司的笔试是很有帮助的。

2. 非技术类笔试

这类笔试一般来说更常见，对于应试者的专业背景的要求比较宽松。非技术性笔试的考察内容相当广泛，一般除英文阅读和写作能力、逻辑思维能力、数理分析能力外，有些时候还会涉及时事政治、生活常识、情景演绎，甚至智商测试等。

目前常见的笔试种类有如下几种。

(1) 专业能力考试　这种考试主要是检验应聘者担任某一职务时是否能达到所要求的专业知识水平和相关的实际能力。这几年毕业生热衷的国家机关公务员资格考试，其笔试包括《行政职业能力倾向测验》、《写作》和《综合知识》。又如招聘行政管理、秘书方面工作的单位对应聘者有文字能力的测试，部分单位对某种计算机语言有较高要求时，会测试应用特定语言编程的能力。为检验毕业生实际工作能力或专业技术能力，通常还要进行专业技术能力考试。这种考试往往在特意设置的工作环境中进行。下面举几个例子。

① 阅读一篇文章，写读后感。

② 自编一份请求报告或会议通知。

③ 听到5个人的发言，写一份评价报告。

④ 给一个科研题目，写出科研论文的详细大纲。从你的答卷中可看出你的文字表达能力以及分析问题和逻辑思维能力等。

(2) 智商和心理测试　智商测试主要为一些著名跨国公司所采用，它们对毕业生所学专业一般没有特殊要求，但对毕业生的综合素质要求较高。

它们认为，专业能力可以通过公司的培训获得，因此有没有专业训练背景无关紧要，但毕业生是否具有不断接收新知识的能力是至关重要的。

智商测试并不神秘。一种是图形识别，比如一组有 4 种图形，让应试者指出其相似点和不同点。这类题目在一些面向中小学生的智力游戏书中是很常见的，一些面向大众的杂志偶尔也刊登这类游戏题目。另一类是算术题，主要测试毕业生对数字的敏感程度以及基本的计算能力，比如给定一组数据，让毕业生根据不同的要求求出平均值，其难度绝不超过对中学生的计算能力的要求水平。尽管如此，一些理工科的毕业生也考不到 60 分。这类测试尤其是会计师、审计师等职业所要求的。

心理测试是用事先编制好的标准化量表或问卷要求被试者完成，根据完成的数量和质量来判定其心理水平或个性差异的方法。一些特殊的用人单位常常以此来测试求职者的态度、兴趣、动机、智力、个性等心理素质。

（3）综合能力测试　综合能力测试兼有智商测试的要求，但程度更高，比如，应试者要在规定的时间内对一组数据、一组资料进行分析，找出其合理的地方和存在的问题，并设计出解决问题的方案。这是对学生阅读理解能力、发现问题、分析和解决问题的能力、知识面等素质的全方位测试，甚至有时候问答都是用英语进行，相对来说难度更大一些。

二、笔试难度大　有备就不怕

1. 针对英文阅读和写作的准备

（1）通过阅读来培养语感　对于英文阅读而言，很重要的一点是要培养对于笔试英文的语感。由于大部分的笔试英文和商业英文在表达习惯和表达技巧方面有相似性，内容方面有相通性，因此，通过阅读一定量的商业英文来培养语感，进而熟悉笔试英文阅读是一个很好的途径。你可以通过有选择的阅读商业英文报刊或者网站来获得这方面的素材。

（2）阅读和分析理解相结合　笔试的英文不是看小说，看过就算，重要的是对文章内容的理解，而你平时涉猎的素材，是不可能在文章后面给出几个判断题的。因此，我建议你在阅读这些文章的时候，有意识的在读完整篇之后，停下来想一想，它说了哪些内容，是怎么来组织文章的观点和论据的，你在阅读的时候有没有碰到什么理解上的困难，是因为词汇量的不足还是对含义把握能力的欠缺。当你每次都能够做这样的一个简单的回顾工作时，你的阅读能力的提升会更快。

（3）亲手动笔写作　对于英文的写作，光靠看是不能够解决问题的。当然写作的练习应当建立在一定的阅读的基础上，因为通过阅读你可以借鉴作者的表达技巧和分析问题的思路和方法，但是更重要的是你自己的实践，看得再多，不亲手动笔去写、去实践，对于你自身写作能力的提高作用仍然是有限的。

阅读和写作本身是两个相辅相成的过程，良好的阅读可以指导写作，而写作的积累也同样要求有相适应的阅读。这里有一点个人经验和大家分享，你如何检验你的阅读能力的提高呢？阅读的能力达到一定水平的标准，是你能够分得出写得"好"的文章和写的"坏"的文章。我们对于中文的阅读都有这样的能力，好的文章和坏的文章一眼就能看出来，当你对于英文的文章也有同样的敏感的时候，当你能够明显地感觉到好的文章结构清晰、逻辑严密、表达完善和严谨的时候，你的阅读能力就能够满足笔试英文阅读的要求了。

2. 技术性笔试的准备

对于这类技术性笔试，首先考前应该结合具体职位看相关资料，了解笔试内容，做到心中有数。其次要了解笔试重点，进行认真复习。每个学科都有一两门概念性的课程，笔试之前多看看这方面的教材。如果以前确实学过，那应该有笔记或者自己的复习提纲。把最主要的、当时书里最强调的看看，不用看得太细。比如说，职位要求你要会 C++编程语言，那笔试之前应该先用用，熟悉基本的知识点。应聘编程职位，数据结构、算法等应该看看，尤其是数据结构。比如我们的团队成员在北京移动笔试之前就看了一些通信知识："当时面试过后，有一个关于移动通信的技术笔试，考了很多移动通信的基础知识，比如信道利用、编码、跨区、切换什么的。幸好我在之前看了移动通信课程的讲义"。

另外保持稳定的心态也是非常重要的。要客观冷静地对自己进行正确评估，相信自己的实力，克服自卑心理，增强自信心。

3. 其他笔试的准备

除了英文的阅读和写作以及技术性笔试之外，上文中还提到了其他一些笔试的类型。一般来说，对于像数理分析能力、逻辑推理能力和语言表达能力方面的考察，准备的途径并不十分的多，有针对性的准备效果也不见得特别好。但是，一般来说，大部分的应试者在这一部分的表现都不差。原因在于，虽然不同的应试者的专业背景不同，但是基本的分析能力和逻辑思维的能力是每一个学科都需要的，在平时的学业中每个人都会有意无意地去练习和拓展自己这方面的能力。因此，虽然笔试的题目你从来没有见过，但是其考察的本质是相同的，只不过，笔试题目以另外一种你并不熟悉的形式来表现而已。

对于类似于知识领域的题目。我们分情况来讨论。

第一种，只涉及认知层面的，你不需要去完整的理解它，但是你不可以不知道它。举个例子，强生（中国）的主要业务是医药和医疗器械，它的笔试题中出现了关于载人航天和十六大的内容，但是它对你的考察要求仅仅是了解、听说过。我相信，作为一个大学生，这些基本的时事如果你从来没有听说过，这多少是有一点说不过去的。因此，对于这些内容的笔试与其说是考察知识点的本身不如说是考察你对于身边信息留意的能力。

第二种，涉及理解和运用的层面，它不光要求你知道有这样的事，还希望你能够给出一点你对这一问题的理解和看法，而给出你个人的理解和看法的前提是你对这一问题有一个较为完整和清晰的认知。涉及理解和运用层面的知识领域的考察还特别容易结合英文写作一起出题。普华永道和港龙航空的笔试题，都体现了对于时事内容的把握和写作能力的双重考察。对于这样的试题，了解你所要去讨论的话题是你成功写好文章的前提和你阐述观点的基础。在这样的笔试中，你平时关于这方面内容的积累显得尤为重要。

三、笔试要求高　技巧少不了

1. 复习知识

对大学专业知识进行必要复习是笔试准备的重要方式。一般说来笔试都有大体的范围，可围绕这个范围翻阅一些有关图书资料，复习巩固所学过的课程内容，温故知新，做到心中有底。

2. 增强信心

笔试怯场，大多是缺乏信心所致。要客观冷静地对自己进行正确评估，克服自卑心理，增强信心。临考前，一要适当减轻思想负担，二要保证充足的睡眠，三要适当参加一些文体活动，从而使高度紧张的大脑得到放松休息，以充沛的精神去参加考试。

3. 临场准备

提前熟悉考场环境，有利于消除应试时的紧张心理。还应仔细看看考场注意事项，尽量按要求做好。除携带必备的证件外，一些考试必备的文具（钢笔、橡皮等）也要准备齐全。

4. 科学答卷

拿到试卷后，首先应通览一遍，了解题目的多少和难易的程度，以便掌握答题的速度，然后根据先易后难的原则排出答题的顺序，先攻相对简单的题，后攻难题。这样就不会因为攻难题浪费时间太多，而没有时间做会答的题。遇到较大的综合题或论述题，则应先列出提纲，再逐条论述。

在答完试卷后，要进行一次全面复查，特别注意不要漏题、跑题。要纠正错别字、语法不通、词不达意等错误。值得特别注意的是试卷必须做到字迹端正、卷面整洁。因为招聘单位往往从卷面上联想应聘者的思想、品质、作风，字迹潦草、卷面不整的人，招聘单位先不看你答的内容，单从你的卷面就觉得你不可靠；而那些字迹端正，答题一丝不苟的人，招聘单位认为你态度认真，作风细致，对你更加青睐。

第三节 面试方法与技巧

面试是用人单位招聘时最重要的一种考核方式。面试是企业与应聘者双方相互了解的过程。面试也是你与其他条件相当的应聘者竞争的过程。因此，为了获得理想的工作，求职者在面试前做充分的准备是非常必要的。如何才能在面试中适度地表现自己，巧妙地展示出自己的能力、特长、优点等情况，给招聘者留下良好的印象，争取到最后的胜利呢？面视是一种技巧，更是一种学问。

一、"攻心为上"——心理备战

1. 学会"假想"

面试前的几天调整好自己的情绪，保持良好的精神面貌。最主要的是善用"假想"。可在脑海中"假想"面试的场景。面试前，你不但要假想面试的场景气氛，而且要想好每一步可能发生的情景。对于自己的履历应该烂熟于心，对于一些常规性问题早做充分准备。例如，你认为你能为公司做些什么？你为什么认为自己适合这份工作？你以前的雇主和同事对你的评价如何？等。对于自己的优势、弱势更要理性分析，尤其是针对诸如"你的缺点是什么"这样反面的提问，要想方设法地用简洁而正面的语言抵消反面问题。

2. 克服心理障碍

面试者是在通过竞争，谋求职业，成功的关键在于自己的才能以及临场发挥。面对严峻的就业形势，面对众多的竞争对手，要想获得择业的成功，没有充分的心理准备，没有良好的竞技状态是不行的。做好择业前的心理准备，排除心理干扰，应着重克服以下几方面的心理障碍：盲目自信、胃口高吊；自卑畏怯、信心不足；当断不断、患得患失；依赖心理、人云亦云。

二、"慧中秀外"——仪表备战

面必净，发必理，衣必整，纽必结；头容正，肩容平，胸容宽，背容直；气象勿傲、勿暴；颜色宜和，宜静、宜庄。

——南开中学镜铭

其实，找工作也如同商业行为，雇主是买方，你是卖方，要吸引买方，除了"慧中"外，还要"秀外"。况且，当你踏进面试场所后给人的第一印象就是你的仪表。

面试衣着可根据应聘公司的性质以及应聘的职位。如果公司规定穿制服的话，就准备整洁大方的套装。如果是网络公司的话，干净整洁的便装就可以了。不过若你是应聘销售、公关、市场以及高级职位的，穿深色或者灰色的套装会比较合适。服装问题应该在面试前就决定，考虑周到，不要临时变卦。

对男士而言，深色西装适合任何面谈，再配上白色或者浅灰、浅蓝衬衣，款式简洁的领带。切记不可选择颜色明亮的领带，廉价蹩脚的领带夹也会减分。衣服必须干净平整，头发务必梳理整齐，皮鞋擦亮，指甲清洁，另外，刮干净胡子。

女士的服装比男士有更多的选择，但仍以保守为佳：深色或者中性色的套装或夹克和裙子，配上一件端庄的衬衣（请勿加花边），穿上与之相配的深色长筒袜以及半高跟的轻便鞋子（不要露出脚趾和脚跟）。使用棕色或黑色的手提包，将化妆品、履历表等放在里面。裙子以过膝的一步裙为好。发型也需保守。另外，白色、亮眼的黄色、橙色、粉色系列的套装不太适合面试。

三、"粮草先行"——材料备战

① 钢笔或水笔两支。一定要带两支笔做备份以防万一。带钢笔或者水笔是以备随时填写正式的表格。

② 记事本。面试时记录或计算可能用得到。将笔和笔记本放在手提包的外层，方便随时使用，不至于到时现翻，浪费时间又显得缺乏组织能力。

③ 最近更新的简历至少两份，多多益善。即使你的简历已使你获得面谈机会，约谈者仍有可能收取另一份简历，准备完整的履历表有两个目的：第一，在公司填写申请表时，可随时取出作为参考；第二，面谈后可直接留给公司。多准备几份以备面试官不止一

人，也可以表现出你的仔细完备。

④ 文凭和各种证书复印件。

⑤ 照片和身份证（最好也带上双面胶贴照片）。

⑥ 公文包一只。若要携带以上物品，女士们可要准备一只适合自己的公文包，手袋是挤不下这些东西的，况且其中有些文件不能折。

⑦ "秘密武器"。如果你有工作成果的证明或者作品甚至专利证明，请务必带上，这可是证明你自己的最好的"秘密武器"。

四、"知己知彼"——人员备战

所谓"知己知彼、百战不殆"。求职也是一场战斗，一场应聘者与面试官、同岗位应聘者之间的战争。有的人之所以一帆风顺、战无不胜，有的人却屡战屡败、到处碰壁，除了各自的知识、本领、素质的不同外，最根本的区别还在于"知己"的能力上。

所谓求职中"知己知彼"的能力，所指的实际上就是一种了解自己、选择自己之后，让他人也能正确地了解和选择你的一种能力，否则就只是让企业来了解自己、选择自己。要做到"知己知彼、百战不殆"，面试前就要研究以下两个问题。

1. 知己——研究你自己

面试最重要的还是自己准备：一般面试都分为自我介绍、回答问题和应聘人提问这 3 个环节。首先自我介绍要做好，其次对申请的职位要很了解，了解了职位后，你要问自己：

① 待聘的工作职位合适你吗？

② 应该如何给职业定位？

③ 你对这个职位有兴趣吗？

④ 你参与竞争的优势和劣势是什么？

2. 知彼——研究面试官

面试是应聘者与面试官直接接触、当面回答的场面，多数人会感到紧张、慌乱，临场发挥不好，见了面试官后，心跳加快、手足无措，智商、口才、形象、仪态都大打折扣。其实这大可不必，你研究好面试官，面试时就可沉着冷静、平常对待，消除紧张情绪，流畅应答。

面试官有6种：谦虚型、老练型、唯我独尊型、演讲家型、死板型、迟滞型。提出的问题风格不同、基调不同，但都属于全方位、广角度、多元化、含义深的问题。但是，问题虽然五花八门、千变万化，但万变不离其宗，提出的所有问题都有其清晰明确的目的，目的就是考察、考核求职者对这份工作的态度和能力。即应聘者的教育背景如何？有哪些具体工作经历？是否具备相关的能力素质？是否具备较高的职业素养？是否具备相关专业技能与相关经验？应聘者的优缺点是什么？优劣势是什么？成就与失败是什么？个人的发展规划是什么？是否有发展潜力和成功意向？等。问题类型也分直接式、选择式、自由式、因果式、测试式、挑战式、诱导式等几种。

信息小贴士

自我介绍

一段短短的自我介绍，其实是为了揭开更深入的面谈而设的。

一分钟的自我介绍，犹如广告，在短短60秒内，针对"客户"的需要，将自己最美好的一面，毫无保留地表现出来，不但要令对方留下深刻的印象，还要即时引发起"购买欲"。

自我认识的内容大致包括姓名、学校、专业和简单介绍自己的经历。值得注意的是当你介绍自己的经历时，尽量介绍与应聘职务所要求的技能相关的内容。

身体语言：在自我介绍当中，必须留意自己在各方面的表现。如果手势僵硬、目光呆滞、语气像背诵朗读一样，会让面试官觉得你早准备过，你的自我介绍只是在背书。如果声线听来流畅自然、充满自信，和面试官眼神接触，这样会更好。

五、以礼立身——礼仪备战

孔子曰：人无礼则不生，事无礼则不成，国无礼则不守。礼仪作为一种无声的语言体现着个人的文化修养及道德素质，要想给别人留下良好的印象，这种无声的语言更胜过于有声的语言。良好的礼仪有助于求职者在面试时给主考官留下一个好的印象。所以，应注意以下几点。

1. 把握好时间观念

具有较强的时间观念是守信的表现，通常在面试时应提前10～15分钟到达面试地点，到达指定地点之后，不要急于入室，可在外面边等边做准备，也可去洗手间梳理头发；把握好时间观念即要遵守面试约定时间的长度，在某些时候，由于工作关系面试官会主动提出只能谈多久，这时求职者一定要把握好面试时间。

2. 通报要有礼貌

到达面试地点后，万不可贸然进入，如果门是掩着的，可轻叩两三下，在听见"请进"后，方可轻推而入。进门后应放松自己，表情自然，向考官点头微笑，并表明自己的来意，"你好！我是×××，来参加面试的"。

3. 恰当运用形体语言

（1）表情　微笑是最完善的礼仪。避免出现紧张的场面，面带微笑，给考官们添一分好心情，同时也体现出自己自信的一面。

（2）眼睛　避免眼神惊慌失措、躲躲闪闪，正视对方时避免目光游移不定。在听考官提问时，把目光停留在对方的脸上，并在对方眼睛与鼻子之间的三角位置上移动。

（3）手姿　切忌双手玩弄其他物品或将手握得太紧，这样正暴露出自己紧张和不安的状况，需要借助手势来表达感情时，手离开身体的距离不要超过肘部的长度。

（4）坐姿　正确的坐姿给人以端正、大方、自然、稳重之感。坐在椅子上，上身保持站姿的基本姿势，两脚平行，鞋尖方向一致，女士的双膝应并拢，不可跷腿。男士坐满椅子的2/3，女士坐满椅子的1/2，不要靠背。

（5）眉毛与嘴形　切忌皱起眉头或将眉毛上扬以及下降，眉毛应平直；说话时不可频繁变换嘴形，也不可张开嘴巴露出牙齿或打哈欠。

4. 控制自己的音调

说话时注意音调不要过高，尽量把握好音调，做到抑扬顿挫、吐词清晰，当某个问题回答比较困难时，千万不要慢速轻声回答，可灵活运用并以中等速度适当提高音量回答，这样给人以自信。

5. 握手应有技巧

（1）握手姿势　伸出右手，手掌处于略朝上状态，用力适度，不应握得太紧或过轻，身略向前倾，面带微笑，目光正视对方前额，切忌两只手与考官相握。

（2）伸手顺序　应由主人、年长者、职务高者、女性先伸手，求职者属于客方，不易先伸手求握。

6. 面试结束礼节

当考官宣布面试结束时，应一面徐徐起立，一面正视对方，并注意礼貌用语，如"谢谢您今天给我一个面试的机会，请不吝指教并保持联系"等，之后欠身行个礼，轻轻把门关上而退出，出面试间后，必须先到候客室或前台向刚才传达或接待你的人道谢方可离开。

7. 面试后的工作

面试结束后，可向面试官寄上一封信或是感谢卡。

六、"一问三知"——提问备战

企业为什么要面试？这是企业了解应征者对工作态度以及身在社会中一些必备常识的最好方法，如果一问三不知，是没资格当社会中坚份子的，假若想要有立即应答的本事，那么平常就应多注意媒体报导，特别是关于希望进入业界的消息。在笔试、面试和实地考察等招聘方式中，面试是反映应聘者能力的一种重要手段。下面是一些经典的常见面试问题，虽然每家公司的问法都是千变万化的，但万变不离其宗，所谓"运用之妙，存乎一心"，掌握了常规的方法技巧，面试当然会马到成功。

1. 在学校你最不喜欢的课程是什么？为什么？

这个问题面试官并不希望求职者直接回答"数学"、"体育"之类的具体课程，如果直接回答还说明了理由，不仅代表求职者对这个学科不感兴趣，可能还代表将来也会对要完成的某些工作没有兴趣。这个问题招聘者最想从求职者口里听到：我可能对个别科目不是特别感兴趣，但是正因为这样，我会花更多的时间去学习这门课程，通过学习对原本不感兴趣的科目也开始有了兴趣，对于本来就有兴趣的科目我自然学习得更认真，所以各门课的成绩较为平衡。通过这样的问题，企业可以找到对任何事情都很感兴趣的求职者。

2. 说说你最大的优缺点？

这个问题被问的概率很大，通常不希望听到直接回答的缺点是什么等，如果求职者说自己小心眼、爱忌妒人、非常懒、脾气大、工作效率低，企业肯定不会录用你。企业喜欢求职者谈到自己是怎样看待自己的缺点并怎样改正和弥补缺点的。

3. 你觉得你应聘这个职务的优势和劣势？

面试官希望应聘者的答案中包含对所应聘职务的充分理解，拥有哪些知识技能，有什么特别的经历。所要注意的是无论在回答优势或是劣势的时候，都不要夸大也不能编造事实。

4. 你觉得你在学校属于好学生吗？

招聘者很精明，问这个问题可以试探出很多问题。如果求职者学习成绩好，就会说："是的，我的成绩很好，所有的成绩都很优异。当然，判断一个学生是不是好学生有很多标准，在学校期间我认为成绩是重要的，其他方面包括思想道德、实践经验、团队精神、沟通能力也都是很重要的，我在这些方面也做得很好，应该说我是一个全面发展的学生。"如果求职者成绩不尽理想，便会说："我认为是不是一个好学生的标准是多元化的，我的学习成绩还可以，在其他方面我的表现很突出，比如我去很多地方实习过，我很喜欢在快节奏和压力下工作，我在学生会组织过××活动，锻炼了我的团队合作精神和组织能力"有经验的招聘者一听就会明白，外企更加喜欢诚实的求职者。

5. 说说你对行业、技术发展趋势的看法？

对这一问题，只有有备而来的求职者能够过关。求职者可以直接在网上查找对你所申请的行业部门的信息，只有深入了解才能产生独特的见解。外企认为最聪明的求职者是对所面试的公司预先了解很多，包括公司各个部门、发展情况，在面试回答问题的时候可以提到所了解的情况，企业欢迎进入企业的人是"知己"，而不是"盲人"。

6. 就你申请的这个职位，你认为你还欠缺什么？

企业喜欢问求职者弱点，但精明的求职者一般不直接回答。他们希望看到这样的求职者：继续重复自己的优势，然后说："对于这个职位和我的能力来说，我相信自己是可以胜任的，只是缺乏经验，这个问题我想我可以进入公司以后以最短的时间来解决，我的学习能力很强，我相信可以很快融入公司的企业文化，进入工作状态。"外企喜欢能够巧妙地躲过难题的求职者。

7. 你期望的工资是多少？

其实任何一个企业都有自己完善的薪酬体系，并不会因为应聘者的个人意愿而改变。这个问题是在考察应聘者对现实的看法，对自己的自信心，对这个岗位的预期。面试官希望听到的答案是："以我的能力和我的优势，我完全可以胜任这个职位，我相信我可以做得很好。但是贵公司对这个职位的描述不是很具体，我想还可以延后再讨论"。

8. 你能给公司带来什么？

企业很想知道未来的员工能为企业做什么，求职者应再次重复自己的优势，然后说："就我的能力，我可以做一个优秀的员工在组织中发挥能力，给组织带来高效率和更多的收益。"企业喜欢求职者就申请的职位表明自己的能力，比如申请营销之类的职位，可以说："我可以开发大量的新客户，同时，对老客户做更全面周到的服务，开发老客户的新需求和新消费"等。

9. 你还有什问题吗？

这个问题看上去可有可无，其实很关键。企业不喜欢说"没有问题"的人，因为其很注重员工的个性和创新能力。外企不喜欢求职者问个人福利之类的问题，如果有人这样问：贵公司对新入公司的员工有没有什么培训项目，我可以参加吗？或者说贵公司的晋升机制是什么样的？任何企业将很欢迎这样的问题，因为体现出你对学习的热情和对公司的忠诚度以及你的上进心。

10. 为什么选择来本公司应征？

面试官想知道：你的求职动机和对公司的了解程度，你了解越多，他简介公司的时间就可以越短，也可借此了解你有没有做功课。

11. 有无升学、进修及加强技术能力的学习安排？

面试官想知道：你是否具备自我升级的动力，还是一个准备长赖公司的寄生虫，是公司未来的资产还是负债。

12. 个人的生涯规划？

面试官想知道：你个人对未来的展望及具体的实践步骤。看你画的大饼，是否又实际，又很可口。

在用人单位的面试过程中，最大的困难就是如何回答面试人员的问题了。其实如果你能够好好准备，加上临场镇定的表现和充分发挥，针对不同类型的问题，要以不同的方式应答，灵活机动，才能有助你轻松过关，争取求职成功。

一些名企特别是 500 强企业面试时，常常用英语来进行问答，当面试官用英语向你提出问题时，你要是能讲一口流利的英语，那无疑是为您的面试添分的，所有的面试官都会对你刮目相看。

第四节　不同类型用人单位的求职方法与技巧

不同的单位有不同的选才标准，了解用人单位的类型和其对毕业生的要求，根据用人单位的要求有针对性的完善和提高自己，做好求职准备，对于大学生求职的目标定位和应聘准备具有很大的指导意义。

一、用人单位的分类

根据用人单位的性质和目前大学生就业的主要特点大致可分为 4 类：党政机关、事业单位、企业、部队及国防单位。

1. 党政机关

党政机关是中国共产党的各级组织、部门、机关和各级人民政府所属的部门、机关以及其他民主党派、社会团体、部分被授有一定行政权力的事业单位的总称。

(1) 党　国家、省、自治区、直辖市、县级市、县级区、县、乡级区、乡的中国共产党委员会（如省委、市委、县委、乡委）。

(2) 政　国家、省、自治区、直辖市、县级市、县级区、县、乡级区、乡的人民政府（如国务院、省政府、市政府、县政府、乡政府）。

(3) 机关　国家权力组织机构的各部委、司、省厅、市、区、县、乡的局（如教育部、省公安厅、市卫生局等）。

2. 事业单位

事业单位是指为了社会公益目的，由国家机关举办或者其他组织利用国有资产举办的，从事教育、科技、文化、卫生等活动的社会服务组织。事业单位主要分布在教、科、文、卫等领域，是保障国家政治、经济、文化生活正常进行的社会服务支持系统。

3. 企业

企业是指从事生产、流通、服务等经济活动，以产品或劳务满足社会需要，并以获取盈利为目的，依法设立，实行自主经营、自负盈亏的经济组织。企业主要是以公司为名，按照公司的所有制形式及导致的不同制度与文化来划分，主要有5种：国有企业、外资企业、合资企业、股份制企业、民营企业。

4. 部队及国防单位

部队是保家卫国和维护社会稳定的纪律组织。如中国人民解放军63650部队，中国人民解放军第一七一医院，中国酒泉卫星发射中心，山东省公安边防总队，武警北京消防总队等。

二、不同单位的用人特点

1. 党政机关的用人特点

根据国家人事制度的改革，党政机关的用人机制及管理办法都发生了相应的变化。目前，到党政机关工作的对象主要是国家公务员，因此它的用人之道就是国家公务员的管理之道。特点是：逢进必考，有严格的考核办法，有完善的培训机制及严格的职务晋升及奖惩制度，特别强调对德（政治、思想和道德品质的表现）、能

（业务知识和工作能力）、绩（工作的数量、质量、效益和贡献）、勤（工作态度和勤奋敬业的表现）的考核。

2. 事业单位的用人特点

事业单位是我国各类人才的主要集中地，是增强我国综合国力的重要领域，是实施科教兴国战略的重要阵地。为完善社会主义市场经济体制，实施人才强国战略，现阶段事业单位的用人特点主要在于：根据社会职能、经费来源的不同和岗位工作性质的不同，建立符合不同类型事业单位特点和不同岗位特点的人事制度，实行分类管理；全面推行聘用制度，通过签订聘用合同，确定单位和个人的人事关系，明确单位和个人的义务和权利，实现用人上的公开、公平、公正；建立符合事业单位性质和工作特点的岗位管理制度；建立选人用人实行公开招聘和考试制度，贯彻平等、竞争、择优的原则；建立了形式多样、自主灵活的用人制度和分配激励机制。

3. 企业的用人特点

不同的企业文化，反映了不同的企业用人之道，它是企业制胜的法宝之一，它更看重除专业和学历要求之外的能力和素质。随着市场竞争的日益激烈，许多企业都越来越希望所招收的新员工能够很快地投入工作，而不愿将大量的时间和精力投入到对新员工的引导和培训中去。因此，越来越多的公司都倾向于招收一些具有相关的专业背景和专业素质的人。他们注重应聘者的人品，希望自己未来的员工踏实肯干，员工要有较好的自理能力，还要对周围环境有较强的适应性，可以独立完成工作；还要有一定的交际能力和情商，以便和团队一起完成各种工作。

不久前，由团中央学校部和北大公共政策研究所联合发布的《2006年大学生求职与就业状况的调查报告》显示，企业对大学生基本能力要求依次为：环境适应能力占 65.9%，人际交往能力占 56.8%，自我表达能力占 54.5%，专业能力占 47.7%，外语能力占 47.7%。从这个调查报告中我们可以看出企业的用人特点在于：善于学习，富有潜能，具有创新意识及团队合作精神，良好的人际交往及沟通能力，认同企业文化等。无论企业的规模大小，最受企业欢迎的都是一个乐观向上、朝气蓬勃、有理想、有抱负，既富有创新精神、又脚踏实地的人。

4. 部队及国防单位的用人特点

作为部队及国防单位而言，现在对于人才的需求十分迫切。但是由于单位的特殊性，现在的毕业生对军队用人单位仍然不甚了解，以至于存在着某种误解。而实际上，现在的部队及国防单位可以为个人的成才发展提供一个非常理想的环境。在待遇问题上，总体水平还是偏低，但是一些特殊的福利政策，可以部分弥补工资收入的不足。现在的军队科研机构也实行课题项目负责人制，在一些科研单位，课题充足，经费充足，个人的待遇不逊色于在企业中的待遇。此外，有一些部队及国防单位科研机构都制定了非常灵活的政策，如果个人觉得有事业的舞台，可以在单位中工作很长时间甚至一辈子，如果个人发现单位并不适合自己，也可以在满足相关规定的基础上，更换工作。总之，现在的部队及国防单位是越来越重视人才，用人政策也逐渐灵活，这都有将利于吸纳高层次的人才。

三、不同单位对人才的招聘要求

一般来说，不同用人单位在招聘时因其单位性质、所处地理位置的不同所看重的因素是不一样的，所具备的优势也是不一样的，如果能将自身择业要求同单位特点及招聘要求结合起来，将会获得更大的回报。就单位性质来讲，各种类型的企业主要看中求职者社会实践情况、计算机水平、外语等内在因素，同时在招聘优势上也是十分明显，不管是在公正、公平方面，还是在保障、回报方面，抑或在硬件软件方面都比党政机关及其各直属机关、事业单位更突出。相对而言，党政机关及其直属机关、事业单位，更看重简历、生源地、政治面貌等外在因素。就单位地理位置而言，目前对大学生吸引最多的三个城市分别是北京、广州、上海。这三座城市因其地理位置、文化背景的不同，对招聘的要求也各不相同。就北京而言，是中国的政治、经济、文化中心，既汇集了中央各大机关、部委，又驻扎了许多国际大公司，同时还是各大高等学府云集的地方，单位吸引大学生的优势是实践机会多，招聘最看重的因素是大学生的社会实践情况和学历；广州作为中国改革开放的先头城市之一，无论在经济建设上、观念意识上，还是市场环境上，都已经达到了比较成熟的阶段。单位的优势在于晋升机会公平、奖励机制合理，对大学毕业生的招聘更看重的因素是学历、学习成绩和社会实践；上海凭借着中国最大港口的地理优势，已成为中国最大的商业中心，具有无穷的发展潜力，吸引人的地方在于单位经营状况好、实践机会多，招聘最看重的因素依次为学历、外语等级和计算机等级水平。

结合前面谈到的用人单位分类，具体招聘要求如下。

1. 党政机关的招聘要求

相对而言，党政机关及其直属机关更看重毕业生的个人形象气质、家庭所在地、学习成绩、简历等外在因素。具体来说主要是：良好的个人形象，较高的道德修养和政治思想素质，扎实的专业基础知识和宽广的知识面，较强的文字表达能力和随机应变能力，较好的分析、处理、解决问题的能力等。有些党政机关对毕业生还有着更加特殊的要求，如外交部、中共中央对外联络部、外经贸部、国家行政学院等单位对毕业生的要求更为严格和苛刻，除要达到前面所提到的基本要求外，还要具有较好的外表形象和气质、较高的政治素质、团队合作精神和吃苦耐劳品质，并要经过院系、学校的层层选拔，严格推荐，单位审核，方能录用。

2. 事业单位的招聘要求

事业单位是受国家机关领导，为党政机关和国民经济、社会生活各个领域服务的，是增进社会福利，满足人民文化、教育、科学卫生等方面的需要的部门或单位。事业单位对选择毕业生的要求主要有：良好的思想道德品质，扎实的专业知识和宽广的知识面，高度的进取心，良好的人际适应性及较强的团结协作精神和组织管理能力。近些年，由于事业单位用人机制的改革、国家优惠政策纷纷出台，给了事业单位更多的用人自主权，为广大的高校毕业生提供了更多更广的选择。就事业单位本身而言也是"有利可图"的。如高校具有浓厚的学术氛围，适合潜心钻研，从长远看有利于自己所学专业知识的有效延续，而且按照国家的政策研究生转正之后就可以申请评讲师，起点较高；政府部门是一个广阔的实践舞台，有利于提高自己的实践能力。其他的一些机关事业单位，也是众多大学生求职的"宝地"。

3. 企业的招聘要求

不同类型的企业在招聘时有很多不同的地方，在工作氛围、员工福利等方面也有许多不同。如果在求职时能充分考虑到不同企业的招聘因素，并对不同类型企业进行分类和比较，就能最有效地发挥自己的优势。表 8-1 是按照目前大学生就业企业的主要分布，介绍国有企业、外资企业和民营企业的招聘要求和特点。

表 8-1　不同类型企业的招聘情况

特点 企业类型 项目	薪水	福利	培训机会	招聘流程	管理制度	工作氛围	住房与户口
国有企业	较低	较高	一般	较为刻板和随意	明确而刻板	人际关系复杂	一般都能解决
外资企业	较高	一般	较多	较为复杂规范	规范而明确	人际关系简单,工作强度大	规模大的企业能解决
民营企业	一般	一般	较少	有的较为规范,有的则主要依赖直觉	较不规范	节奏较快	大多不能解决

从表 8-1 中我们可以看出，不同类型的企业各方面的特点是很不一样的：国有企业的薪水较低，但福利比较好，外资企业可以提供更好、更多的培训机会，但招聘流程非常复杂和正规，民营企业相对来说比较为简单。

就国有企业而言，它对人才的要求主要有：高度的责任心和进取心，良好的人际关系适应能力，能适应本单位工作环境。在面试招聘时，大都关注求职者是否具有胜任目标岗位的能力，因此面试人员往往由单位的人事主管参加，较看重学历，面试所提问题比较直接，重点在对求职者专业能力的考察，期间也会问些较私人的问题，对求职者的形象举止很关注，不太喜欢个性张扬的人。而外资企业主要采用现代公司制度，有着非常好的福利待遇、培训体系，同时公司内有着明确和规范的管理体制，因此进入门槛较高，竞争也更为激烈，相对国有企业来说，它对人才的要求主要有：独立的工作能力和鲜明的个性、良好的团队合作精神和服从意识，强烈的工作责任心和对企业文化的认同，此外对英语的要求也是听说读写样样都行。由于外资企业招聘流程规范、严格，因此求职者在面试时应本着诚信原则，根据企业文化的不同差异展现自我特点。民营企业的用工体制采用的是劳动合同制度，员工和企业存在雇用劳动关系。相对国有企业和外资企业而言，民营企业是大多数大学毕业生最后的选择，之所以这样主要是因为部分民营企业用人和管理制度不够完善，薪水和培训机会较少，因此在应聘民营企业时就需要求职者具有踏实的工作态度和吃苦耐劳精神，强烈的创新和创业意识，较强的社会适应能力和综合素质，此外由于大多数民营企业是中、小型企业，在激烈的市场经济竞争中随时都有可能破产倒闭，因此求职者还应具有一定的风险意识和抗打击能力。

4. 部队及国防单位的招聘要求

鉴于部队及国防单位的特殊性质，所需人员不仅要有过硬的军事素质、科技素质，而且要有很强的政治素质，这种政治素质应包括忠于党、忠于国家、忠于人民的本质和恪尽职守、依法履责、言行一致的素养。对人才的招聘要求从接收层次来说，国防单位中的研究机构对于学历要求比较高，一般要求是博士、硕士，部队、机关对学历要求略低。按照招聘单位所要求的专业来说，信息、计算机等专业尤其需要，主要以理工科为主，而对文科的需求相对少一些。招聘程序相对复杂，可以分为以下步骤：第一步是报名。大学生可向部队用人单位报名，并提供本人的相关材料，向用人单位推荐。第二步是接受考察。部队用人单位在初步确定接收对象后，择期安排考察，派人到有关高校和单位对接收对象进行全面的考核了解，并做出考察结论。考察的主要内容有政治立场、政治观点、政治敏锐性和政治鉴别力；思想品德、遵纪守法、团结互助和奖惩等现实表现；学习态度和学业成绩，学习成绩的排名情况；家庭成员和主要社会关系的情况；兴趣爱好和特长情况；身心健康状况。第三步是综合素质评估。在考察的基础上，实行接收普通高等学校毕业生综合素质评估选拔制度。通过对接收对象进行身体心理素质检测、知识能力测评、体能素质测试，综合衡量，择优接收，签订接受协议。第四步是岗前培训。普通高校毕业生接收入伍后，要统一安排到军队院校进行岗前培训。第五步是筛选淘汰。从签订接收协议到下达任职命令实行全程筛选淘汰。第六步是审批。对考察、培训合格，择优确定接收的毕业生，报上级审批。

名人坊：外国语言文家——叶君健

叶君健（1914～1999年）生于红安。于1932年考取武汉大学外语系，专攻外国文学。大学时代自学了世界语，并用世界语创作了小说《被遗忘的人们》。新中国成立后，先后在对外文委及《中国文学》、《中国翻译》杂志社工作，曾任中国翻译家协会、中国笔会副会长，世界文化理事会"达·芬奇文艺奖"评议员，中国作协书记处书记、全国文联委员、第三届全国人大代表，第四、第五届全国政协委员。主要著作有《叶君健童话集》；中篇小说《开垦者的命运》、《在草原上》；长篇小说《火花》、《自由》、《曙光》等；散文集《画册》等15本；译作《安徒生童话全集》等。他是我国为数不多的能阅读七八种外国语并能用其中的语言进行文学创作的作家。

1945～1949年在英国期间，他被英文版的《安徒生童话》吸引，萌发了介绍给中国读者的愿望。此后，他多次考察安徒生故乡并开始学习丹麦语，翻译了160万字全本《安徒生童话集》。1988年，丹麦女王为表彰他把安徒生和"比安徒生的原著更易于今天阅读和欣赏"的优秀的安徒生译文介绍中国人民的巨大贡献，特授予他"丹麦国旗勋章"，使他成为世界众多《安徒生童话》翻译家中唯一受此殊荣的人。他还把大量中国优秀作家作品介绍到国外，如茅盾的《春蚕》、《秋收》、《残冬》等。这些译作对于帮助世界人民了解中国有着不可低估的作用。

第九章　创业实践

> 你若要喜爱你自己的价值，你就得给世界创造价值。
>
> ——歌德

创业宝典：

最关键的是你需要明白，什么叫创业？

大部分人都认为创业就是要开设自己的公司，拥有巨额的财富，出入上流社会，似乎就是一夜暴富。但实际上创业代表的是你拥有了一份符合自己兴趣和能力的事业，能够在赡养家眷之余，做一些自己兴之所至的事情，拥有一定的社会地位，位于中产阶级的行列。

对于刚毕业的大学生来说，创业也就是我们离开学校开始进入社会为自己打造一份事业基础的过程。对于以后的创业，大学阶段的锻炼必不可少，并且如果把握得好，校园还会成为你精彩的试验场地。

第一节　大学生创业现状

在西方发达国家，大学生自我创业非常普遍，在美国更是高达20％以上，只是目前我国大学生创业在大学生就业形式中所占比重还比较低。一项在湖北地区高校的调查显示，大学生创业的比重还不到1％。早在2002年初，教育部就选定了9所高校作为创业教育的试点院校，这说明大学生创业反映了时代和现实的客观要求。从各种形式和数据都可以看出，目前大学生就业确实遇到了一定的困难。据统计，2001年我国高校毕业生为114万，当年6月毕业生一次就业率本科生超过80％；2002年毕业生为145万，年底毕业生就业率达到80％；2003年毕业生为212万，就业率为75％；2004年毕业生为280万，就业率为73％；2005年毕业生为338万，就业率为72.6％；2006年我国高校毕业生约413万，比2005年增加75万，增长率为22％，而全国对高校毕业生的需求预计约为166.5万，比2005年实际减少22％，这意味着将有六成应届毕业生面临岗位缺口。到了2007年我国高校毕业生人数达495万，比2006年增加82万，增幅达20％。教育部部长周济在2007年全国高校毕业生就业工作会议的讲话中强调："尽管2006年全国普通高校毕业生初次就业率与2005年相比基本稳定，落实就业的毕业生人数有较大增长，但是在全社会就业形势比较严峻、城镇新增就业岗位有限的背景下，高校毕业生的就业压力仍然非常突出"。

其实更为严峻的是，就业后的大学生还面临着较高的流失率。据一项调研显示，"大学生就业流失率高达70％，一半学生毕业后因不能吃苦被企业淘汰"。麦当劳等一些知名企业表示，由于不能承受基层的艰苦锻炼在试用期被解聘的毕业生人数一直居高不下。

由此可见，大学生创业是不可阻挡的潮流。在当今中国的教育体制和就业背景下，在学生就业形势相对严峻的今天，大学生自主创业不仅解决了自身就业问题，同时为社会创造了新的就业机会。从另一方面来说，参加创业的大学生不仅仅锻炼了自己的动手操作能力、组织协调能力、心理承受能力、团队合作精神和社会适应能力，也是解决大学生自己就业问题的一个比较现实的选择。

目前我国的大学生在社会资源的利用和创造上确实面临很多实际的难题，这些难题主要有：知识限制、经验缺乏、心态问题、创新能力薄弱和资金问题等。此外，大学生创业还要面临社会大环境的考验。我国处于社会经济转型期，大学生创业所需要的各项服务还不完善，律师事务所在转型改造，会计事务所在进行制度性的建设，融资和金融环境处在调整之中，法律体系在进一步完善之中等。在这样并不完善的社会服务体系中，希冀一位刚刚迈出校门、踏入社会的20多岁的年轻大学生去迎接各种挑战，显然是要求高了一些。

第二节　创业教育

一、创业教育的内涵

一般看来，经济发达地区，高校集中地区的大学生创业活动比经济相对落后地区、高校数量相对少的地区要活跃。全国各省区虽有差异，但大学生创业总体比例偏低确是普遍存在的问题。当前我国大学生创业的主要障碍在于普遍缺乏创业意识、创业精神、创业基本技能和创业的一些基本条件，其中最重要的是创业意识的建立。大学生创业成功的前提是"想创业"，即创业意识的培养。创业意识是激发人们进行创业实践活动的欲望，是心理上的一种内在的动力机制。因此要着力培养大学生的创业意识。

创业意识可以通过培养大学生的创业素质不断得以增强。创业素质是创业者开始创业实践前所经历的物质与精神力量的聚集过程。它不仅有助于创业者明确创业目标，积极把握创业机遇，进行有效的创业决策和将创业计划付诸实施，而且有助于创业者在创业过程中克服各种困难、战胜各种挫折、解决各种问题、增强心理素质。因此，创业素质对创业者的成败起着决定作用，对大学生进行创业教育，切实加强对大学生创业素质的培养势在必行。

由于欠缺必要的管理经验、市场运作策划能力以及足够的资本支持，大学生创业举步维艰。因此，通过建立适合大学生的教育服务体系，对所有的大学生在大学期间进行系统的创业教育、创业训练，培养他们的创业能力、创业素质与创业意识，为他们自主创业做好准备，具有十分重要的意义。

创业教育被联合国教科文组织称为学习的"第三本护照"，和学术教育、职业教育具有同等重要的地位。加强创业教育已经成为世界现代教育发展和改革的新趋势。创业教育专家张竹筠在接受记者采访时说，创业所要做的本身就是一种"创新"，因而创业教育必然离不开创新，必然具有探索性与开创性，这是贯穿于整个教育过程中的特性。因此，创业教育不但体现了素质教育的内涵，而且突出了教育创新和对学生实际能力的培养。

教育部有关负责人指出，素质教育的核心实际上就是创新，创新以后的发展就落实到创业。创业最核心的问题，从教育的角度说，一是培养学生合理的知识结构、素质，发展学生的个性；另一方面，创业教育可以帮助高校毕业生创造更多的就业岗位，带动更多的就业。

二、试点院校对创业教育探索

与发达国家相比，我国的创业教育起步较晚。2000 年，联合国教科文组织到中国考察，发现中国的中学和大学普遍缺乏创业教育。我国的创业教育开始于 20 世纪末一些高校自发性的创业教育探索。以北京航空航天大学为代表的几所高校分别为在校生开设了与创业相关的课程，清华大学则首开中国大学生创业计划大赛的先河。正是这些创业教育课程和活动，拉开了中国创业教育事业的序幕。

全国大学生创业计划竞赛源于清华创业计划大赛。诞生于 1998 年的清华创业计划大赛，举办 8 届以来共有 400 多支团队、3000 多名学生参与，先后诞生了视美乐、易得方舟、奇乐无限等有影响的范例。经过多年的探索，创业计划大赛回归到“培养人”的主要目标上来，以大赛为依托，开展创新创业教育，借以全面提升学生们的理念、技能和素质，为日后更成熟的创业实践做好准备。

以 2002 年 4 月教育部确定 9 所高校为创业教育试点院校为标志，我国的创业教育进入了政府引导下的多元化发展阶段。各试点院校开始了各具特色的创业教育实践探索。其中有以课堂教学为主导来进行创业教育的，如中国人民大学；有以提高学生创业知识、创业技能为侧重点的创业教育，建立大学生创业园，指导学生如何创业，并为学生创业提供资金资助以及咨询服务的，其代表是北京航空航天大学；还有综合式的创业教育，即一方面将创新教育作为创业教育的基础，在专业知识的传授过程中注重学生基本素质的培养，另一方面，为学生创业提供所需要资金和必要的技术咨询，代表为上海交通大学。至此，创业教育在我国高校中普遍开展起来。

第三节　创业准备

一、自身素质准备

1. 心态准备

创业的心态最初所表现出来的是一种激情。的确，创业需要激情，激情是一种催化剂，它能调动创业的综合素质与各方面的潜能用于创业。但面对大学生而言，大学生创业不仅仅是一种激情，激情过多表现为创业的信誓旦旦与对创业前途持过于乐观的态度，这种创业心态主要表现为对创业项目可行性分析不够或不全面、不严谨，只从事物的一方面评价创业项目。这其中有很大部分大学生创业者都仅仅只是有一个想法，而没有实现这个想法可行性高的实施方案作为保证。由于大学生基本没有工作经验，其在创业准备期决策所依赖的基本上都是个人通过书本与各种媒体所学的知识与信息，因为大学生在未进入社会参加工作之前，在其内心还没有建立一套个人经验判别体系，故在考察商机与项目时，往往只能停留在理论分析上，无法从各方面了解项目，因此大学生创业还是更应该以冷静理性的心态面对创业机会与项目。

2. 团队协作准备

由于大学生这一特定创业群体，一般为年龄在 25 岁以下的大学生，他们的社会与人生经验都不足，而且处于热血沸腾的感情阶段，个性化、自信力等都较强，所以在团队组建、团队分工、团队规则制度等诸多体现"人与人合作"的工作中，大学生创业者往往会出现"一人是龙、二人是虫"的情形。纵观当前时代发展趋势，社会分工越

来越细，越来越专业化，任何创业者想依靠单打独斗而胜利的可能性已降得很低。在实际工作中，大学生常常会出现以己为主、刚愎自用等不利于合作创业的情形。

3. 相关商业知识准备

创业者应具备一些基本的商业知识，下面列举了一些常用的商业知识。

第一，合法开业知识。包括：①关于私营企业、合伙企业、有限公司的法律法规。②怎样进行验资，怎样申请开业登记，哪些行业不允许私营，哪些行业的经营须办理有关行业管理手续。③怎样办理税务登记，纳税申报有哪些规定和程序，如何领购和使用发票。④银行开户程序和有关结算规定。⑤成为一般纳税人有哪些条件，你应该交哪些税费，如何交纳。⑥怎样获得税收减征免征待遇。⑦怎样进行账簿票证管理。⑧国家对偷漏税等违法行为有哪些制裁措施。⑨增值税率及计征方法。⑩工商管理部门和行业管理部门如何进行行业管理和检查。

第二，营销知识。包括：①市场预测与调查知识。②消费心理、特点和特征知识。③定价知识和策略。④产品知识。⑤销售渠道和方式知识。⑥营销管理知识。

第三，货物知识。包括：①批发、零售知识。②货物种类、质量和有关计量知识。③货物运输知识。④货物保管贮存知识。⑤真假货物识别知识。

第四，资金及财务知识。包括：①货币金融知识。②信用及资金筹措知识。③资金核算及记账知识。④证券、信托及投资知识。⑤财务会计基本知识。⑥外汇知识。

第五，服务行业知识。包括：①服务行业管理的法律法规。②各专业服务行业的行业规则、业务知识。

第六，经济法常识。

第七，劳动用工及社会保障知识。

第八，公关及交际基本知识。

对创业的大学生来说，上述知识不需要全部都掌握，只需掌握与你选择的挣钱方法有关的知识，各取所需，学以致用。

二、政策准备

对打算创业的大学生来说，了解这些政策，才能走好创业的第一步。为支持大学生创业，国家各级政府出台了许多优惠政策，涉及融资、开业、税收、创业培训、创业指导等诸多方面。"懂得游戏规则才懂得游戏"，了解相关政策和规定是必须要做的。对于政策的了解包括很多方面，如国家政策和地方政策，工商部门、税务部门及其他方面的相关规定，一般规定和大学生创业相关优惠政策等。下面我们列举一些大学生创业相关的政策，这些政策在相关的地方都可以查询到。

国家工商部门对大学生创业设立了相关优惠政策。优惠对象是当年普通高等学校毕业生（含大学专科、大学本科、研究生），持有普通高校颁发的《毕业证书》、个人身份证、省级高校毕业生就业工作主管部门签发的《全国普通高等学校本专科毕业生就业报到证》或《全国毕业研究生就业报到证》（以下简称《报到证》）三证，初次申办个体工商户营业执照、从事除国家限制行业（包括建筑业、娱乐业以及广告业、桑拿、按摩、网吧、氧吧等）外个体经营的。优惠内容：毕业之日起1年之内的应届毕业生到工商部门办理证照，自工商部门批准经营之日起，1年内免缴个体工商户登记注册费（包括开业登记、变更登记、补换营业执照及营业执照副本）和个体工商户管理费、集贸市场管理费、经济合同鉴证费、经济合同示范文本工本费。工商局对高校毕业生申办个体工商户核准登记后，必须在《报到证》上注明登记注册时间、加盖工商局印章后退回本人；在《个体工商户营业执照》经营者姓名后注明："高校毕业生"；高校毕业生凭执照提出书面申请，经工商局局长核批同意，即可免缴上述规定的有关费用。

此外，各地为了鼓励本地区大学生创业，都推出了鼓励大学生创业的优惠政策，以上海为例，根据国家和上海市政府的有关规定，上海地区应届大学毕业生创业可享受免费风险评估、免费政策培训、无偿贷款担保及部分税费减免 4 项优惠政策，具体包括：高校毕业生（含大学专科、大学本科、研究生）从事个体经营的，自批准经营日起，1 年内免交个体户登记注册费、个体户管理费、经济合同示范文本工本费等。此外，如果成立非正规企业，只需到所在区县街道进行登记，即可免税 3 年。初创业的大学生，向银行申请开业贷款担保额度最高可为 7 万元，并享受贷款贴息。上海市设立了专门针对应届大学毕业生的创业教育培训中心，免费为大学生提供项目风险评估和指导，帮助大学生更好地把握市场机会。

三、资金准备

"资金是创业的最大困难"。的确，巧妇难为无米之炊，没有资金，再好的创意也难以转化为现实的生产力，因此，资金是大学生创业要翻越的一座山。大学生要开拓思路，多渠道融资，除了银行贷款、自筹资金、民间借贷等传统途径外，还可充分利用风险投资、天使投资、创业基金等融资渠道。

资金越充分越好。这是因为经营启动后可能会遇到资金周转困难的情况。特别是刚开始经商，这种可能性更大，而边经营边筹划资金的能力，又远不如已经有一定根基的商人。如果准备资金不到位，就可能因一笔微不足道的资金，弄垮刚刚起步的事业。因此，要充分考虑开业资金的筹措，适时、适量、适度地储备和使用，做资金使用的统筹安排，力求把风险降到最低程度。

自己的动产或不动产变现是资金主要的也是最可靠的来源。资本只有在运动中才能增值，投放到生产、流通领域的资金才能盈利。如果经过仔细选择寻找到合适的项目，对技术、市场等均有信心，就应果断将手头的钱投资到已经充分论证、选择的项目中去。但有一点应该注意，要留一些备用金，以防不测，俗话说：鸡蛋不能放在一个篮子里面。可留一部分钱购买国债和储蓄，以备家庭生活和生意上急用。

自己的资金不够，可以通过亲戚朋友集资，也可以动员其他人来投资。但要说服别人，必须要有一整套详细的实施计划和可行性论证。再加上个人的魅力和口头说服力，去说服别人投资。要承诺并实现风险共担，利益均沾，认真谨慎使用别人的钱，自己宁可吃亏，也要保证按约定兑现给别人的投资回报，这样，才能有信用，这样才会源源不断地获得融资。

如有条件，资金不足，还可以从银行贷款。通常贷款要3个方面的条件：一是有不动产做抵押；二是项目要有吸引力；三是与银行要保持良好的关系。如果有不动产如房子、汽车等做抵押，贷款就会容易得多，不过即使没有不动产做抵押，也不是绝对贷不到款，项目的投资前景和效益是影响贷款决策的首要因素。银行要对贷款项目进行技术、经济等方面的可行性论证。为此，须谨慎选择项目，大量收集信息，考虑各种可能性，选择最优或最满意的投资方案，增加银行贷款的信心。越了解越熟悉的人之间，信任度越高，也就更容易说服。要保持与银行界人士的良好关系，这对经营者来说至关重要。初次向银行贷款，数额不宜过大，否则，很难成功。从小笔贷款入手，每次到期按时还贷，逐渐取得银行的信任，才能获得较大数额的贷款。

四、社会关系准备

创业者需要在社会环境中调动一切有利因素。一个初期开办的公司，往往需要得到各方面的帮助才能发展。对于学生创业者，他们比社会创业者欠缺的是广泛的社会关系，竞争中也常常处于不利地位。这不仅仅体现在公司的资金筹措上，还包括产品的市场推广和销售等一系列方面。广泛有效的社会关系是自主创业的保障。

首先要确认自己的人际关系网络，以便确认人际资源名单并有效的管理。一般的人际关系网络可以分为3种类型，即个人网络、社会网络和专业网络。个人网络是指本人的家人朋友或与最亲近的人。社会网络是时常联络或者比较熟识的人；之前任职单位的同事等。专业网络是指专业团体、俱乐部、校友会等组织。要注意人际关系的多元化，增加创业机会。

其次要克服内向害羞的个性，建立充分的自信。和对方谈话不要害怕或者觉得不好意思。建立自信最有效的方法就是从最熟悉的人开始，训练自己建立人脉关系的技巧。但是不要过度的依赖亲近的朋友，必须不断地扩展自己的人际网络，认识不同的人。

最后要主动帮助别人，随身携带名片或者自己的联系方式，联络关键人物或者了解创业信息。在自己的人际关系资源里，必定有某些人担任公司的高级主管、人力资源主管、关键的决策人员或者从事就业辅导人力中介的工作。自己不妨主动打电话联系，进行咨询性面谈，可以借此机会多了解市场变化。

第四节　创业方向选择

虽然如今创业市场商机无限，但对资金、能力、经验都有限的大学生创业者来说，大学生创业只有根据自身特点，找准"落脚点"，才能闯出一片真正适合自己的天地。以下是现在媒体上流行的一些创业方向，在这里推荐给读者。

一、推荐方向一：高科技领域

身处高新科技前沿阵地的大学生，在这一领域创业有着先天的优势。但要注意的是，技术功底深厚、学科成绩优秀的大学生会更有成功的把握。有意创业的大学生，可积极参加各类创业大赛，获得脱颖而出的机会，同时吸引风险投资。

推荐商机：软件开发、网页制作、网络服务、手机游戏开发等。

二、推荐方向二：智力服务领域

智力是大学生创业的资本，例如家教。此创业领域项目要求成本较低，比较适合大学生。

推荐商机：家教、家教中介、设计工作室、翻译事务所等。

三、推荐方向三：连锁加盟领域

统计数据显示，在相同的经营领域，个人创业的成功率低于20％，而加盟创业的则高达80％。借助连锁加盟的种种优势，可以较少的投资、较低的门槛实现自主创业。但连锁加盟市场仍存在鱼龙混杂的情况，大学生在选择时需要多做调查了解，建议最好选择运营时间在5年以上、拥有10家以上加盟店的成熟品牌。

推荐商机：快餐业、家政服务、校园小型超市、数码速印店等。

四、推荐方向四：开店

大学生开店，一方面可充分利用高校的学生顾客资源；另一方面，由于熟悉同龄人的消费习惯，入门较为容易。

推荐商机：高校内部或周边地区的餐厅、咖啡屋、美发屋、文具店、书店等。

第五节　创业计划书的撰写

一份创业计划书主要有3大部分。第一是事业本体的部分，就是事业的主要内容。第二是财务相关的数据，比如说预测会有多少的营业额，成本如何、利润如何，未来还需要多少的资金周转等。第三是补充文件，比如说有没有专利证明、有没有专业的执照或证书，或者是意向书、推荐函。

按照上述3大部分，一份完整的创业计划书可以分成10章。

第一章：事业描述　就是事业到底是什么。必须描述所要进入的是什么行业？是买卖业、制造业还是服务业？卖什么产品？还是提供什么服务？谁是主要的客户？还有进入产业目前的生命周期是处于萌芽、成长、成熟还是衰退阶段？再来要进入事业的状况是新创的，还是加入或承接既有的？是要用独资的方式还是合伙或公司的形态？为何能获利、成长？打算何时开业？要不要配合节庆？营业时间有多长？是否有季节性？

第二章：产品/服务介绍　产品和服务到底是什么，或者是两者都有。有什么特色？产品之特色能带给客户什么利益？现有的东西跟竞争者有什么差异？如果产品或服务是创新、独特的，如何使人想买？如果产品服务并不特别，为什么别人要买？

第三章：市场调查　就是东西要卖给谁，先界定目标市场在哪里？客户是多少岁的年龄层？是在既有的市场去服务既有的客户，还是在既有市场去开发新客户，还是在新市场去服务既有客户，或是在新市场去开发新客户？不同的市场、不同的客户都有不同的营销方式。什么叫市场营销？就是要先找到客户是谁，找出客户后，想办法让客户从口袋把钱拿出来买东西。销售时要知道真正的客户在哪里？产品对客户有什么样的利益？要用哪种营销方式？通路是直销还是要找经销商？还有怎样去定位、上市、促销，这些都跟市场规模多大、想要有的市场占有率和每年成长的潜力有关。当市场成长时，市场占有率会上升或下降？市场是否竞争激烈？若不是，为何？再来怎么定价，预算要怎么做？要采取什么样的策略？等。

第四章：地点选择　一般公司对地点的选择可能影响不那么大，但是如果要开店，店面地点的选择就很重要。通常一个不好的地点绝对会关门大吉，好的地点会让利润多一点。

第五章：竞争分析　在下列 3 种时候要做竞争分析，留意跟竞争者的关系。①当要创业或要进入一个新市场时，当然要先做竞争分析。②竞争有时是来自直接的竞争者，有时是来自其他的行业，所以当一个新竞争者进入在经营的市场时要做竞争分析。③随时随地做竞争分析，这样最好最省力，可以从这 5 个方向去想：谁是最接近的 5 大竞争者？他们的业务如何？他们与业务相似的程度？从他们那里能学到什么？如何做得比他们好？

第六章：管理体制　要建立自己的管理体制，清楚自己的弱势，创业团队之间如何互补？清楚创业团队之间的强弱势，彼此间职务及责任如何分工？职责是否界定明确？除了团队本身是否有其他资源可分配和取得？中小企业 98％ 的失败来自于管理的缺失，其中 45％ 是因为管理缺乏竞争力。

第七章：人事安排　要考虑现在、半年内、未来 3 年内的人事需求是什么？还需要引进哪些专业技术？有专业技术的人在哪里？可否引入？是需要全职还是非全职的人力？薪水是算月薪或时薪？所提供之福利有哪些？是不是有加班费？有没有安排教育培训？这些人事成本会是多少？

第八章：财务需求与运用　筹资/融资款项要如何运用？是要拿来营运周转，还是添购设备、备料进货或是技术开发？要何时动用？还有供货商、规格、品牌、价格、数量、运费、税金等需求如何计算？筹融资款对专业的获利有何贡献？未来 3 年的损益表、资产负债表和现金流量表预估了吗？第 1 年报表要以每月为基础，第 2 年、第 3 年则以每年为基础。

第九章：风险评估　经营企业一定会有风险，平时就要注意。风险不是说有人竞争就是风险，风险可能是来自各个方面。如进出口会有汇兑的风险、餐厅有火灾的风险。另外还要注意当风险来时如何应对？

第十章：成长与发展　在创业计划书中要想：下一步要怎么样，3 年后要怎么样，5 年以后要怎么样，这个计划是要能持续经营的，所以在规划时要能够做到深耕化、多元化和全球化。

通常一本计划书这样写下来有一百多页，因此在前面需要写份摘要，简要介绍创业计划书的内容。

名人坊：著名外交家——沙祖康

沙祖康（1947 年～），中国江苏宜兴人，南京大学外语系毕业，中华人民共和国外交官。

● 1985 年，担任中国外交部国际司三秘，参加日内瓦裁军谈判会议。

● 1993 年 7 月，时任外交部国际司副司长的沙祖康临危受命，以中国政府代表、中方检查组负责人的身份处理"银河号事件"。美国由于没有在船上查出任何违禁物品，颜面尽失。

● 1995～1997 年担任中国常驻联合国日内瓦办事处和瑞士其他国际组织代表团副代表、裁军事务大使。

- 1997～2001 年担任中国外交部军控司司长。
- 2001～2006 年担任中国常驻联合国日内瓦办事处和瑞士其他国际组织代表团大使、代表。
- 2006 年 2 月，出任联合国副秘书长，负责经济和社会事务。

第十章 站立在职场的起跑线上

> 机遇只偏爱那些有准备的人。
>
> ——巴斯德

现在我们来为你的职前准备打个分：

① 对未来的职业生涯已有所规划——3分

② 对当今的就业形势做过一定程度的了解——1分

③ 对自身的就业优势和劣势做过分析——2分

④ 对踏入社会做过心理建设——1分

⑤ 对即将到来的激烈竞争和连续挫折有所准备——3分

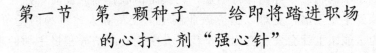

如果你是满分，恭喜你，你可以直接起跑了；如果你还差几分，甚至不及格，那么赶紧将你眼睛的聚光灯照向下面的文字吧！

正如约翰·坎贝尔（John W. Campbell）所说的，假如你希望在你的生活中也获得那样的机遇，你必须播种，而且最好多播种，因为你尚未不清楚哪一粒种子会发芽。职场之上，我们会面临的考验千差万别，瞬息万变，要做到"临危不惧"，随机应变，自然要"居安思危"，未雨绸缪了。

第一节 第一颗种子——给即将踏进职场
的心打一剂"强心针"

一、从大处立志，自小事做起

大学生毕业生的生活经历都是从学校到学校。长期以来，他们在家有父母照顾，在学校有老师管理，尽管在大学期间，很多学生逐步学会了生活方面的自理，但社会与学校之间毕竟存在着许多不同之处，不可避免他们对未来设想的理想化、美好化。大学毕业生当然不甘愿只做个小小的职员，但当毕业生在刚走向社会时，是不可能马上做上高位时。凡事都得从初级坐起，从小做起。不要心高气傲，不要摆"天之骄子"的架子，甘心去当小学生向前辈们学习。从普通的工作岗位干起，从平凡的小事做起，才能干出一番大事业。

二、艰苦奋斗，吃苦耐劳

我国是处于社会主义"初级阶段"的发展中国家，毕业生在这一国家经济大背景下，也要做好毕业后相当长一段时间处于就业的"初级阶段"的心理准备。全国经济整体而言还不发达，大多数企业处于发展转行期，因而许多单位的工作条件还不十分理想，工作环境也比较差，因而毕业生在步入社会之前一定要做好艰苦奋斗的思想准备，并且要立志通过自己的智慧和辛勤的工作来更上一层楼。社会，具体地说就是用人单位，并不喜欢那些只会享受而不能吃苦的毕业生。

三、强化积极主动的求职意识

多数学生在通过高考进入高校就读时，在学校和专业等问题的选择上存在着多种情况，尤其是对专业的选择往往受到多种因素的影响，有的是为了获取最大的录取可能性，有的是受当时社会热点的影响而随波逐流，还有的是家长、中学老师以及亲朋好友建议的，有些则是因为分数不十分理想而被调剂录取的。因而，从总体上来讲，大学生对所学专业以及将来所能从事的工作等问题都处于不满状态。等到即将毕业，尤其是面临择业问题时，往往会感到手足无措，更难以适应就业制度的变革和人才市场的竞争。为了能跟上社会发展变化的步伐，大学生必须培养积极主动的求职意识，了解自己所学专业的培养目标及使用方向，注意搜集社会各方面、特别是关于本专业的用人信息，不断调整自己的就业意向或目标。

哲理小故事

这里有一个许多人都十分熟悉的故事。有一位手艺高超的木匠，因为年事已高想要退休，于是就向他的老板提出要离开建筑队，和妻子儿女一起和和美美地度过晚年生活。老板实在是舍不得这样好的员工离开，所以希望他能在离开前再盖一栋能代表他杰出手艺的房子来。木匠欣然答应了，不过令人遗憾的是，这一次他并没有用心。他一心想着反正就要离开了，工作好坏对他也没有什么影响。于是，他敷衍了事地用劣质的材料就把这间屋子盖好了。用一栋与他以前盖的房子根本无法相比的房子来结束他的职业生涯。房子落成时，老板来了，顺便看了看，然后便把大门的钥匙交给了这个木匠，说道："这栋房子以后就是你的了，作为我送给你的退休礼物！"木匠惊呆了！他立即开始后悔。因为如果他知道这间房子是他自己的，他一定会用最好的木材、最精致的工艺来把它盖好。

其实我们每个人做的工作，就像是在为自己建造居住的房屋。敬业乐业，努力去做，我们居住的房子便是精致温馨的；反之，如果我们对工作漫不经心，拖拖拉拉，敷衍了事，那么我们也会像这位木匠一样，住进自己建造的劣质粗糙的房子里。

职业无贵贱，行行出状元，就算是在最普通的岗位上，只要爱岗敬业，扎实肯干，都能在自己的岗位上有一番作为。

四、要有正确对待挫折的心态

长的旅途，必有崎岖。职场上，每个人都要有时刻面对挫折的心理准备。挫折并不意味着失败，只是考验和挑战，是往更高处攀登的踏板，但是如果丧失了自信心，失去了踏上挫折那块踏板的勇气，那才是失败。顺境中有自信心不足为奇，能在逆境中时刻抬头挺胸才是真正的强者。遇到挫折后应放下心理包袱，仔细寻找失利的原因，调整好目标，脚踏实地前进，争取新的机会。失败者常常感叹求职择业真难。现实确实如此，尤其是理想的或热门的职业更是如此，存在着激烈的竞争。职业理想的追求与实现，并不一定取决于职业本身。在中外众多的伟大科学家们的成长过程中，我们常常可以看到他们当初职业的起点并非那么"理想"。富兰克林曾经是个钉书工人，华罗庚初中毕业后便帮助家里料理小杂货铺，也曾在母校干过杂务。可见，较低的职业起点，并不贬低职业理想的价值，从现实的生活之路起步，也正是大多数科学家的职业理想进发、形成的基础。

信息小贴士

女大学生求职择业比男大学生挫折更多，这是现在一种普遍的社会现象。从某种意义上说，女生择业难，并不是社会对女生的需求量小。女生们要顺利地择业，从根本上说，在于发现自身的优势，并以其优势去参加竞争。女大学生应善于发挥自身优势，寻找适合自身特点的行业单位。一般来说，女大学生具有以下几个方面的职业能力优势。

（1）语言能力的优势　女性运用语言词汇的能力强于男性，在语法、造句、阅读能力等方面更为出色。一般说来，女性从事文字整理、编辑、翻译、播音员以及教育、接待洽谈工作等，更能发挥其特长。

（2）思维能力的优势　女性在形象思维能力以及思考问题的细致、周全上具有优势，因而适合于形象设计方面的工作，如服装设计，其作品往往让人感到和谐、典雅、优美。另外，在文学创作、文艺表演方面也颇具优势。

（3）交往能力的优势　女性普遍具有温顺、和蔼、容易与人相处、感情丰富且善于体谅别人的特点。

第二节　第二颗种子——给未来的路画一幅"蓝图"

世界会向那些有目标和远见的人让路。

——冯两努（香港著名推销商）

羡慕那些在职场上事业有成的精英们吗？未来的你是想碌碌无为，摸爬滚打，还是如鱼得水，风生水起？你的未来掌握在你现在的手中，今天的一砖一石都是在为明日的事业高塔奠基。与其临渊羡鱼，不如退而结网。给你的职业一份完善的规划，给你的未来一幅完美的蓝图！

一、认识职业规划

你希望自己从事什么样的行业，直接决定你以后的职业发展。

职业生涯规划指的是一个人对其一生中所承担职务的相继历程的预期和计划，这个计划包括一个人的学习与成长目标，及对一项职业和组织的生产性贡献和成就期望。机会总是被那些有准备的人所把握。个人职业规划越早，你的人生目标就越清晰，奋斗才有方向。对于个人，一个好的职业生涯规划有以下重要的作用。

① 职业生涯规划能帮你正确地分析自我，发现自己的优势和劣势，确立职业发展目标。

② 职业生涯规划能帮你准确评价个人特点和强项，在职业竞争中发挥个人优势。

③ 职业生涯规划将个人的事业安排得充实而有条理。

既然职业规划这样重要，那应该怎么去制订它呢？

二、启动职业规划

适合你的职业规划，才能有效规划你的职业。

世界上人要销售的第一个产品就是自己。在你成功地把自己推销给别人之前，你必须百分之百地把自己推销给自己。"七步走战略"，为你自己制订一份高效率、高收益的销售计划。

第一步：分析你的需求

两种方法帮你分析你的需求。

① 写下5～10条未来5年你认为自己应该完成的事。

② 想象假设你马上将不在人世，什么样的成绩、地位、金钱、家庭、社会责任状况能让你满足。

第二步：SWOT（优势/劣势/机遇/挑战）分析

分析完你的需求，试着分析自己的性格、所处环境的优势和劣势以及一生中可能会有哪些机遇？职业生涯中可能有哪些威胁？这是要求你试着去理解并回答自己这个问题：我在哪儿？

第三步：分别制订长期和短期的目标

根据你认定的需求，自己的优势、劣势、可能的机遇来勾画自己长期和短期的目标。例如，如果你分析自己的需求是想授课、赚很多钱、有很好的社会地位，则你可选的职业道路会明晰起来。你可以选择成为管理培训师，这要求你的优势包括丰富的管理知识和经验，优秀的演讲技能和交流沟通技能。在这个长期目标的基础上，你可以制订自己的短期目标。

第四步：认清前进路上的"绊脚石"

写下阻碍你达到目标的自己的缺点，所处环境中的劣势。这些缺点一定是和你的目标有联系的，而并不是分析自己所有的缺点。他们可能是你的素质方面、知识方面、能力方面、创造力方面、财力方面或是行为习惯方面的不足。现在写下你要克服这些不足所需的行动计划。要明确，要有期限。发现自己不足的时刻，就要下决心改正它，这能使你不断进步。

第五步：三人行必有我师

能分析出自己行为习惯中的缺点并不难，但要去改变它们却很难。不要忘记向身边的人寻求帮助，你的父母、老师、朋友甚至任何跟你有过接触的人都有可能成为你的良师，给你意想不到的好建议。外力的协助和监督是你职业规划中不可或缺的一步。

第六步：分析自己的角色

制订一个明确的实施计划：一定要明确根据计划你要做什么。那么现在你已经有了一个初步的职业规划方案。如果你现在是一名大学在校生，那么目前至关重要的是知识、能力和素质的提升。但这种提升不是盲目的，而是要有针对性的。你要对自己进行角色分析。反思一下你所期望的工作对你的要求和期望是什么、具备哪些能力、知识能使你在千百名竞争者中脱颖而出呢？就像任何产品在市场中要有其特色的定位和卖点一样，你也要做些事情，一些相关的、有意义和有效率的事情，让你能在求职前更好地充实完善自己。

第七步：不断提升计划

与时俱进方能长盛不衰，我们的职业规划也要不断修正和完善，不仅要因时、因势而变，而且要虚心向前辈求教，不断地吸收精华，剔除糟粕，正所谓"识时务者方为俊杰"。

性格小测验

性格测试能帮你进一步地认清自己，找到与自己性格相匹配的职业。目前常用的有3套性格测试工具：

① 霍兰德职业倾向测试；

② MBTI麦氏模型人格类型测试；

③ 一些测评公司根据行业和岗位的不同总结的测试量表。

本书提供一套性格测试题目，请参见附录四，仅供参考。

哲理小故事

在尼泊尔的喜马拉雅山南麓一直流传着一个感人的故事。许多年以前，几位日本摄影师来这里旅游，请当地一位少年代买啤酒，当地没有，这位少年就跑了3个多小时去其他地方买来了啤酒。第二天，那个少年又自告奋勇地再替他们买啤酒。这次摄影师们给了他很多钱，让他多买一些。但直到第三天下午那个少年还是不见踪影。于是，摄影师们议论纷纷，都认为那个少年拿钱骗走了。第三天夜里，那个少年却敲开了摄影师的门。原来，他起先只购得了4瓶啤酒，就翻山过河走了很远到另一个地方去买，又买了另外6瓶啤酒，但是他在返回时摔了一跤，有3瓶啤酒摔碎了。他哭着拿着碎玻璃片，向摄影师交回零钱，在场的人无不动容，也为自己原先对少年的怀疑深感惭愧。后来，几位摄影师回去后，这个故事也随之流传了开来，越来越多的外国人被这个故事吸引着，来到这片纯洁的土地上旅游。

一位朴实少年的诚信之举，却能让很多接受了十多年教育的大学生们汗颜。学到了高深的知识，拿到了一流的文凭，却遗失了人之根本——诚实守信。"诚信走遍天下，失信寸步难行"，诚信是美德，是财富，也是尊严。在职场上，非诚难以致信，非诚难以立足，诚信，是基本的职业道德，也是做人的根本准则。不管是在学校还是在职场，每一位大学生都应谨记"人无忠信，不可立于世"。

第三节　第三颗种子——给冲锋的枪装满子弹

在"双向选择"择业竞争中，决定胜败的因素很多，其中择业前有关资料准备的是否充分，是非常重要的一步。求职资料不仅是求职者的个人说明，而且是毕业生综合能力、综合素质最有说服力的证明。

一、求职信——毕业生谋职的"敲门砖"

求职信是同学们向用人单位自我推荐的最重要的书面材料之一，其写作质量直接关系到你择业的成功与否。因此，求职信被称为毕业生谋职的"敲门砖"。应该说，是应聘者与用人单位进行联

系的最简便、最直接的方式。求职信的内容应根据企业要求，有针对性地把自己描绘成一个最适合对方需要的人。用人单位可以通过求职信，了解自荐者的文化修养、知识水平、工作能力、文字表达水平，甚至思想、性格，凭此来进行初步筛选。自荐信的重点在于"荐"字，要围绕着"为何荐"、"凭何荐"、"怎么荐"来展开。

1．"如何敲门"——求职信的基本要求

求职信可以越过许多环节，直接到达决策者手中。如果我们利用好了这块"敲门砖"，敲开了求职大门，那就能提供给我们更多的机会去表现自己，从而找到一份称心如意的工作。以下是写自荐信的几条建议。

（1）针对性要强　求职信是具有高度针对性的信，即针对某一单位的某一个人或该单位的某一具体问题而写的。它不仅仅是建立在对自己了解的基础上，而且要建立在对招聘单位了解的基础上。让应聘的单位觉得你不仅仅是在求职、应聘他们公司的工作，你是经过深入的了解后才做的决定。

（2）重点要突出　写求职信的目的在于让对方对自己感兴趣。所以在写自荐信应在心中问问自己应聘单位感兴趣的是哪些方面。求职信要突出哪些能引起对方兴趣、能证明自己适合这一岗位的内容，如专业知识、工作经验、特长和个性特点等。

（3）篇幅要简短　专家指出，求职信以一页为好。篇幅过长，洋洋洒洒几千字，对方没有时间去看，也容易感到烦躁。如果确实有内容的话，可以作为附件或留作面谈时再说。求职信也不能太短，否则，说不清问题，没有特点，显得没有诚意。

2．"用什么砖"——求职信的书写格式

求职信和书信的格式比较类似，一般说来由开头、正文、结尾、落款4部分组成。

（1）开头　求职信的开头要写明收信人的称呼。在格式上，称呼要在信笺第一行起首的位置书写，单独成行，以示尊重。如果对用人单位的性质及负责人比较清楚，可直接写出负责人的职称、职位。如"尊敬的王经理"、"尊敬的李部长"。如对用人单位的性质及负责人不清楚，可写成"尊敬的领导"等。称呼之后用冒号，然后另起一行，写上问候语"您好"之类的话，紧接着写正文。

（2）正文　正文是求职信的核心部分，主要包括个人基本情况、个人所具备的条件，如受过何种奖励、社会实践情况、担任社会职务以及参加各种竞赛情况等，这是求职的关键部分。应突出自己对从事此项工作感兴趣的原因，愿意到该单位工作的愿望和自己具备的资格。

正文部分可写内容比较多，一定要简明扼要，重在突出你就是最适合这个职位的人选，写明你对招聘单位的理解程度、你应聘的岗位和能胜任本岗位的各种能力。

简单来说，正文实际上就是"我有什么＋我能做什么/我要做什么"。

（3）结尾　求职信的结尾应写好结束语，不要虎头蛇尾。结束语可提醒用人单位希望得到他们的回复或回电，以表达你希望用人单位给你面试机会的心愿。如可以写上"希望得到您的回音为盼"、"盼复"等。

（4）落款　落款包括署名和日期。署名应写在结尾祝词的下一行的右后方，署名要注意字迹清晰。日期应写在名字下方，一般用阿拉伯数字，并且要把年、月、日写上。若有附件，应在信的左下角注明。如"附1：个人简历"；"附2：获奖证明"等。

参考小模板

【范例1】

尊敬的领导：

　　您好！

　　非常感谢您审阅我的自荐材料，给我一个展示自我的机会，我是某某学校建筑专业2006届毕业生。3年的辛勤汗水换来了喜悦的成果！我每学期都以优异的成绩获得学校的奖学金，一些社会活动也得到学校的肯定，并予以奖励。如被评为"三好学生"、"优秀团员"，最后由于成绩优异、表现突出被评为"2006 届优秀毕业生"。

在这个充满竞争与挑战的社会，我深信凭自己的实力、青春及敬业精神一定会得到贵单位的承认与肯定。如果您觉得我符合贵单位的要求，敬请回信。我殷切期盼着您的回音。

此致
敬礼！

通讯地址：（略）

邮政编码：（略）

联系电话：（略）

自荐人：
2007 年 6 月

【范例2】

尊敬的××先生：

您好！

我是某某学校某某专业的应届毕业生。在这个非常注重学历文凭的社会大环境中，我自知没有研究生的知识渊博，但我勤奋好学，积极上进，经过四年的学习，已比较系统地掌握了从事翻译工作的知识与技能，各门功课均取得了好成绩。我热爱翻译工作，做事细致认真，务实肯干，有敬业精神，特别是动手操作能力强。我相信自己能胜任贵公司的工作。请给我一个施展才能的天地。

诚恳地希望给我一次面试的机会，不胜感激！

通讯地址：（略）

邮政编码：（略）

联系电话：（略）

此致
敬礼

学生：
2007 年 6 月

二、简历——"简而不单"

面试的成功是以良好的自我介绍为基础的。在写好求职信的同时，有必要附上自己的一份简历。一份好的简历对应聘求职是非常重要的，因为用人单位要从个人简历中了解求职者的教育背景、个人能力、社会实践、兴趣与特长。简历的作用等于是将自己的一切情况表现在一张纸或一张表格上，让素未谋面的用人单位有关领导决定对你的取舍。所以简历既要简洁明了，又要有的放矢，展现个人特点。

1. 简历的内容

简历所包含的信息量比求职信的信息量稍大。就通常的情况而言，应有以下内容。

名称：履历表的第一行应将"简历"两个字突出用大号字体写出。字与字之间宜留有若干间隔，以便一目了然。

个人基本信息：包括姓名、性别、婚姻状况、户籍、出生年月、民族、专业、学位、学历。

社会实践：担任何种学生干部，参加过什么实习。

奖励情况：社会荣誉或获奖情况。

其他信息。

2. 简历的规范

（1）原则 醒目，引人注意，大方得体，有针对性，对不同行业用不同简介。

（2）艺术性 版式应该力求漂亮、新颖，栏花图案应恰当有趣、适当插入与职业有关的图景。这样不仅会使主考官心情愉快，而且还可以体现出你高超的电脑运用技术。

（3）文字功底 简介是一份提纲式的介绍，完整的长句没有必要，简单的短句最受欢迎。各项内容都要点到即止，这体现了你的概括能力。最好不要超过 3 页，附有英文简历的也不要超过 5～6 页，特殊情况除外，如应聘新闻单位、文秘岗位，最好把你以前发表过的你认为较好的文章整理后附在一起，如有获奖证书可以缩小复印附在后面。

你的履历表就是你的个人广告。在用人单位看不到你本人，听不到你的声音，感受不到你的魅力的状况下，履历表就是你唯一的机会。过不了这一关，就不会有希望。记住：对方看不见你。自己闭上眼睛先想象一下：对方看完这份履历表之后，你希望他记住什么？不能多，一两点就好。因为人的记忆容量有限，请你想尽办法，把这一两点特点发扬光大。从你的生平、你的经验、你的个性中寻找有利的事实来支持这一两个特点。同时注意某些职务不太适合用太花哨的手法来展现自我。

3. 简历写作的基本要求

① 充分调查研究了解所求职位的具体情况，做到有的放矢。在写简历之前，预先确定谁是阅读者，然后根据阅读者创作简历。

② 让用人单位能较为全面地了解自己，简历真实。简历必须能让用人单位较为全面地了解毕业生的综合情况，目的是在 20 秒钟或更短的时间内，回答用人单位，"为什么要雇用我？"这个问题要着重突出成就、资信和资质，您拥有什么技能，它们能为组织的目标做出什么贡献？但在注意较为全面的同时应让简历越短越好——在大多数情况下，一两页就足够了。简历应当是正面性的材料，它应当告诉用人单位真相，但没有必要告诉全部真相。不能说谎，但不需要全部都说出来。负面的内容要远离简历。

③ 突出工作经历和特长。用人单位一般不愿意录用没有社会经验和特长的毕业生，如果在简历中没有突出接触过社会、了解了该行业、做过哪些工作，没有特殊才能，一般不会被重视。

④ 多次修改，确保不要出现任何拼写、语法、标点或者打印错误。任何拼写、语法、标点或者打印错误都会让用人单位觉得你很马虎，不认真。可以请同学、友人或老师帮忙看看，尽量不要出现这些错误。

⑤ 切忌千篇一律。在每年的高校毕业生中，简历千篇一律的情况经常发生，用人单位负责人当看到第二份相同简历的时候，会非常反感，说明这名应聘者没有独立工作的能力。用人单位怎么会

录用他呢?

三、其他资料——有备无患

其他资料是指能证实求职者在自荐材料中所列出的各方面情况的原始证明材料。它是证明自荐人自荐材料的真实性和求职者才能的有力佐证。附件一般系复印件,以防投递过程中丢失,一般用人单位确定录用后,还要审看原件。求职资料附加包括以下几个方面。

① 学校毕业生推荐表的填写。

② 学习成绩单(应由学校教务处填写、盖章)。

③ 各种证书复印件。如外语、计算机、会计等级证书,获得的各种荣誉称号证书,获奖学金以及各类竞赛证书的复印件。

④ 参加社会实践、毕业实习的鉴定材料。

⑤ 有关科研成果证明,在杂志或报刊上发表的文章(数量较多的可选有代表性的附上)。

四、简历点评

一份外语专业学生的个人简历如下。

个人基本情况

姓名:	王××	毕业院校:	××大学
出生年月	1985 年 7 月 22 日	专业:	英语
健康状况:	良好	年龄:	22 岁
生源所在地:	××省××市	政治面貌:	中共党员
通信地址:	××大学学生 1 舍	电子邮件:	××××
联系方式:	13××××		

点评:一份好的简历首先吸引用人单位的肯定是求职者的"个人基本情况","姓名、性别、出生日期、毕业院校、专业"等关键描述一样都不能少。另外英语水平、计算机水平、主辅修和双学位等要素也要在这部分体现出来。这一部分主要问题如下。

① 缺乏"性别"项,因此一定要仔细检查,更重要的是要保证绝对不能犯连"性别"都不对的错误。

② 对"生源所在地"项建议不写，因为某些用人单位对"生源地"等信息视为重要的考量要素。

③ 该生具有"英语"和"法学"双学位背景，没有在本栏目中体现出来。

教育背景

1996～1998年　金中　〈初中〉

1999～2002年　四中　〈高中〉

2002～2005年　××大学外语学院英语专业学习，获文学学士学位

2003～2005年　××大学法学院辅修双学位课程，获法学学士学位

点评：最好是使用倒叙来描述教育经历，应该先描述本科阶段的学习。年份和年份之间不能有空当，如以上1998年和1999年之间有一年的空白，这是不允许的。另外，一般的教育经历从高中阶段写起就行了，不需要体现初中的内容。

社会实践与实习经历

专业成绩优秀，有较强的学习应用能力，涉足英语、文学和翻译领域；

2003年参加××省外语翻译大赛，获英语大学专业组一等奖；

2004年参与××大学大学生学术立项，并完成论文《莎士比亚悲剧人物性格分析》；

2003年、2004年获甲等人民奖学金；

英语通过专业四级、八级，能够熟练听、说、读、写；

第二专业法语通过专业四级；

熟悉微软网络技术，获得计算机等级考试二级、三级证书；

担任外语学院学生会实践部部长、班级班长、学生党支部副书记等职，2003年获得院优秀学生干部奖；

2005年获学校书法、绘画设计大赛第二名。

多次深入企业、社区和学校进行社会实践，2004年《英语走进社区调查报告》获校社会实践成果一等奖。

点评：这部分内容不能过于简单，因为这部分是用人单位对求

职的毕业生能力考察的重要方面之一，如果你有论文、证书、奖学金或专业比赛的奖项，这无疑会大大增加你被选中的概率。如果过于简单，招聘方将不能对该同学做过哪些具体工作、参与过哪些项目、承担过什么职责以及通过这些活动可能获得什么样的经验和技能做出判断。

优点：以上的科研和社会实践方面写的还可以，既包含了专业领域内取得的实际成果，也包括了论文和科研实践，还列举了几项社会工作职务。对于学生想申请的翻译岗位来说，学术无疑是最重要的，因此该同学把与专业知识相关的内容放在前面，相对该岗位次要一些的如学生会实践部长等放在后面。

缺点：对于一些实习或项目经历，应该说明自己的工作内容是什么，承担哪些责任等，具体有什么工作成果。对于该实习部门的描述，应当具体指明部门的性质及主要工作，还有自己在该部门具体工作是什么，起到了什么作用？通过阅读这些具体过程、结果的描述，用人单位可以判断该同学从中获得了哪些知识和技能，积累了哪些能力和经验。必须记住：事实比抽象的描述更具有说服力。其实文艺方面的才华可以考虑去掉，以免让用人单位觉得你华而不实。

如果你是应聘管理岗位、公务员等体现综合素质的岗位的话，那么担任学生干部和获得的成绩等内容就稍显不足。

求职意向

英语翻译

点评：该学生的求职意向表述得非常清楚——英语翻译人员，这一点非常好，可以让招聘经理在第一眼就清晰地了解这名学生所希望的工作岗位。这种清晰的求职意向表述比含糊的表述方式更加有效。比如有些同学在求职意向一栏填写的是"文秘"，这就过于抽象，招聘人员难以通过这样的描述判断求职学生的工作意向，因而难以留下比较深刻的印象。

性格特点及特长

① 与人为善，乐观向上，适应力强，勤奋好学，认真负责，勇于迎接新挑战。

② 做事踏实，自觉服从公司纪律，对公司忠诚。

③ 本人性格：温和、谦虚、自律、自信。

④ 最重要的是能力，相信贵公司会觉得我是此职位非常适合的人选！

点评：对自己的评价，应当力求客观公正，包括行文中所表现出的语气，要做到 8 个字：诚恳、谦虚、自信、礼貌。这样会令招聘者对你的人品和素质留下良好的印象，而现在已经有越来越多的企业比重视技能和学历更加重视一个人的品行、开拓与合作精神等基本素质。在众多高学历的应聘者的激烈竞争中，这方面的能力要求更加凸显，也常常是因为这些非技能性的因素使最终的获胜者脱颖而出。总的来说，既不能妄自尊大，也不能妄自菲薄，这一点上，分寸的把握非常重要。特别要注意避免夸夸其谈，适当陈述自己经验等方面的某些不足，反而更能赢得好感。

细节提示

姓名：如果姓名中有生僻字可在括号内注音，以免招聘人员在面试时不能正确发音，造成尴尬。

籍贯：社会上有时会对特定地区的人有倾向性的看法，容易先入为主。所以不写籍贯无碍于就业，写了籍贯反而可能影响招聘者的兴趣。

联系方式：联系方式尽可能详细，务必准确。通讯地址、邮编、联系电话（区号）、电子邮件等一个都不能少。固定电话务必留长途区号。

待遇：个人对薪酬、福利待遇的要求，除非用人单位有明确要求，一般不要在简历中出现。

照片：近年来，有的学生比较热衷于在求职简历上贴各种精美的照片，甚至是提供写真集。相貌对求职的影响是毋庸置疑的，但有时也会适得其反。所以，对于非正式的求职登记表，没有要求，一般不要贴照片。如果不贴照片，说不定更加容易争取到"近距离接触"——面试的机会，以便进一步展示自己的才华。

信息小贴士

　　近年来，上海外国语大学的复合型毕业生成为人才市场的"宠儿"，炙手可热：国家各部委、企事业单位和高校等近百家用人单位纷纷登门，寻觅他们急需的具有复合型专业背景和国际化沟通能力的优秀外语人才。从外交部 2006 年国家公务员专业考试，上海外国语大学有 15 名应届毕业生通过这场"顶尖"考试被录用。同时，上海外国语大学毕业的复合型专业毕业生以其外语和专业俱佳受到毕马威等"四大"知名会计事务所的欢迎，在"四大"会计事务所的员工中，上海外国语大学的复合型专业毕业生占 1/4 以上。这些都是上海外国语大学 20 多年来锐意改革人才培养模式，着力培养复合型国际化的外语人才取得的成果。

名人坊：外国语言文学家——林桦

　　林桦，1927 年生于昆明。毕业于清华大学外国语言文学系，在校主修英国语言文学。在国家外事部门工作三十五年，其中近十四年任职于中国驻丹麦大使馆。1997 年，获丹麦女王玛格丽特二世颁发的"丹麦国旗骑士勋章"，奥登塞市安徒生奖委员会"1997 年安徒生特别奖"，并被"冰岛冰中文化交流协会"接受为荣誉会员。2000 年，出任"丹麦奥登塞安徒生奖执行委员会"委员。2002 年，获丹麦年度"伦斯特德隆奖"。2004 年，担任中国"安徒生形象大使"。主要译著有：《安徒生童话故事精选》（中国少年儿童出版社，1992），《关于尼耳斯·玻尔的一些回忆》（合译，湖南教育出版社，1994），《安徒生童话故事全集》（新译本四卷，中国少年儿童出版社，1995），《丹麦概况》（1997），《丹麦立宪史》（1998），冰岛《埃伊尔萨迦》（1999），及丹麦短篇小说、歌曲若干。主编丹麦凯伦·布里克森作品四卷并翻译其中的《七篇奇幻的故事》、《冬天的故事》等两卷（新世纪出版社，2000）。著有《北欧神话与英雄传说》（新世纪出版社，1998）。

　　20 世纪 50 年代初，他被外交部派往中国驻丹麦大使馆工作，开始学习丹麦文。1955 年 4 月 2 日是安徒生诞辰 150 周年的纪念日，林桦参加了在安徒生的家乡奥登塞举办的纪念活动。丹麦国王夫妇亲临奥登塞的场景是他许多年后仍然新鲜的记忆：激动人心的演出、烛光熠熠的宴会、盛装绚丽的火炬游行⋯⋯3天的纪念活动像盛大的节日。在丹麦人的眼中，安徒生是一个用童话征服世界的英雄。在那时，林桦就萌生了翻译安徒生作品的念头，从此一生便与安徒生有了千丝万缕的联系。每次谈到安徒生，林桦都像在谈论老友："安徒生的确首先是一个童话作家，但绝不仅仅是一位童话作家。这是因为翻译上的惯性和文字的阻隔，妨碍了我们对于安徒生的完整认识。"除了四卷本的《安徒生童话故事全集》和四卷本的《安徒生文集》等译著，林桦还有《安徒生剪影》等著作。古稀之年的林桦先生，被丹麦安徒生委员会委任为"安徒生2005纪念活动"的形象大使。此前他还被丹麦女王玛格丽特二世授予"丹麦国旗骑士勋章"，获得了国际安徒生委员会颁发的"安徒生特别奖"。除了介绍安徒生的作品，林桦还将丹麦作家阿贝尔、延森等人的作品译介到中国。

第四篇

实 例 篇

　　读完前几章，即将踏入大学的你，是否还是觉得没个准儿？是否还是对大学生活感到害怕和彷徨呢？不用害怕，接下来我们将把那些在大学中找到了适合自己的学习和生活方式的学子的亲身经历拿出来与你们分享，你们可以从中找到与自己相似的案例作为借鉴和参考，以便在最短的时间内适应大学的学习和生活环境，使你们在大学四年的学习生活中如鱼得水、游刃有余。

第十一章　外文相关专业人才成功实例

> 知识就是力量。
>
> ——培根

　　一代代的外语专业的学生，在 4 年的专业学习和博闻强识后，面临继续深造和走向社会的交叉点，究竟怎样做出选择呢？而什么样的选择才最适合自己呢？下面我们就来看看一些优秀外语专业毕业生的例子，他们和我们一样，也是普通人，而凭着自己数年来锤炼的语言功底和积累的各方面知识，成为我们的榜样。我们将回顾他们的成长历程，听听他们的得失成败，以期在自己做出选择的时候能心思有所悟，梦想有所托。

实例1　总理身边的外语精英——记英语翻译费胜潮

　　"沉舟侧畔千帆过，病树前头万木春……"、"名为治平无事，而其实有不测之忧……"温家宝总理从容回答中外记者提问，妙语连珠，文采飞扬。

　　此时，温总理身边一位青年在纸上快速地记录着。每当总理话音一落，他的英文翻译声便从话筒传出，语音流畅，表述准确。

　　青年翻译名叫费胜潮，武汉人，毕业于武汉大学外语系。

　　这位让武汉的父老乡亲为之自豪的青年才俊，是怎样一步步走进国家中枢机关、成为优秀的外事翻译的？下面让我们来回顾费胜潮的成长历程和经历的风雨，从他的家人、老师和他自己的口中来了解他成功背后的发展之路。

　　费胜潮于 1980～1986 年就读于武大附小；1986～1992 年就读于武汉外国语学校；1992～1996 年就读于武汉大学。1996 年，外交部在鄂招聘翻译，招聘考点设在武大。费胜潮凭着极富磁性的嗓音、出色的口语、扎实的学科基础，赢得考官的好感，顺利通过招聘考试。当年 11 月，正式成为外交部英语翻译。

费胜潮曾随财政部代表团访美，并被派到欧盟学习同声传译，学成归国后，多次随外交部部长出国访问，并担当国际会议的翻译。去年和今年"两会"期间，温家宝总理举行中外记者招待会时，他都担任翻译。

费胜潮的父亲费蒲生是武汉大学的退休教授，谈到自己的儿子，费老满脸含笑地说："他很好学。儿子读中学时，就曾找老师自学日语，课余爱看航空、船舶、兵器知识，也爱看文艺作品。平常做数理化习题时，也喜欢戴着随身听耳塞，里面播放着英语，让英语往耳朵里灌"。

於志清是费胜潮的中学语文老师。於志清回忆说："费胜潮各科成绩都好，语文成绩尤为拔尖。我那时要求学生写随笔，费胜潮所谈的话题多是关注国际关系、军事科学和历史事件。"一次班会，於老师主持一场辩论赛，辩论的主题是：美国发动海湾战争，正义还是非正义？费胜潮引经据典，慷慨陈词，颇有职业辩手的风采。

费胜潮的高中数学老师——武汉外国语学校江南分校校长汤洛津的记忆里，费胜潮学习上"很有一套。"那时候，他的身高已达一米七六左右，喜欢踢足球，皮肤较黑，但成绩优秀，同伴们喜欢叫他"黑马"。上大学的时候，武汉大学外语专业在外国语学校只有两个保送生的名额，费胜潮争取到其中的一个。这让老师和同学感到很意外。汤洛津告诉记者，那时同学们就称他为"一匹真正的黑马"。

在武汉大学外语学院读书期间，费胜潮更是积极参与各项课外活动，博览群书，在用功学习英语的同时，还选修了经济学的双学位，在以后走出校门后自己的竞争力上又加了一个重量级的砝码。

谈到英语学习，费胜潮说到，学英语，欲速则不达，贵在坚持。勤学加勤用，要有水滴石穿的恒心。他说，与其在一段时间内，每天学 8 小时，还不如坚持 8 年，每天学 1 小时。他建议，每天早上用半小时大声朗读，掌握语音语调，同时，多看简版英文原著，多听磁带。同时，要学以致用，用而促学，会用英语，才会更有兴趣。他认为，学外语要中英文并重，学外语容易眼睛只看到国外，没看到国内，其实，学好英语的基础，在于中文的功底和国情的意识。另外，多看外文读物、报刊和多听电视、广播中的外语节目，多开口。他鼓励学生大胆使用英语，只要有实践的机会，你千万不要放过，不要怕"丢人现眼"。

点评：在当今英语专业的学生中，特别是本科毕业生中，除了少部分人会进入一些高校、高级中学当老师之外，大部分人会选择进企业（当然进外交部的人是万里挑一、凤毛麟角的），从事与英语有关的工作。这样，英语的实用性就被越来越多的人所看重。对于英语专业的人来说，像费胜潮这样从事翻译是最能体现英语专业学习价值的工作之一，也是很多人艳羡不已的工作岗位。那么，怎样才能够用英语这项技能将自己很好地武装，在走出校门后赢取一份能让自己学以致用的工作呢？

从费胜潮身上，我们不难看出：要能真正的用英语在社会上占有一席之地，毫无疑问地要将英语培养成自己的一项特长。所谓特长，就是别人所没有或超于别人的特殊才能。不可否认的是，今天的中国社会，英语学习几乎成了一项全民运动，市面上以"新东方"为代表的英语培训机构遍地开花，开办的辅导班五花八门，"上海口译证书"，"商务英语证书"等英语资格考试热火朝天，各种各样的英语演讲比赛、辩论比赛、写作比赛开展得如火如荼，2008年的北京奥运会的举办，更是将全民学英语提升到一个全新高度。在这个几乎"人人学英语，人人会英语"的社会现实中，英语专业学生如何培养、体现和发挥自己的优势呢？

这就要夯实自己的英语基础，利用英语专业培养所提供的各方面条件，下苦功，使自己具备扎实的听、说、读、写、译的技能，这是我们能够作为一个优秀英语人才走向社会的必要的前提条件。正如费胜潮所说，英语学习不是一朝一夕所能成就的事情，要能持之以恒，方可水滴石穿。在大学里，有些专业，特别是记忆性东西较多的专业的一些学生，通过在考试前临时抱佛脚，在"考试周"

加紧学习、疯狂恶补而在考试中能取得不错的成绩。但就英语专业的考试来说，靠突击是不能取得好成绩的。虽然现在有很多人认为大学里的考试分数不能体现学生的真正专业水平，但是笔者通过自己的亲身所见所闻所感认为，这种看法是不适用于英语专业的。也就是说，大学里英语专业的考试成绩能够较为适当地反映出一个人的英语基本功，应用这门语言的水平以及对这门语言交际功能的把握和传输信息的领悟力。而这些能力和素质的培养，不是靠突击所能达到的，而是一个细水长流的过程，要靠每天的口语、阅读、听力和写作练习一点点的积累。我们常常见到这样的英语专业学生，刚进大学时，因为有的是从大城市来，他们的口语的运用表达和阅读面明显要比那些从农村或小城镇来的同学高一些，短时间内，前者的优势是比较明显的。但是，通过两年的基础学习，如果后者的勤奋程度超过前者的话，往往在大二的下学期，这种情况可能会倒置，也就是说，比起刚进校，后者通过自己超过别人的勤奋和投入，所练就的英语水平已经不可同日而语，从而成为同级中的佼佼者。由此可见，持之以恒的英语学习，是练就过硬的英语基本功的基石，也是通向未来成功的保证。

除了不断的学习提高英语水平之外，从费胜潮身上，我们还可以发现的一点是：扩大知识面的重要性和必要性。对于英语专业的学生来说，在发展道路上有一个"瓶颈制约"效应。也就是通过天天的英语学习，自己的5项技能已经很不错，对美英等主要英语国家的历史、社会、文化也有所了解，谈起英美文学来也能说得头头是道，时不时还能结合语言学的知识对日常生活中的语言现象进行评析。但我们每天与英语打交道的时候，可能忽视了身边的社会所发生的大事小事，对时政、经济变化、社会改革、民生等社会热点问题没有关注，甚至可能出现因为很少用汉语写作而出现的母语退化现象。笔者在这里不是危言耸听，而是客观说明存在于高校英语专业学生中的事实。在这种情况下，我们所要做的，就是培养和拓展自己的兴趣爱好，通过上网浏览、读书看报、参加讲座和活动等方式来获取各方面的信息，这样，在掌握一门当今世界最通用、最流行语言的同时，在思想认识和观点看法上也不会落伍，这与费胜潮所说的"中英文并重"是一脉相承的。

另外，还有不可忽视的一点是：我们要多用英语。敢于丢脸，不怕犯错误，这个观点早就被人大力倡导，而且也是一代代口语精湛的人的不二法宝，尤其是在频频奏效的李阳疯狂英语中被呼吁成了一种口号！然而，这几个字说起来容易，做起来却很难。根据笔者过去常年参加英语角的所见所感，本着交流和提高自己口语的目的，敢于开口勇敢表达的人其实不在多数。人们往往害怕自己蹩脚的语音语调或是不恰当的"中式英语"表达会贻笑大方，在口语流利的人面前开口时往往会出现一种紧张和窘迫感。本来在英语角外健谈的高手，因为英语口语不佳却成了一个说话支支吾吾的人，这样的身份反差和位置变换对许多人，尤其是较为内敛的青年人来说，是不愿意接受且尽量避免的。于是，尽量不开口常常成为这些人的下策之选。但我们要学会大胆开口讲英语，不开口口语便不可能提高，这是我们要时刻记在心中的一道学习法则。

实例2 "阳光传媒"的女强人——记主持人杨澜

杨澜，1968 年生于北京。1986～1990 年就读于北京外国语大学。1990 年，杨澜在千名候选人中脱颖而出，成为中国中央电视台《正大综艺》女主持人。1990～1994 年初，杨澜主持的《正大综艺》节目受到大陆观众一致喜爱，创造了收视之冠的佳绩。她本人于 1994 年获得中国首届主持人"金话筒奖"。

杨澜说她是非常幸运的，然而这个幸运女在事业巅峰时期告别《正大综艺》，去美国充电。她先在纽约大学电影学院攻读"纪录片导演"，之后进入全美排名首位的哥伦比亚大学国际传媒专业就读，于 1996 年 5 月以全优成绩毕业，获硕士学位。

1996 年初，杨澜被美国媒体广泛报道。在《纽约时报》头版报道后，《新闻周刊》又大幅报道了她。

2001 年，杨澜出任北京申奥形象大使，于 7 月赴莫斯科代表北京作申奥的文化主题陈述。其端庄的仪表，流利的口语，给我们留下了深刻的印象。

2001 年 6 月，杨澜推出以采访世界各地名人为特色的《杨澜访谈录》。9 月，杨澜兼任阳光卫视行政总裁，同年，被《Asiaweek》评选为"能推动中国前进、重塑中国形象"的人物之一。她连续两年当选中国"十大 IT 风云人物"。现任阳光文化网络电视控股有限公司的董事局主席兼行政总裁，同时担任阳光四通媒体集团的副主席。

自 2003 年 3 月起，杨澜成为中国人民政治协商会议第十届全国委员会委员。

2005 年起，她被聘为哥伦比亚大学国际顾问委员会委员。同年，她开始主持湖南卫视针对中国都市女性观众的大型谈话节目《天下女人》。

她积极投身慈善公益事业，现任中华慈善总会慈善大使和义务献血形象大使，并在宋庆龄基金会、中国环境文化理事会等多家公益机构中担任理事。

点评：学外语的人，可以说是没有专业的，因为外语简单地说来只是一门工具。可是，学外语的人大都具有很强的可塑性。因为语言学来是要用于交流沟通的，外语学习者要使自己的所学有所用，就要做到在精通一门的基础上什么都懂一点。因此，他们最愿意去接触各种事物，力求使自己博闻多识，从而为自己打下坚实的基础。也正因为如此，他们在各行各业都可以有很好的发展。

杨澜的成功就是一个例子。作为外语学习者，我们应该看到：学好外语，将之与我们将来的事业结合，是助我们走向成功的最佳路径。

我们更应该看到，这位学外语的前辈的成功，在于她的坚定，一步一个脚印朝着自己的目标前进。外语助她敲开了进入央视的大门，而她也善于利用自己的专业特长，将《综艺大观》主持得有声有色。之后她选择出国深造充电，主攻国际传媒，外语作为基础和工具必然是帮了她很大的忙。再后来，她一直在传媒界发展，因为她清楚自己的方向。她说："电视是我一生的追求，不在乎这一二年的辉煌，我认为我将来的事业还有 20 年"。明确自己的追求和方向，善加利用自己的专业知识，并坚定执著地努力，是杨澜成功的原因。

作为申奥形象大使陈述北京申奥的文化主题，做《杨澜访谈录》，乃至弘扬中国文化，她都将英语的魅力发挥到了极致，让国人看到了学好外语的用处，外语学习者从她身上更看到了希望。

学好外语，不仅帮助我们走向世界，更让世界看到一个全新的中国形象。

实例3 文学泰斗——记钱钟书先生

钱钟书先生1910年生于江苏无锡，1933年清华大学外文系毕业，1935年赴牛津大学攻读，获 B. Litt.（Oxon）学位。后又至巴黎大学研究法国文学。

归国后，曾任昆明西南联大外文系教授，国立师范学院英语系主任，上海暨南大学外语系教授，中央图书馆外文部总编纂等。新中国成立后，任清华大学外文系教授，又担任中国社会科学院文学研究所研究员和中国社会科学院副院长、院特邀顾问，还曾任第六届全国政协委员，第七届、第八届全国政协常务委员。1998年12月19日，因病在北京逝世。

钱先生博学多才，兼通数国外语，学贯中西，在文学创作和学术研究两方面均做出了卓越成绩。新中国成立前出版的著作有散文集《写在人生边上》，用英文撰写的《十六、十七、十八世纪英国文学里的中国》，短篇小说集《人·兽·鬼》，长篇小说《围城》，文论及诗文评论《谈艺录》。其中《围城》有独特成就，被译成多国文字在国外出版。《谈艺录》融中西学于一体，见解精辟独到。新中国成立后，钱先生出版有《宋诗选注》、《管锥编》五卷、《七缀集》、《槐聚诗存》等。钱先生还参与《毛泽东选集》的外文翻译工作。主持过《中国文学史》唐宋部分的编写工作。他的《宋诗选注》在诗选与注释上都卓有高明识见，还对中外诗学中带规律性的一些问题作了精当的阐述。《管锥编》则是论述《周易正义》、《毛诗正义》、《左传正义》、《史记会注考证》、《老子王弼注》、《列子张湛传》、《焦氏易林》、《楚辞洪兴祖外传》、《太平广记》、《全上古三代秦汉三国六朝文》的学术巨著，体大思精，旁征博引，是数十年学术积累的力作，曾获第一届国家图书奖。

钱先生的治学特点是贯通中西、古今互见，融汇多种学科知识，探幽入微，钩玄提要，在当代学术界自成一家。因其多方面的成就，被誉为文化大家。60年来，钱钟书先生致力于人文社会科学研究，淡泊名利，甘愿寂寞，辛勤研究，饮誉海内外，为国家和民族做出了卓越贡献，培养了几代学人，是中国的宝贵财富。

点评： 真正做到贯通中西，必须做到深入了解中国和西方的文化，这无疑是需要大量的时间和精力的。做学问，就是一门要耐心的工作，不是一朝一夕而成的。人们都知道钱钟书先生的成就，但是在成就背后是不断的研究，是默默的耕耘。

实例4 对本专业的执着追求——记华侨大学外国语学院2003级英语专业学生谢艳艳

谢艳艳，女，华侨大学外国语学院2003级英语专业学生，现在广东外语外贸大学读研究生。

在读本科期间，她通过自己的努力，取得了许许多多的成绩。2004年12月，获得院优秀学业奖；2005年12月，获得院学习一等奖、百科知识竞赛优胜奖；2006年11月，获得院学习一等奖、华侨大学品学兼优毕业生。而在大学的最后一年，即将面临人生的选择时，她果断选择了考研。考研是一项艰巨的任务，尤其对于外语专业。

在她眼里要考研，应学会专心致志，全心全意。她总结考研到了后期，已经没有了刚开始考研时的浮躁和不安，在复习了一段时间后，心中不再那么没底，考研的信念会更加坚定，同时又会感到时间的紧迫。这时的你，每天所希望的，就是能安安稳稳地坐在自修室里，一步一步地完成自己的复习计划，不要受到任何的打扰，也不要出现任何的小意外，让你措手不及。可是，你应该知道，你已经不是四年前的那个高中生了，而是大学生。大学生的世界里从来不会只有学习，哪怕你是已经读大四的大学生。学校一个突然的会议或活动通知，和同学之间的一点不愉快，都有可能打乱你的复习计划，让考研期间神经紧绷的你心烦意乱，无法静心学习。学习计划不能按时完成，情绪更加糟糕，接着会影响后面的学习。如果你不能及时调整好你的心态，你便可能就这样恶性循环下去。这样的你，每天被一些小事所扰，怎么会在考研时全心全意？所以，学会专注，学会全心全意，不妨先学会排除干扰，带着平和的心去处理那些不顺心的事，将它们的干扰性降到最低。这样的干扰是一般人都会碰到的，只是在考研的同学特别需要学会处理。

此外，她认为考研还需要在珍惜时间的基础上适当放松。从小学到大学，大家都是上课再怎么紧张，下课后都是可以稍微松口气的。而进行考研复习时，情况便倒了过来！除了上课的时间可以不为考研而忙碌外，所有的课余时间都属于考研，没有任何商量的余地。时间对于考研来说是十分宝贵的。但每星期，到了周末，她都会给自己放个小小的假，不用太长，一下午就足够了。去附近的超市逛逛，买买东西；或去上网，跟朋友聊聊天，看看久违的电影；有时甚至待在宿舍看电视，煲电话粥。此时的她，脑子里不会再想着那些考研书，也不会去想还在继续"奋斗"的"研友"，只是好好休息，做点自己喜欢的事。因为她明白，学习应该有松有弛，现在放松这么短短的一段时间，只是为了在接下来的一周里毫不松懈地学习！

点评：在对专业一如既往的追求下，她如愿考上了广东外语外贸大学研究生。在大四即将毕业时，同学们都走在了人生的十字路口。工作？考研？出国？面临选择时，难免困惑。很多考研的同学也想着去试试其他的专业。社会需要高素质、全面的人才，有时更需要专才。在这里，选择去继续攻读外语专业的研究生，这或许需要很大的勇气。语言学习有时是枯燥的，但唯有执着，唯有孜孜不倦，才能在专业上有所建树。

实例5 梦想没有极限——记武汉大学外语学院德语系2008届毕业生胡博

胡博，武汉大学外语学院德语系2008届毕业生，即将进入宝洁公司工作。在本科期间，胡博曾担任外语学院学生会主席等职务，参加外语学院新生辩论赛获亚军，多次获得优秀学生奖学金及"优秀学生干部"等称号。

2007年在武汉热情似火的夏天，即将走入大四的他又一次面临人生的重要选择。可以说对于现在的大学生来说摆在面前的无非是三种选择：出国；考研；工作。对于胡博来说，因为经济原因出国在当前状况下是不可能的。考本专业的研究生，他也没有太大的兴趣。几经权衡之后，他决定找工作。

宝洁公司的校园招聘每年几乎都是最早的。在连续参加了宝洁公司的几次活动以及通过互联网，他对宝洁公司有了一个比较全面的认识。

"十一"期间胡博在宝洁公司网申截至前一天将宝洁公司的网申和成功驱动力测试完成。"十一"后的某一天下午4：50他收到了宝洁公司的短信通知，5：30去中南财经政法大学面试。他迅速赶到那里，在等待了大约一个小时之后终于轮到他了。由于是第一次面试，心里是好奇和忐忑并存，谁知道进去后，一个宝洁公司的面试官并没有让他自我介绍，直接拿着他的简历问了一下经历，而胡博用不足30秒的时间就答完了！然后就让他走了，不过胡博自我感觉不错。后来才知道，这并不是一次正式的面试，可以称之为预面，不过似乎刷的人也不少。

接着下来就是英才见面会，其实就是正式的宣讲会，这是宝洁公司一个比较独特的地方。宣讲会是在一家五星级酒店举行的，收到通知参加宣讲会的大约有五六百人左右。宣讲会主要是公司介绍、部门介绍、薪资福利介绍以及以前的管理培训生的经验分享。比较值得一提的是英才见面会入场时，所有宝洁公司现场的员工，包括刚刚从广州赶过来的英国高级经理都站在入口，和着音乐的节拍鼓掌欢迎每一个人入场。当时现场的音乐加上整齐而有节奏的鼓掌真的是让每一个人都有一种被挑选的自豪和被尊重的感动，可以说从这个时候起，胡博就开始喜欢上了这个公司。

宣讲会之后的一个星期天，迎来了笔试。上午考解难，60分钟 50 题，题目不是很难，但是速度要求很快，图形题、计算题等不能每一个都去计算，适当的时候需要估算。考完之后胡博的感觉并不好，中午两点左右公司将通过解难能力测试的人的名单贴了出来，大概有三百来人。他看到了自己的名字。

　　大约一个星期之后，收到一面通知。之前胡博并没有把宝洁公司看得太重，只是想通过宝洁公司练兵，为后面的求职做准备。现在通过重重考验，走到了一面，感觉到自己离成功不是太远了，就特别地想拿到这个聘书。于是，他把以前收集的宝洁 8 大经典问题翻出来看了一下，相应地准备了一些自己的经历，同时上网看了不少面试经。一面的时候面试官是一个毕业于复旦大学的男生，毕业了 10 年，在中国香港和中国台湾轮过职。他问了胡博 8 大问题中的一些问题，然后又展开聊了很多其他方面的情况，他们很高兴地聊了大约一个小时。可能是因为面试官特别的和善，他们之间的互动很好，胡博自我感觉很不错。

　　二面对于胡博来说是一个真正的考验，因为在二面时他的心态十分不好。收到二面通知后，他将自己的事例又整理了一遍，仔细地挖掘每一个事例背后的闪光点，然后为了以防万一，请英专的同学帮他翻译成了英文。二面通知他 2 点到，但是由于一些原因，他五点才开始面试。由于等的时间过长，他的心情非常焦躁。面试时本来一向不怯场的他竟然十分的紧张，在自我介绍和回答第一个问题时，他自己都感觉到声音干涩、语言组织混乱。第一个问题在他一面的时候也被问过，但是二面时他决定换一个事例来回答，因为他自认为这个事例更有说服力。哪知道他刚刚讲完事例，其中一位面试官就给了他当头一棒，她说："我可不可以这样理解，你在整个过程中，仅仅是充当了一个传声筒的作用呢？"胡博心里一凉，但是依然坚定地回答了"不是"，然后将他自己的理解又详细说了一通。不过虽然第一个问题打击不小，后面他还是镇定地回答了每一个问题。大概 40 分钟之后，结束了面试。他出来之后看到另外一个房间比他早进去 20 分钟的同学也刚刚面试完，而且前一天面试的同学说面试了一个多小时，在面试经里曾看到说二面面试的时间比较长才有希望，此时胡博心里很担心。

等待二面结果真的是一个煎熬的过程。一天中午1点左右，胡博刚刚爬上床睡午觉，一个陌生号码打了进来：他收到了宝洁公司的聘书。至此他的找工作之旅画上了圆满的句号。

一路走过，胡博有一些自己的体会。

① 进入毕业状态之前，首先一定要确定自己的目标，考研、出国、工作都可以，但是一定不要什么都准备做。而且不管是哪一种，一定是要从自己今后发展的角度来考虑，绝对不要因为逃避什么就无规划地选择了另一个。有太多的人仅仅就是因为感觉自己还没有准备好工作而去考研，你永远都不可能有绝对准备好的时候！

② 找工作一定要摆正自己的心态。在中国当前的就业形式下，找工作的压力的确是非同一般，特别是对于一些自我期许很高的同学来说。这是一个充满机遇的世界，没有这个机会还有下一个机会，现在的好机会不代表是将来的好机会，现在看似不好的机会也许是你终身感激的机遇（google 的很多员工是最好的实证）。不管压力有多大，不管有多么艰难，挺过去，明天又是美好的一天。

③ 要勇于尝试。机会只是留给有准备的人，但是没有人能够把所有的事情都准备好，所以不管你有没有准备好，勇敢地去尝试吧，失败了，算是为下一次积累经验，下一次你才会做得更好。

④ 拓宽自己的眼界，丰富自己的知识结构。当然这对于致力于成为某一方面的顶尖专家的人可能不一定适用，对于大部分人应该还是十分必要的。自己学的专业要搞好，但是平时还是要注重在其他方面知识的积累和能力的提高，因为以后你所从事的工作可能和你的专业根本没有任何的关系！

点评：在精心制作简历、多次经历笔试、面试的过程中，我们有时会略感无奈，难免会有挫折感、沮丧感。找工作是一个艰苦的过程，也是彰显自己实力、展现自己耐力的过程。不管怎样，我们都应该心怀梦想，勇于攀登。困难是短暂的，而持久的应该是我们的坚持、我们的付出。当我们不断坚持、不断积累、不断进步时，抬起头，我们会发现，梦想的天空没有极限。

实例6　商界精英——记中国电子商务第一人——马云

马云曾任杭州电子工学院英语教师。1995年，马云作为翻译首次访问美国，并且首次接触到了因特网。回国后，马云开设了制作主页的公司"海博网路"。之后又被任命为中国政府的电子商务推进组织的负责人。1999年3月，马云开设了通过电子商务连接全球中小企业的Alibaba.com。同年9月，在中国香港成功注册法人，出任首席执行官。

马云是最早在中国开拓电子商务应用并坚守互联网领域的企业家，他和他的团队创造了中国互联网商务众多第一：开办中国第一个互联网商业网站——中国黄页，提出并实践面向中小企业的B2B电子商务模式，为互联网商务应用播下最初的火种；他在中国网站全面推行"诚信通"计划，开创全球首个企业间网上信用商务平台；他发起并策划了著名的"西湖论剑"大会，并使之成为中国互联网最大的盛会。

马云率领他的阿里巴巴运营团队汇聚了来自全球220个国家和地区的1000多万注册网商，每天提供超过810万条商业信息，成为全球国际贸易领域最大、最活跃的网上市场和商人社区。

马云创立的阿里巴巴被国内外媒体、硅谷和国外风险投资家誉为与Yahoo、Amazon、eBay、AOL比肩的五大互联网商务流派代表之一。它的成立推动了中国商业信用的建立，在激烈的国际竞争中为中小企业创造了无限机会，"让天下没有难做的生意"。

马云创办的个人拍卖网站淘宝网，成功走出了一条中国本土化的独特道路，从2005年第一季度开始成为亚洲最大的个人拍卖网站。

马云是中国内地第一位登上美国权威财经杂志《福布斯》封面的企业家；2002年5月，成为日本最大财经杂志《日经》的封面人物；2000年10月，被"世界经济论坛"评为2001年全球100位"未来领袖"之一；美国亚洲商业协会评选他为2001年度"商业领袖"；2004年12月，荣获CCTV十大年度经济人物奖。

哈佛大学两次将他和阿里巴巴经营管理的实践收录为MBA案

例。在 2002 年 1 月发布的阿里巴巴第二份 MBA 管理案例，哈佛引用了马云对阿里巴巴的核心价值的阐述，"马云认为阿里巴巴的价值不在于每天的浏览量是多少，而在于能否给客户带来价值。"以此来表明对阿里巴巴迅速发展的认可。

《日经》杂志高度评价阿里巴巴在中日贸易领域里的贡献"阿里巴巴已达到收支平衡，成为整个互联网世界的骄傲。自中国加入 WTO 以来，日本市场逐渐升温，大量的日本企业将目光投向阿里巴巴，并对它寄予了浓厚的兴趣和希望。"

马云于 1995 年 4 月创办的"中国黄页"网站，这是全球第一家网上中文商业信息站点，在国内最早形成面向企业服务的互联网商业模式。1997 年年底，马云还和他的团队在北京开发了外经贸部官方站点、网上中国商品交易市场、网上中国技术出口交易会、中国招商、网上广交会和中国外经贸等一系列国家级站点。

1999 年 3 月，马云以 50 万元人民币创业、开发阿里巴巴网站。他根据长期以来在互联网商业服务领域的经验和体会，明确提出互联网产业界应重视和优先发展企业与企业间电子商务（B2B），他的观点和阿里巴巴的发展模式很快引起国际互联网界的关注，被称为"互联网的第四模式"。

点评：从一个英语教师到中国电子商务第一人，这其中需要太多的勇气与努力。有时我们所从事的工作和我们的专业相差甚远。三百六十行，行行出状元。只要自己好好把握自己在大学里宝贵的光阴，扎扎实实地学知识，看清自己未来的道路，并为之努力，机会是会留给那些有准备的人的。

实例 7　梅花香自苦寒来——记武汉大学外语学院日语系 2008 届毕业生余新星

余新星，男，武汉大学外语学院 2004 级日语专业学生。学习语言对于一个男孩子来讲，有时可能需要更多的付出和努力。余新星就是这样。在谈到为什么会选择这个专业的时候，他很爽朗地说："因为我比较喜欢，或者是说我对日语很有兴趣，这也给了我学习的动力。"在课下，他能够主动去钻研，从开始接触日语的语法，到锻炼自己的听力、写作能力、翻译能力，他都是靠着自己的这股钻劲。大一刚接触日语语法时，他一丝不苟地听老师授课，慢慢的积累之后，随着课程的深入，语法慢慢变得抽象，但此时他发觉自己学得反而更轻松。为了培养自己的听力水平，他一直坚持收看 NHK（日本放送协会）的新闻；通过多次接触日本的电视连续剧，他学到了很多地道的日语表达方式。平时很爱看书的他，每次在读到新的单词时，都会记录下来并重点记忆，这种习惯让他慢慢积累了大量的词汇，也给他的日语写作打下了坚实的基础。

一分耕耘，一分收获。在自己的努力下，大学期间他的学习成绩一直排名全班第一，并连续三年获得武汉大学优秀学生奖学金。在参加日语一级考试中，他得了优秀。而比这些更重要的是：他掌握了很扎实的听、说、读、写、译等各方面的日语语言技能。

除了在校的学习，他还通过做兼职翻译、在外代课来锻炼自己的日语应用能力。他在日本南富士产业株式会社武汉事务所担任过日语培训师及翻译，在武汉的一些职业学院担任过日语教师，这些经历，让他夯实和巩固了自己所学的知识，同时也提早积累了工作经验。

大学的这几年里，他始终保持着这样上进的势头，一直在默默耕耘中前行。当踏入大学四年级，面临找工作之时，这几年充实的学习，给他增添了自信的砝码。

在广州本田开始校园招聘时，余新星就已经准备好了自己的简历。但准备网上申请时，他决定对自己的简历进行修改。本着对日本企业的一些了解，他分析广州本田可能看中的是学习成绩、是否踏实肯干以及实践经历。余新星首先对自己进行分析，觉得自己可能刚好是广州本田所需要的那种类型，但在简历中仍需突出这些要点。于是他将自己的简历发给有经验的上届同学，给自己提出意见，修改后再和对方交流。如此往来了好几遍。终于，在网上投了自己准备充分的简历后，他收到了笔试的通知。而笔试环节主要考察的是平日知识的积累，余新星也顺利地过了关。在参加第一次面试时，面试官主要是针对简历的一些情况进行了解以及考察面试者的性格。余新星的简历制作重点突出但又毫不夸张，所写的东西实事求是，这让他在第一次面试中很轻松地过关。第二面试是分组讨论，主要考察一个人的团队协作精神。这次的面试时间较长，余新星的感觉还算好。由于余新星应聘的是外语类职位，在整个第二次面试结束后，还需单独进行日语的笔试和口试。这也是对应聘者专业的考察。本着扎实的专业积累，余新星通过了专业考核并最终被广州本田录用。

点评：

当我们看到运动员走上领奖台的一刹那，我们也许并没有想到他或她平日里训练流过多少汗水甚至泪水。找工作也是一样。面临找工作时，我们常常会回想自己在大学期间所走过的路，当发现自己的大学生活是在忙碌和充实中度过，是在努力学习专业知识、在不断实践中度过时，我们就会自信满满地去面对竞争。因为我们付出了很多，现在正是收获的时候，所以，我们有信心找到一份心仪的工作！其实，这个例子再次说明了这个道理：天上不会掉馅饼，唯有努力，才能有收获。

附录一 2008 年全国高校外语专业部分排名

专业	名次	学 校	开设此专业的学校数
英语	1	北京外国语大学	526
英语	2	上海外国语大学	526
英语	3	北京大学	526
英语	4	复旦大学	526
英语	5	清华大学	526
英语	6	南开大学	526
英语	7	北京师范大学	526
俄语	1	北京外国语大学	93
俄语	2	黑龙江大学	93
俄语	3	首都师范大学	93
俄语	4	北京师范大学	93
德语	1	北京外国语大学	60
德语	2	北京大学	60
德语	3	上海外国语大学	60
法语	1	南京大学	71
西班牙语	1	广东外语外贸大学	20
西班牙语	2	南京大学	20
阿拉伯语	1	上海外国语大学	16
阿拉伯语	2	北京外国语大学	16
日语	1	北京外国语大学	277
日语	2	上海外国语大学	277

专　业	名次	学　　校	开设此专业的学校数
日语	3	北京大学	277
日语	4	上海交通大学	277
日语	5	广东外语外贸大学	277
日语	6	东北师范大学	277
日语	7	南京大学	277
波斯语	1	北京大学	4
朝鲜语	1	延边大学	61
朝鲜语	2	南京大学	61
朝鲜语	3	广东外语外贸大学	61
印度尼西亚语	1	广东外语外贸大学	6
印度尼西亚语	2	北京大学	6
印地语	1	北京大学	4
柬埔寨语	1	北京外国语大学	3
柬埔寨语	2	广西民族大学	3
老挝语	1	北京外国语大学	3
老挝语	2	广西民族大学	3
缅甸语	1	北京大学	4
泰语	1	广东外语外贸大学	8
泰语	2	北京大学	8
乌尔都语	1	北京大学	3
希伯来语	1	北京大学	3
越南语	1	广东外语外贸大学	10
越南语	2	北京大学	10
斯瓦希里语	1	天津外国语学院	3
斯瓦希里语	2	北京外国语大学	3
葡萄牙语	1	上海外国语大学	6
瑞典语	1	上海外国语大学	3
意大利语	1	广东外语外贸大学	12

注：以上资料来自新浪教育。

附录二　全国开设外语专业院校

英　语

北京市		
北京大学	清华大学	北京师范大学
北京航空航天大学	中国人民大学	中国农业大学
北京理工大学	北京科技大学	中国地质大学
北京化工大学	北京林业大学	中国政法大学
中国传媒大学	北京联合大学	北京信息科技大学
北京体育大学	北京第二外国语学院	外交学院
中国人民公安大学	中国石油大学(北京)	北京航空航天大学
北京交通大学	华北电力大学(北京)	北京语言大学
对外经济贸易大学	北方工业大学	国际关系学院
北京工业大学	北京邮电大学	首都师范大学
中央民族大学	北京工商大学	北京外国语大学
首都经济贸易大学	北京石油化工学院	北京印刷学院
中国青年政治学院	北京物资学院	中华女子学院
天津市		
天津大学	南开大学	天津工业大学
天津理工大学	天津科技大学	天津财经大学
天津商学院	天津外国语学院	中国民用航空学院
天津体育学院	天津农学院	
河北省		
燕山大学	河北工业大学	河北科技大学
河北理工大学	河北科技师范学院	唐山师范学院
河北建筑工程学院	华北科技学院	华北电力大学(本部)
河北大学	河北经贸大学	石家庄铁道学院
华北煤炭医学院	河北北方学院	河北体育学院
唐山学院	河北师范大学	河北农业大学
河北工程学院	石家庄经济学院	周口师范学院
邢台学院		

山西省		
山西大学	山西财经大学	太原师范学院
九江学院	太原理工大学	山西农业大学
太原科技大学	运城学院	中北大学
山西师范大学		

内蒙古		
内蒙古大学	内蒙古科技大学	内蒙古农业大学
内蒙古工业大学	内蒙古师范大学	

辽宁省		
大连理工大学	辽宁大学	沈阳工业大学
大连海事大学	辽宁石油化工大学	大连交通大学
渤海大学	大连轻工业学院	大连民族学院
辽东学院	东北大学	东北财经大学
辽宁工程技术大学	鞍山科技大学	大连外国语学院
大连水产学院	鞍山师范学院	辽宁师范大学
沈阳大学	沈阳师范大学	大连大学
沈阳化工学院	沈阳建筑大学	沈阳航空工业学院
沈阳体育学院		

吉林省		
吉林大学	长春理工大学	长春工业大学
东北电力学院	长春师范学院	长春中医学院
吉林化工学院	北华大学	吉林师范大学
吉林建筑工程学院	长春税务学院	通化师范学院
吉林农业大学	延边大学	长春大学
长春工程学院	白城师范学院	

黑龙江		
哈尔滨工业大学	东北林业大学	哈尔滨师范大学
佳木斯大学	哈尔滨商业大学	牡丹江师范学院
哈尔滨工程大学	哈尔滨理工大学	齐齐哈尔大学
黑龙江中医药大学	黑龙江大学	东北农业大学
大庆石油学院	黑龙江科技学院	黑龙江八一农垦大学
哈尔滨学院		

上海市		
复旦大学	华东师范大学	上海师范大学
上海水产大学	上海海事大学	上海电力学院
上海对外贸易学院	上海交通大学	东华大学
上海理工大学	华东政法学院	上海应用技术学院
同济大学	华东理工大学	上海财经大学
上海外国语大学	上海体育学院	上海杉达学院

江苏省		
南京大学	苏州大学	南京农业大学
南京工业大学	江南大学	南京医科大学
南京信息工程大学	南京中医药大学	淮海工学院
盐城师范学院	南京晓庄学院	东南大学
南京航空航天大学	河海大学	中国药科大学
南通大学	南京财经大学	江苏科技大学
江苏工业学院	盐城工学院	淮阴工学院
中国矿业大学	南京理工大学	扬州大学
江苏大学	徐州师范大学	苏州科技学院
南京邮电大学	南京工程学院	南京审计学院
浙江省		
浙江大学	浙江师范大学	浙江财经学院
杭州师范学院	中国计量学院	浙江万里学院
台州学院	浙江工业大学	浙江工商大学
浙江理工大学	温州大学	浙江中医学院
浙江科技学院	浙江海洋学院	宁波大学
杭州电子科技大学	温州医学院	浙江林学院
绍兴文理学院	湖州师范学院	
安徽省		
中国科学技术大学	安徽师范大学	淮北煤炭师范学院
皖西学院	黄山学院	合肥工业大学
安徽农业大学	安徽工程科技学院	安庆师范学院
合肥学院	巢湖学院	安徽大学
安徽工业大学	安徽财经大学	阜阳师范学院
安徽建筑工业学院	安徽技术师范学院	淮南师范学院
铜陵学院		
福建省		
厦门大学	福建师范大学	集美大学
泉州师范学院	莆田学院	福建农林大学
华侨大学	漳州师范学院	福州大学
仰恩大学	闽江学院	
江西省		
南昌大学	江西农业大学	华东交通大学
赣南师范学院	江西科技师范学院	井冈山学院
江西师范大学	南昌航空工业学院	东华理工学院
景德镇陶瓷学院	江西财经大学	江西理工大学
宜春学院	忻州师范学院	上饶师范学院

山东省		
山东大学	山东农业大学	山东科技大学
山东理工大学	烟台大学	青岛理工大学
山东中医药大学	泰山医学院	潍坊学院
石油大学	青岛大学	曲阜师范大学
青岛科技大学	烟台师范学院	山东建筑工程学院
山东经济学院	临沂师范学院	山东工商学院
山东交通学院	中国海洋大学	山东师范大学
济南大学	聊城大学	莱阳农学院
山东财政学院	德州学院	泰山学院
河南省		
郑州大学	河南农业大学	河南工业大学
郑州轻工业学院	新乡医学院	河南中医学院
商丘师范学院	河南大学	河南科技大学
信阳师范学院	中原工学院	郑州航空工业管理学院
河南科技学院	安阳师范学院	许昌学院
河南理工大学	华北水利水电学院	河南财经学院
南阳师范学院	洛阳师范学院	黄河科技学院
湖北省		
华中科技大学	华中农业大学	湖北大学
三峡大学	武汉工程大学	湖北师范学院
湖北民族学院	孝感学院	咸宁学院
中国地质大学(武汉)	武汉大学	华中师范大学
长江大学	中南民族大学	江汉大学
武汉工业学院	襄樊学院	湖北汽车工业学院
武汉理工大学	中南财经政法大学	武汉科技大学
湖北工业大学	武汉科技学院	黄冈师范学院
武汉体育学院		
湖南省		
湖南工程学院	中南大学	湘潭大学
湖南农业大学	湖南工业大学	湖南文理学院
湖南商学院	怀化学院	湖南大学
湖南科技大学	南华大学	吉首大学
湖南中医学院	湖南城市学院	湖南科技学院
湖南师范大学	长沙理工大学	中南林学院
湖南理工学院	衡阳师范学院	邵阳学院

广东省		
中山大学	华南师范大学	汕头大学
广东外语外贸大学	广州中医药大学	佛山科学技术学院
肇庆学院	东莞理工学院	华南理工大学
华南农业大学	深圳大学	广东商学院
五邑大学	韶关学院	茂名学院
惠州学院	暨南大学	广州大学
湛江海洋大学	湛江师范学院	韩山师范学院
仲恺农业技术学院	嘉应学院	
广西壮族自治区		
广西大学	桂林电子工业学院	广西工学院
玉林师范学院	广西师范大学	广西民族学院
广西师范学院	桂林工学院	
海南省		
华南热带农业大学	海南大学	海南师范大学
重庆市		
重庆大学	重庆医科大学	重庆邮电学院
四川外语学院	西南政法大学	重庆交通学院
重庆文理学院	西南农业大学	重庆工商大学
重庆工学院	重庆三峡学院	
四川省		
四川大学	成都理工大学	西华大学
泸州医学院	成都体育学院	宜宾学院
中国民用航空飞行学院	电子科技大学	四川师范大学
西华师范大学	四川理工学院	成都中医药大学
乐山师范学院	攀枝花学院	西南交通大学
西南石油学院	四川农业大学	西南民族大学
成都信息工程学院	内江师范学院	绵阳师范学院
贵州省		
贵州工业大学	贵州民族学院	贵州师范大学
遵义医学院	黔南民族师范学院	遵义师范学院
云南省		
云南大学	云南师范大学	云南农业大学
大理学院	曲靖师范学院	云南财贸学院
贵州大学	云南民族大学	西南林学院
玉溪师范学院	楚雄师范学院	昆明理工大学

陕西省		
西安交通大学	西北大学	长安大学
西安科技大学	西安工程科技学院	宝鸡文理学院
西北政法学院	西安文理学院	西北工业大学
西北农林科技大学	西安石油大学	陕西理工学院
西安外国语学院	延安大学	渭南师范学院
陕西中医学院	西安电子科技大学	陕西师范大学
西安建筑科技大学	陕西科技大学	西安工业学院
西安财经学院	西安邮电学院	咸阳师范学院
西安理工大学		
甘肃省		
兰州大学	兰州交通大学	兰州商学院
西北师范大学	甘肃农业大学	天水师范学院
河西学院	兰州理工大学	西北民族大学
青海省		
青海师范大学	青海民族学院	
宁夏		
宁夏大学		
新疆		
新疆大学	新疆师范大学	喀什师范学院
石河子大学	新疆医科大学	伊犁师范学院
新疆财经学院		
西藏		
西藏民族学院		

日 语

北京市		
北京大学	清华大学	中国人民大学
北京理工大学	北京林业大学	北京联合大学
北京第二外国语学院	外交学院	中国人民公安大学
北京语言大学	对外经济贸易大学	北方工业大学
北京工业大学	北京邮电大学	首都师范大学
中央民族大学	北京外国语大学	
天津市		
南开大学	天津理工大学	天津外国语学院
河北省		
燕山大学	河北工业大学	河北理工大学
唐山师范学院	河北大学	河北师范大学

山西省		
山西大学	山西财经大学	九江学院
山西师范大学		

内蒙古		
内蒙古大学		

辽宁省		
大连理工大学	辽宁大学	大连海事大学
大连交通大学	大连民族学院	东北大学
东北财经大学	大连外国语学院	大连水产学院
沈阳大学	沈阳师范大学	大连大学
沈阳航空工业学院		

吉林省		
吉林大学	长春工业大学	东北电力学院
长春师范学院	长春中医学院	吉林化工学院
东北师范大学	北华大学	吉林师范大学
长春税务学院	通化师范学院	延边大学
长春大学		

黑龙江		
哈尔滨工业大学	东北林业大学	哈尔滨师范大学
佳木斯大学	哈尔滨理工大学	齐齐哈尔大学
黑龙江大学		

上海市		
复旦大学	华东师范大学	上海师范大学
上海水产大学	上海海事大学	上海对外贸易学院
上海交通大学	东华大学	上海理工大学
同济大学	华东理工大学	上海财经大学
上海外国语大学	上海杉达学院	

江苏省		
南京大学	苏州大学	南京农业大学
江南大学	东南大学	南京航空航天大学
江苏工业学院	扬州大学	江苏大学
徐州师范大学	苏州科技学院	

浙江省		
浙江大学	浙江师范大学	浙江财经学院
杭州师范学院	浙江万里学院	浙江工业大学
浙江工商大学	宁波大学	湖州师范学院

安徽省		
安徽师范大学	安徽农业大学	安徽大学

福建省		
厦门大学	福建师范大学	集美大学
华侨大学	福州大学	
江西省		
南昌大学	江西科技师范学院	井冈山学院
江西师范大学	东华理工学院	江西财经大学
山东省		
山东科技大学	山东理工大学	烟台大学
青岛理工大学	潍坊学院	青岛大学
曲阜师范大学	烟台师范学院	山东交通学院
中国海洋大学	山东师范大学	济南大学
聊城大学	莱阳农学院	山东财政学院
河南省		
郑州大学	河南中医学院	河南大学
河南科技大学	河南理工大学	洛阳师范学院
湖北省		
华中科技大学	湖北大学	武汉大学
华中师范大学	长江大学	中南民族大学
武汉理工大学	中南财经政法大学	黄冈师范学院
湖南省		
中南大学	湘潭大学	湖南农业大学
湖南大学	吉首大学	湖南师范大学
中南林学院		
广东省		
中山大学	华南师范大学	广东外语外贸大学
华南理工大学	深圳大学	广东商学院
广州大学	广东工业大学	
广西壮族自治区		
广西大学	广西师范大学	桂林工学院
海南省		
海南大学	海南师范大学	
重庆市		
重庆大学	四川外语学院	
四川省		
四川大学	成都理工大学	西华大学
电子科技大学	西华师范大学	乐山师范学院
西南交通大学	西南民族大学	

贵州省		
贵州工业大学	贵州民族学院	贵州师范大学
云南省		
云南大学	云南师范大学	贵州大学
陕西省		
西安交通大学	西北大学	长安大学
西安外国语学院	西安电子科技大学	陕西师范大学
甘肃省		
兰州大学	西北师范大学	兰州理工大学
青海省		
青海大学	青海民族学院	

俄 语

北京市		
北京大学	北京师范大学	中国人民大学
北京第二外国语学院	中国人民公安大学	对外经济贸易大学
首都师范大学	中央民族大学	北京外国语大学
天津市		
南开大学	天津外国语学院	
河北省		
燕山大学	河北大学	河北师范大学
内蒙古		
内蒙古大学	内蒙古师范大学	
辽宁省		
辽宁大学	辽宁石油化工大学	东北大学
大连外国语学院	沈阳大学	
吉林省		
吉林大学	东北师范大学	吉林师范大学
延边大学	长春大学	
黑龙江		
哈尔滨工业大学	佳木斯大学	牡丹江师范学院
齐齐哈尔大学	黑龙江大学	
上海市		
复旦大学	华东师范大学	上海外国语大学
江苏省		
南京大学	徐州师范大学	
安徽省		
安徽师范大学		
福建省		
厦门大学	福建师范大学	

山东省		
山东大学	曲阜师范大学	青岛科技大学
山东师范大学		
河南省		
郑州大学	河南大学	
湖北省		
华中科技大学	武汉大学	华中师范大学
湖南省		
湖南师范大学		
广东省		
华南师范大学	广东外语外贸大学	
重庆市		
四川外语学院		
四川省		
四川大学	西南石油学院	
贵州省		
贵州师范大学		
陕西省		
西安石油大学	西安外国语学院	陕西师范大学
甘肃省		
兰州大学	西北师范大学	
新疆		
新疆大学	喀什师范学院	

德 语

北京市		
北京大学	北京航空航天大学	中国人民大学
北京理工大学	中国政法大学	北京第二外国语学院
中国人民公安大学	北京航空航天大学	北京语言大学
对外经济贸易大学	首都师范大学	北京外国语大学
天津市		
南开大学	天津外国语学院	
河北省		
燕山大学		
山西省		
山西大学		
辽宁省		
大连外国语学院		

吉林省		
延边大学		
黑龙江		
黑龙江大学		
上海市		
复旦大学	华东师范大学	上海理工大学
同济大学	华东理工大学	上海外国语大学
江苏省		
南京大学	中国矿业大学	
浙江省		
浙江大学	浙江科技学院	
安徽省		
合肥学院		
福建省		
福州大学		
江西省		
南昌大学		
山东省		
山东大学	青岛大学	山东建筑工程学院
中国海洋大学		
湖北省		
武汉大学		
湖南省		
湘潭大学		
广东省		
中山大学	广东外语外贸大学	
重庆市		
四川外语学院		
四川省		
西南交通大学		
陕西省		
西北工业大学	西安外国语学院	

法 语

北京市		
北京大学	中国人民大学	北京理工大学
北京第二外国语学院	外交学院	中国人民公安大学
北京交通大学	北京语言大学	对外经济贸易大学
首都师范大学	北京外国语大学	

天津市		
南开大学	天津外国语学院	
河北省		
河北工业大学	河北大学	石家庄经济学院
辽宁省		
大连外国语学院		
黑龙江		
哈尔滨工程大学	黑龙江大学	
上海市		
复旦大学	华东师范大学	上海对外贸易学院
上海外国语大学		
江苏省		
南京大学	南京理工大学	
浙江省		
浙江大学		
福建省		
厦门大学		
江西省		
南昌大学	南昌航空工业学院	
山东省		
山东大学	青岛大学	中国海洋大学
湖北省		
湖北大学	三峡大学	武汉大学
江汉大学	武汉理工大学	
湖南省		
中南大学	湘潭大学	
广东省		
中山大学	广东外语外贸大学	
广西壮族自治区		
广西民族学院		
重庆市		
四川外语学院	重庆工商大学	
四川省		
四川大学	四川师范大学	
云南省		
云南大学		
陕西省		
西北工业大学	西安外国语学院	
甘肃省		
兰州交通大学		

西班牙语

	北京市	
北京大学	北京第二外国语学院	对外经济贸易大学
首都师范大学	北京外国语大学	
	天津市	
天津外国语学院		
	吉林省	
吉林大学		
	黑龙江	
黑龙江大学		
	江苏省	
南京大学		
	河南省	
河南中医学院		
	广东省	
广东外语外贸大学		
	重庆市	
四川外语学院		

阿拉伯语

	北京市	
北京大学	北京第二外国语学院	北京语言大学
对外经济贸易大学	北京外国语大学	
	黑龙江	
黑龙江大学		
	上海市	
上海外国语大学		
	河南省	
河南中医学院		
	宁夏	
宁夏大学		

注：以上资源来自中国招生在线。

附录三　外语学习网络资源

一、英语

1. 英文锁定
   www. Icansay. com
2. 听力快车
   http：//www. listeningexpress. net
3. 英语角
   www. cycnet. com/englishcorner/
   index. htm
4. 英语之声
   www. english. ac. cn
5. 中英合作英语通
   in2english. com. cn
6. 英语中国
   www. englishchina. com
7. 英语在线
   www. englishabc. com
8. 天天英语
   english. chinaschool. net
9. 时尚英语
   www. oh100. com/huayuan/english
10. 网络英语
    www. englishlover. net
11. 英语麦当劳
    www. englishcn. com
12. 搜狐在线学习
    learning. sohu. com/lan
13. 新东方教育在线
    www. neworiental. org

14. 中华网英语在线
    edu. china. com/zh _ cn/elearn/in-
    dex. html
15. 庄子英语频道
    www. zhuangzi. com/en/index. asp
16. English Town
    www. englishtown. com/
    master/home
17. 洪恩在线
    www. hongen. com/eng/in-
    dex. htm
18. 空中英语教室
    www. studioclassroom. com
19. 英语直通车
    www. englishfree. com. cn
20. 英语辅导报
    http：//www. ecp. com. cn/ecp/
    index. htm

二、日语

1. 紫嫣阁日语杂志论坛
   http：//zyg. aa. topzj. com
2. 日语广场
   http：//jpsquare. 3322. net
3. 流畅日本语
   http：//www. liuchangjp. com
4. 咖啡日语论坛
   http：//www. coffeejp. com

5. 日语学园
   http：//www. jpschool. net
6. 日本语天堂
   http：//ayya1128. zj88. com
7. 日本语天
   http：//ayya1128. home. sunbo. net
8. 贯通日本语
   http：//www. kantsuu. com
9. 孙沈清日语教室
   http：//www. ssqclass. com/bbs/
   dvbbs/index. asp
10. 日本语教材图书馆
    http：//n-lab. kir. jp/library/
    mondaidb/
11. 日语常见错误
    http：//www5a. biglobe. ne. jp/
    ～minnami/link2. html
12. 日本語駆け込み寺
    http：//ws. 31rsm. ne. jp/～ tool-
    ware/
13. 日本语教材图书馆
    http：//www1. linkclub. or. jp/～
    yokozawa/nihongo4u
14. 日语歌词
    http：//www. utamap. com
15. 日文免费网址集
    http：//www. kooss. com/
16. 日本旅行
    http：//www. nta. co. jp/
17. 日本文化
    http：//www. ffortune. net/
    calen/index. htm
18. 北泽文库
    http：//www. ftm. co. jp/bunko/
19. 作家辞典

   http：//horagai. com/www/who/
   index. html
20. 日本在线小说
    http：//www. honnavi. com/

三、法语

1. 咪咪学法语
   www. mimifr. com/
2. 法语沙龙
   www. monfr. com
3. 缘缘法语
   www. yuanfr. com
4. 法语助手　官方主页
   www. francochinois. com
5. 法语上海滩
   www. shanghaifr. com
6. 神州法语学习网
   fr. szstudy. cn
7. 教育人生网
   www. edulife. com. cn/channel/
   france. aspx
8. 法语之友乐园
   www. frenchfriend. cn
9. 法语学习小网站
   www. frenchtutorial. com
10. 新法语学习网
    www. xinfayu. com

四、德语

1. 德语学习——外语学习网站
   70hh. com/dy
2. 神州德语学习网
   de. szstudy. cn
3. 德语德奥
   www. mydede. com

4. 德语网
   www. deyuwang. com

5. 遨德网
   www. allge. cn

6. 德语世界
   www. deutschwelt. cn

7. 德语中国
   www. deyudeyu. com

8. 跟我学德语
   www. learningwithme. com

9. 德语学习网
   www. deyu. zj. cn

10. 乐外网
    http：//lewai. com/de/Index. htm

五、俄语

1. 学习俄语吧
   www. vor. cn

2. Lesha 俄语娱乐综合论坛
   www. china-lesha. cn

3. 俄语学习网
   www. examda. com

4. 俄语学习资源
   http：//www. italki. com/re-
   sources/22/learn _ russian _ in _
   chinese. htm

5. 俄语学习
   eluosi. cn/eyu

6. 词汇学习　俄语
   russian. sunxuming. com/vocabulary

7. 俄语资源　中俄交流网
   www. zejl. com/new. asp? Ix ＝ 俄
   语资源

8. 新势力外语网
   http：//english-power. cn/russian

9. 万通网——俄语学习
   http：//www. 100mf. cn/Article/
   xs/yingyu/eyxx/Index. html

10. 学客网
    www. coollearning. com. cn

附录四　性格小测试

下面是一个目前很多大公司人事部门实际采用的测试（答案依照现在的您，不要依过去的您）。

1. 你何时感觉最好？

（a）早晨

（b）下午及傍晚

（c）夜里

2. 你走路时是……

（a）大步地快走

（b）小步地快走

（c）不快，仰着头面对着世界

（d）不快，低着头

（e）很慢

3. 和人说话时，你……

（a）手臂交叠地站着

（b）双手紧握着

（c）一只手或两手放在臀部

（d）碰着或推着与你说话的人

（e）玩着你的耳朵、摸着你的下巴或用手整理头发

4. 坐着休息时，你的……

（a）两膝盖并拢

（b）两腿交叉

（c）两腿伸直

（d）一腿卷在身下

5. 碰到你感到发笑的事时，你的反应是……

(a) 一个欣赏的大笑

(b) 笑着，但不大声

(c) 轻声的略略地笑

(d) 羞怯的微笑

6. 当你去一个派对或社交场合时，你……

(a) 很大声地入场以引起注意

(b) 安静地入场，找你认识的人

(c) 非常安静地入场，尽量保持不被注意

7. 当你非常专心工作时，有人打断你，你会……

(a) 欢迎他

(b) 感到非常恼怒

(c) 在上两极端之间

8. 下列颜色中，你最喜欢哪一颜色？

(a) 红或橘色

(b) 黑色

(c) 黄或浅蓝色

(d) 绿色

(e) 深蓝或紫色

(f) 白色

(g) 棕或灰色

9. 临入睡的前几分钟，你在床上的姿势是……

(a) 仰躺，伸直

(b) 俯躺，伸直

(c) 侧躺，微卷

(d) 头睡在一手臂上

(e) 被盖过头

10. 你经常梦到你在……

(a) 落下

(b) 打架或挣扎

(c) 找东西或人

（d）飞或漂浮

（e）你平常不做梦

（f）你的梦都是愉快的

现在将所有分数相加，再对照后面的分析。

自我评分：

1.（a）2　　（b）4　　（c）　6

2.（a）6　　（b）4　　（c）7　　（d）2　　（e）1

3.（a）4　　（b）2　　（c）5　　（d）7　　（e）6

4.（a）4　　（b）6　　（c）2　　（d）1

5.（a）2　　（b）4　　（c）3　　（d）5

6.（a）6　　（b）4　　（c）2

7.（a）6　　（b）4　　（c）4

8.（a）6　　（b）7　　（c）5　　（d）4　　（e）3　　（f）2　　（g）1

9.（a）7　　（b）6　　（c）4　　（d）2　　（e）1

10.（a）4　　（b）2　　（c）3　　（d）5　　（e）6　　（f）1

参考答案

【低于21分：内向的悲观者】

人们认为你是一个害羞的、神经质的、优柔寡断的，是须人照顾、永远要别人为你做决定、不想与任何事或任何人有关。他们认为你是一个杞人忧天者，一个永远看到不存在的问题的人。有些人认为你令人乏味，只有那些深知你的人知道你不是这样的人。

【21～30分：缺乏信心的挑剔者】

你的朋友认为你勤勉刻苦、很挑剔。他们认为你是一个谨慎的、十分小心的人，一个缓慢而稳定辛勤工作的人。如果你做任何冲动的事或无准备的事，你会令他们大吃一惊。他们认为你会从各个角度仔细地检查一切之后仍经常决定不做。他们认为你的这种反应一部分是因为你小心的天性所引起的。

【31～40分：以牙还牙的自我保护者】

别人认为你是一个明智、谨慎、注重实效的人。也认为你是一个伶俐、有天赋、有才干且谦虚的人。你不会很快、很容易和人成为朋友，但是是一个对朋友非常忠诚的人，同时要求朋友对你也有忠诚的回报。那些真正有机会了解你的人会知道要动摇你对朋友的信任是很难的，但相等的，一旦这信任被破坏，会使你很难熬过。

【41～50分：平衡的中道】

别人认为你是一个新鲜的、有活力的、有魅力的、好玩的、讲究实际的、永远有趣的人；一个经常是群众注意力的焦点，但是你是一个足够平衡的人，不至于因此而昏了头。他们也认为你亲切、和蔼、体贴、能谅解人；一个永远会使人高兴起来并会帮助别人的人。

【51～60分：吸引人的冒险家】

别人认为你是一个令人兴奋的、高度活泼的、相当易冲动的人，你是一个天生的领袖、一个做决定会很快的人，虽然你的决定不总是对的。他们认为你是大胆的和冒险的，会愿意尝试做任何事至少一次；是一个愿意尝试机会而欣赏冒险的人。因为你散发的激情，他们喜欢跟你在一起。

【60分以上：傲慢的孤独者】

别人认为对你必须"小心处理"。在别人的眼中，你是自负的、自我中心的，是个极端有支配欲、统治欲的人。别人可能钦佩你，希望能多像你一点，但不会永远相信你，会对与你更深入的来往有所踌躇及犹豫。

参考文献

[1] 张道真. 实用英语语法. 最新版. 北京：外语教学与研究出版社，2002.

[2] 张会森.《最新俄语语法》. 北京：商务印书馆，2000.

[3] （法）Y·德拉图尔. 全新法语语法. 上海：上海译文出版社，2006.

[4] 陈振尧. 新编法语语法. 北京：外语教学与研究出版社，1992.

[5] （德）Renate Luscher. 德语语法大全（上、下）. 北京：外语教学与研究出版社，2002.

[6] 姚保琮、佟秀英. 德语应用语法. 北京：北京大学出版社，2005.

[7] 高亚帧. 德语实用语法. 上海：上海交通大学出版社，2005.

[8] 郭晓青. 日语基础语法整理. 北京：世界图书出版公司，2005.

[9] 郑婷婷. 实用日语语法. 上海：华东理工大学出版社，2007.

[10] 高等学校外语专业教学指导委员会英语组. 高等学校英语专业英语教学大纲. 北京：外语教学与研究出版社，2000.

[11] 高等学校外语专业教学指导委员会俄语组. 高等学校俄语专业教学大纲. 北京：外语教学与研究出版社，2003.

[12] 高等学校外语专业教学指导委员会德语组. 高等学校德语专业德语本科教学大纲. 上海：上海外语教育出版社，2006.

[13] 王文融. 高等学校法语专业高年级法语教学大纲（试行）. 北京：外语教学与研究出版社，1997.

[14] 高等学校外语专业教学指导委员会法语组. 高等学校法语专业基础阶段教学大纲. 北京：外语教学与研究出版社，2005.

[15] 高等学校外语专业教学指导委员会日语组. 高等学校日语专业基础阶段教学大纲. 大连：大连理工大学出版社，2003.

[16] 高等学校外语专业教学指导委员会日语组. 高等学校日语专业高年级阶段教学大纲. 大连：大连理工大学出版社，2003.

[17] 武书连主编. 挑大学　选专业——2007高考志愿填报指南 [M]. 北京：中国统计出版社，2007.

[18] 徐道仓. 选学校还是选专业：2003 年高考陕西考生选报志愿参考 [M]. 西安：陕西人民出版社，2003.

[19] 程样国等. 打开求职之门：大学生就业指南 [M]. 北京：中国人民大学出版社，2006.

[20] 陈曦. 寻找未来的足迹：高校学子毕业求职生活的真实记录 [M]. 北京：机械

工业出版社，2006.

[21] 冯刚. 大学——梦起飞的地方 [M]. 北京：清华大学出版社，2005.

[22] 保罗·萨缪尔森，威廉·诺德豪斯. 经济学（第 17 版）[M]. 北京：人民邮电出版社，2006.

[23] 曼昆. 经济学原理（第 3 版）[M]. 北京：机械工业出版社，2004.

[24] （美）约翰·N·加德纳，（美）A·杰罗姆·朱厄尔著. 大学生学习生活全攻略 [M]. 黄义军译. 北京：首都师范大学出版社，2005.

[25] 罗逸苇. 到哪里去读？怎么选导师？考研报志愿细思量 [N]. 中国青年报，2003-11-12.

[26] 宁国安、杨琼丽. 创业教育——学生需要的"第三本护照"[J]. 卫生职业教育，2003. 11.

[27] Reardon. Lenz. Sampson. Peterson 著. 职业生涯发展与规划 [M]. 侯志谨，伍新春等译. 北京：高等教育出版社，2005.

[28] 车桂林主编. 国家公务员录用考试专用教材面试 [M]. 北京：中共党史出版社，2005.

[29] 北京纽哈斯国际教育咨询有限公司编著. 求职胜经 [M]. 北京：机械工业出版社，2005.

[30] 宋立达主编. 大学生求职攻略宝典 [M]. 北京：金城出版社，2005.

[31] 王纯国主编. 大学生就业指南 [M]. 北京：对外经济贸易大学出版社，2005.

[32] 高海生主编. 新编大学生就业指导教程 [M]. 北京：北京交通大学出版社，2005.

[33] 周济同志在 2007 年全国高校毕业生就业工作会议上的讲话 [N]. 教育部通报，2006.

[34] 刘远我. 职业总动员：择业、求职与就业指导. 北京：经济管理出版社，2003.

[35] 马浩然，陈平. 如何经营你的大学时光 [M]. 武汉：湖北教育出版社，2005.

[36] 中国大百科全书——语言文字卷. 北京：中国大百科全书出版社，1988.

[37] 孙秀华. 关于大学生就业问题的思考 [J]. 福建论坛，2006.

[38] 马书琴. 关于大学生创业的理性思考 [N]. 光明日报，2006，7：22.

[39] Jennifer Swan. Importance of foreign languages in job market questionable, Special to the Daily, Issue date：6/18/02. Section：News.

[40] Joe Carroll. What's the importance of learning a foreign language？. The Business Journal of the Greater Triad Area, Friday. August 26. 2005.